EXCALIBUR

Excalibur
Histórias de reis, magos e távolas redondas

Organizado por
Ana Lúcia Merege

1ª edição

Editora Draco

São Paulo
2013

© 2013 by Roberto de Sousa Causo, Liège Báccaro Toledo, Luiz Felipe Vasques e Daniel Bezerra, André S. Silva, Pedro Viana, A. Z. Cordenonsi, Eduardo Kasse, Marcelo Abreu, Melissa de Sá, Octavio Aragão, Ana Lúcia Merege e Cirilo S. Lemos

Todos os direitos reservados à Editora Draco

Publisher: Erick Santos Cardoso
Produção editorial: Janaina Chervezan
Organização: Ana Lúcia Merege
Revisão: Eduardo Kasse
Capa e arte: Ericksama

Dados Internacionais de Catalogação na Publicação (CIP)
Ana Lúcia Merege 4667/CRB7

Merege, Ana Lúcia (organizadora)
    Excalibur: histórias de reis, magos e távola redondas / organizado por Ana Lúcia Merege. – São Paulo: Draco, 2013

Vários Autores
ISBN 978-85-62942-95-2

1. Contos brasileiros I. Merege, Ana Lúcia

CDD-869.93

Índices para catálogo sistemático:
1. Contos : Literatura brasileira 869.93

1ª edição, 2013

Editora Draco
R. César Beccária, 27 - casa 1
Jd. da Glória – São Paulo – SP
CEP 01547-060
editoradraco@gmail.com
www.editoradraco.com
www.facebook.com/editoradraco
Twitter e Instagram: @editoradraco

Prefácio: Um tributo ao único e eterno Artur	6
A Memória da Espada – Roberto de Sousa Causo	14
O espelho – Liège Báccaro Toledo	34
Momento decisivo – Luiz Felipe Vasques e Daniel Bezerra	48
Cavaleiro anônimo – André S. Silva	64
Mau conselho – Pedro Viana	78
A solução final – A. Z. Cordenonsi	98
Parede de escudos – Eduardo Kasse	120
A fada – Marcelo Abreu	136
O fio da espada – Melissa de Sá	160
As mãos vermelhas de Isolda – Octavio Aragão	184
A dama da floresta – Ana Lúcia Merege	194
O rei às margens do rio – Cirilo S. Lemos	218
Aqueles que sentam à Távola Redonda	244

Prefácio: Um Tributo ao Único e Eterno Artur

O LIVRO QUE você tem em mãos é o mais novo representante de uma vasta tradição, derivada de fontes míticas e históricas. Onde termina o mito e começa a História é impossível dizer, pois ambos se confundem ainda nas origens – desde que, durante a invasão da Grã-Bretanha pelos saxões no século V, os feitos de um ou talvez mais de um líder guerreiro começaram a ser contados em prosa e verso, misturando-se a narrativas provenientes da mitologia celta para construir a figura do herói que hoje conhecemos como Rei Artur.

Como todas as lendas, a de Artur precisou de algum tempo para se consolidar. Gildas, um religioso que viveu no século VI, e o venerável Bede, que em 731 completou sua *História eclesiástica do povo inglês*, escreveram sobre as invasões saxônicas; ambos mencionaram personagens como Vortigern e Ambrósio Aureliano, que mais tarde apareceriam na literatura arturiana, mas não o próprio Artur. A primeira alusão feita a seu nome em um texto literário foi, possivelmente, o poema galês *Y Gododdin*, atribuído ao bardo Aneirin – o único manuscrito existente é do século XIII, mas o texto original parece ser mais antigo, datando talvez do ano 600.

Um dos relatos mais ricos é a *História dos bretões*, escrita pelo monge galês Nennius por volta de 830. Misturando lendas, fontes históricas e sua própria imaginação, Nennius descreveu Artur não como um rei, mas como *dux bellorum* (duque ou líder guerreiro), que teria lutado contra os saxões em doze importantes batalhas. Tais vitórias não foram citadas na *Crônica anglo-saxã* - coleção iniciada no século IX por ordem do rei Alfredo, o Grande, a quem talvez não interessasse lembrar o nome de um oponente -, mas aparecem nos *Anais cambrianos*, compilados no século seguinte, que relatam embates míticos como a batalha de Monte Badon e incluem uma cópia da *História dos bretões*.

A obra de Nennius cita episódios que, séculos mais tarde, seriam registrados nas duas coleções de contos conhecidos como *Mabinogion*. Embora tenham sofrido alguma influência estrangeira, principalmente da França e da Irlanda, esses textos são uma importante fonte para o conhecimento da cultura celta galesa; o Artur que emerge de suas páginas é ativo e aventureiro, mais próximo de um herói mítico do que a figura que viria a se delinear a partir dos escritos de Geoffrey de Monmouth.

Concluída por volta de 1138, a *História dos reis da Britânia*, do galês Monmouth, é tida como o "divisor de águas" na literatura arturiana. Pela primeira vez Artur foi mencionado como rei, unificador e pacificador das Ilhas Britânicas, e teve sua linhagem estabelecida, tornando-se filho de Uther Pendragon e Igraine. A época em que foi escrita e o público ao qual se destinava fizeram com que a obra apresentasse um rei baseado no modelo da cavalaria cristã. Isso se perpetuou na literatura produzida a partir daí sobre Artur, como o *Roman de Brut* – tradução francesa feita por Robert Wace para o livro de Monmouth, no qual aparece pela primeira vez a Távola Redonda – e os romances de Chrétien de Troyes, mais centrados nos cavaleiros do que no rei. No *Percival* de Troyes encontramos a primeira menção ao Santo Graal, retomada pelo alemão Wolfram von Eschenbach e por outro francês, Robert de Boron, com o qual se consolidou a ideia do Graal como relíquia do Cristianismo.

A imagem de Artur construída pelos romances medievais foi aquela que se popularizou em nos séculos seguintes: um rei cristão, piedoso e cortês, aconselhado por um mago e cercado por cavaleiros corajosos, mas nem sempre sem mácula. Versões dessas narrativas apareceram em toda a Europa, na qual o tema passou a ser conhecido como "Matéria da Bretanha". Em português, o manuscrito mais antigo (*Demanda do Santo Graal*) é do século XV, mas marcas no texto levam a crer que a tradução original é bem anterior.

Em 1485 Thomas Malory publicou *A morte de Artur*, talvez a mais difundida de todas as obras que jamais se escreveram sobre o tema. Baseado em fontes britânicas e francesas, o livro teve inúmeras traduções e inspirou autores que se tornaram referência na moderna literatura arturiana. Entre eles se encontram lorde Alfred Tennyson, que escreveu a série de poemas *Os idílios do rei* e foi o principal responsável pelo ressurgimento do tema no século XIX, e T. H. White, autor de *O eterno e único rei*. A mais conhecida adaptação da história de Artur para o cinema - *Excalibur*, de 1981, dirigido por John Boorman – também teve o livro de Malory como principal inspiração.

Seria impossível enumerar todas as obras produzidas sobre Artur e seus cavaleiros. Cinema, teatro, televisão, artes plásticas, música, HQs, todas as formas de expressão artística se ocuparam do tema, principalmente a literatura. Uma rápida busca na Internet nos faz saber que existem centenas de títulos, boa parte dos quais surgidos nos séculos XX e XXI e a maioria desconhecida no Brasil. Os mais populares aqui são, provavelmente, a tetralogia *As Brumas de Avalon*, de Marion Zimmer Bradley; o livro de White, cuja versão em desenho animado, *A espada era a lei*, representou para muitos de nós o primeiro contato com o universo arturiano; por fim, a trilogia *As crônicas de Artur*, de Bernard Cornwell, favorita entre os que buscam narrativas mais condizentes com a (dura) realidade histórica do século V.

Em contraste com a boa acolhida que têm entre os leitores, as lendas arturianas não estão muito presentes na ficção brasileira, à exceção da literatura de cordel. Existem, é claro, excelentes traduções, adaptações e compilações de textos, entre as quais podemos citar vários trabalhos de Maria Nazareth Alvim de Barros. No que toca a romances, temos *A história de amor de Fernando e Isaura*, de Ariano Suassuna, baseado no conto de Tristão e Isolda; *A tisana*, inspirado no mesmo tema, e *O pão de cará*, que recria a lenda de Percival, ambos de Roberto de Mello e Souza e ambientados no sertão brasileiro; o infantojuvenil *Lampião e Lancelote*, de Fernando Vilela. Há também trabalhos de literatura especulativa, tais como a *Arturiana alternativa* publicada no site www.hyperfan.com.br, em que todos os contos partem da premissa de que Camelot teria vencido a guerra.

A coletânea *Excalibur* partiu de uma proposta diferente, na qual os autores foram convidados a criar livremente sobre o tema comum.

O resultado foi uma grande diversidade de estilos, cenários e gêneros que vão da fantasia heroica ao *dieselpunk*. As referências à literatura arturiana não foram esquecidas. É o que vemos claramente em *A Memória da espada*, em que a menção de Thomas Malory a portugueses lutando sob as ordens de Roma inspirou Roberto de Sousa Causo na criação de seu protagonista.

O poema de lorde Alfed Tennyson, *A dama de Shalott*, serviu de mote para um conto: em *O espelho*, de Liège Báccaro Toledo, uma narrativa sombria em que uma jovem descobre um universo paralelo povoado por fadas e perigos.

O sonho de se tornar um cavaleiro sempre existiu entre os jovens. Esse foi o tema escolhido por Melissa de Sá para seu conto *O fio da espada*, em que a transição da adolescência à maturidade deixa marcas profundas no escudeiro de Lancelote. Já o *Cavaleiro anônimo* de André Soares Silva deseja se tornar um paladino, mas logo percebe que a realidade é mais crua do que supunha. E a trajetória de um jovem guerreiro se entrelaça com o de um Artur que combate os saxões em meio a uma *Parede de escudos*, conto do autor convidado Eduardo Massami Kasse

Sentimentos talvez menos nobres, porém justificados, são os que movem o protagonista de *Mau conselho*, de Pedro Viana, despojado de seus direitos e até de seu nome através de uma trama urdida por Merlin. O feiticeiro é também o responsável por dotar o jovem Arthur de uma espada (não tão) mágica em *A dama da floresta*, conto escrito por mim com base nas narrativas galesas e na tradição céltica de oferecer armas às divindades ligadas aos lagos e rios.

Correspondendo a nossas melhores expectativas, alguns dos contos de Excalibur são ambientados em cenários diferentes dos tradicionais. *As mãos vermelhas de Isolda*, de Octavio Aragão, figura na *Arturiana alternativa* e mostra um já idoso Lancelote às voltas com a tarefa de elucidar a misteriosa morte de Tristão. O Primeiro Cavaleiro reaparece sob a roupagem de um piloto interplanetário em *Momento decisivo*, de Luiz Felipe Vasques e Daniel Bezerra, conto repleto de referências sutis à obra de Malory. Por sua vez, A. Z. Cordenonsi optou por situar a corte de Artur num cenário *steampunk*, com dirigíveis, artefatos mecânicos e armas que podem ser *A solução final* para a conspiração urdida contra o reino.

O aspecto messiânico de Artur não poderia estar ausente desta coletânea. No conto *A fada*, Marcelo Abreu relata a batalha pelo poder de jovens que encarnam os ideais (e os personagens) da corte de Camelot dentro de um contexto distópico e futurista. Por fim, em *O rei às margens do rio*, o autor convidado Cirilo Lemos retorna ao Brasil alternativo do conto publicado na antologia *Dieselpunk* para contar a história de um jovem predestinado e de Excalibur, a arma que ele encontrou no Rio das Velhas.

Assim, cada qual a seu modo, abrimos várias trilhas que percorrem o universo arturiano. É uma honra ter vocês conosco ao longo dessa jornada.

Ana Lúcia Merege
Niterói, novembro de 2012

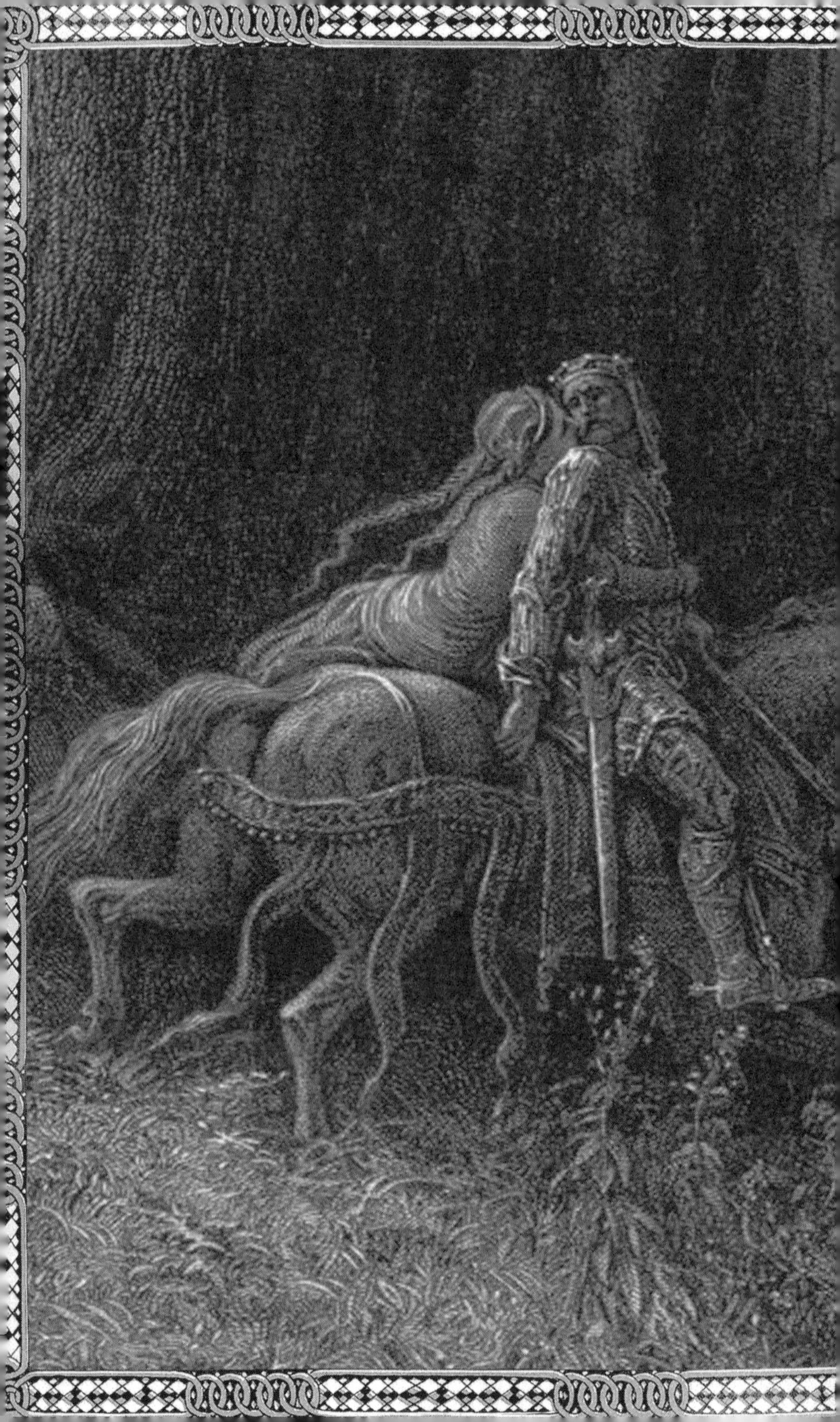

EXCALIBUR

A Memória da Espada
Roberto de Sousa Causo

E todos estes eram súditos de Roma e muitos mais, como Grécia, Chipre, Macedônia, Calábria, Castelândia, Portugal, com muitos milhares de espanhóis.

Sir Thomas Malory, *Le morte D'Arthur*

I

ARTHUR NÃO PÔDE acreditar que aquele selvagem sem armadura, brandindo uma espada emprestada dos romanos, tivesse passado incólume por sua guarda real e, sozinho, arrancado-o de sua sela e o atirado no chão sangrento do campo de batalha. Não fosse pela intervenção pressurosa de sir Kay, a espada do bárbaro teria encontrado a sua garganta.

O golpe de Kay atingira o inimigo no alto da cabeça, partindo como a uma fruta o frágil capacete de couro e ferro batido. O petulante terminara prostrado na lama, e Arthur e seus cavaleiros foram logo envolvidos pelo clamor da batalha, tentando recolocar o rei em sua montaria e afastá-lo do *mêllée*.

Horas mais tarde, a batalha vencida e os inimigos debandados, Arthur Pendragon voltou-se para o caso do único homem que, em anos, conseguira levá-lo ao chão. Um simples soldado, um camponês recrutado nas montanhas. A profecia de Merlin assombrava os pensamentos do rei. "Um dia surgirá um homem sem traços de nobreza que, por sua mera existência, porá em risco a vida do rei e a segurança do reino", o mago havia dito.

– O que o perturba, meu rei? – Kay perguntou, sempre ao seu lado. A voz do fiel amigo, seu senescal e irmão de criação, tremia como se força lhe faltasse ao peito, e seus sopros saíam cortados por uma adaga invisível.

Arthur afastou-se dele alguns passos. Estavam na tenda do rei. O cirurgião real aguardava próximo, enquanto Arthur sentava-se, a mão esquerda a apertar o flanco direito. Fora desse lado que atingira o solo. A dor era aguda e suspeitava-se de uma costela partida.

Decerto imaginam por que o encanto da bainha de Excalibur não me protegeu do ferimento, pensava ele, seu olhar fugindo do rosto dos amigos. *O mesmo pergunto eu*

— Volte ao campo de batalha, Kay. Leve com você trezentos homens e não faça prisioneiros — ordenou, pensando que seu assaltante estaria entre os que receberiam o golpe de misericórdia neste dia. Mas como justificar a ordem do massacre sem revelar seu temor? — Quero que os romanos tenham bem claro com quem estão lidando, e que não possam se reagrupar a partir do contingente de vencidos que deixamos para trás. Ainda teremos um longo caminho a percorrer de volta à Bretanha, e não quero esses abutres em nossos calcanhares.

— Assim será feito, meu rei — o irmão respondeu.

Kay ordenou que os outros cavaleiros deixassem a tenda e fossem reunir a partida de trezentos executores. Arthur anuiu silenciosamente, em concordância, mas estranhou quando Kay fez um gesto para que também o cirurgião saísse.

Falando baixo, o senescal do rei disse:

— Trarei a cabeça do homem que o lançou de sua sela.

Sim, que a trouxesse o quanto antes. Mas a fala soou amarga aos ouvidos de Arthur.

"O homem que o lançou de sua sela."

Kay e cinquenta cavaleiros seguiram direto para o ponto onde o rei da Bretanha fora derrubado, uma pequena colina. Que os outros viessem atrás, matando os inimigos que eles deixassem passar. O homem ainda deveria estar caído naquele mesmo ponto, disso Kay não discordava. Conhecia a força de seu braço, e a experiência de inúmeros combates fazia-o suspeitar que o maldito já estivesse morto, rondado pelos abutres. Mas urgia que se certificasse. O sol se punha atrás das montanhas e do ar brotava névoa fina. Do próprio solo coberto de sangue, e dos corpos abertos e enegrecidos, pareciam subir nuvens de miasmas escurecedores. Em breve não haveria luz suficiente para cumprir a tarefa.

Kay avistou a colina, pontuada cá e acolá por corpos e armas abandonadas. Isso era bom sinal. Significava que os pilhadores ainda não haviam chegado até ali. Ele e seus homens poderiam realizar sua tarefa macabra sem serem perturbados.

O pensamento mal se instalara em sua mente, quando Kay viu que figuras galgavam a colina, vindo de sua outra encosta.

— Eia! A galope, homens! — ordenou.

Os cavaleiros esporearam seus cavalos — animais mais leves e descansados, substituindo seus pesados cavalos de batalha empregados no início da tarde desse terrível dia. Perto da elevação, a noite parecia se armar mais depressa, o sol tímido se ocultando entre montanhas mais distantes.

Diante dos olhos de Kay e seus homens, a colina se fechou no centro de uma névoa escura. Alguns cavaleiros fizeram menção de deter suas montarias, mas Kay os apressou.

— Adiante, adiante, homens! A todo galope — e assim foram, já de espadas desembainhadas e lanças postas nos ombros.

A carga penetrou na neblina e imediatamente os cavalos relincharam, nervosos, e estacaram. Alguns se empinaram nas patas traseiras, ameaçando jogar seus cavaleiros para fora das selas.

— Mas o quê?... — Kay gritou, ele próprio saltando apressadamente de sua montaria para não ser atirado longe.

Segurando o animal pelas rédeas, foi atingido por estranha sensação. O que estava errado? Suas botas mal se equilibravam no que lhe parecia um chão rochoso, enquanto a colina era de solo lamacento e macio, coberto de grama esmagada pelo rolar da batalha daquela tarde.

Gritando ordens, apeou para agrupar seus cavaleiros, exigindo que cada um controlasse sua montaria e a mantivesse ao seu lado. Uns poucos minutos se passaram, a neblina se dissipou. Kay e os outros então viram que não mais estavam ao pé da colina. Ao contrário, a poucos metros de onde se encontravam, a superfície rochosa precipitava-se em um penhasco.

— Suspeita, portanto, de magia negra? — perguntou o rei.

— Mais negra nunca conheci — Kay respondeu.

— É pena que Merlin cá não esteja, para nos guiar nesses assuntos.

Era noite. Mais que isso, começo de madrugada, o ar frio anunciando que o sol não tardaria a se elevar acima das montanhas. Kay e os outros padeceram por horas intermináveis para retornar ao acampamento.

Sim. Merlin faltava-lhe. O velho mago andava desaparecido havia tempo e muitos suspeitavam que estivesse morto. Os homens enviados por toda a Bretanha para encontrá-lo voltavam seguidamente de mãos vazias. Só uns poucos, no círculo mais íntimo do rei, ainda nutriam a esperança de que o melhor conselheiro de Arthur vivesse. "Trata-se apenas de mais um dos sumiços do bruxo", diziam, "apenas mais longo que o usual".

Longo, sim. Mas a falta lhe ocorria em um momento particularmente delicado. Nada haveria com que se preocupar, se não fosse o surgimento dos enviados do Imperador Justiniano, ousando cobrar tributos de uma Bretanha há muito abandonada por Roma. A decisão de Arthur em atacá-los e às suas forças reunidas no continente fora a mais acertada, conforme a batalha havia testemunhado. Mas a imagem daquele selvagem saltando como um animal por sobre fileiras de soldados e cavaleiros em seus corcéis... E agora esse feito sobrenatural que transportara Kay e seus homens até as gengivas de um precipício...

Arthur sabia das profecias de Merlin e as temia mais do que ao furor da batalha ou à rotina extenuante da guerra. "É no rolar dos dados pelos deuses que está o seu destino, Arthur", Merlin lhe dissera. "E nem todos os deuses são amigos dos seus atos. Muitos jogam contra você, guiando e sendo guiados por mortais que comandam artes ocultas, e que se empenham em destruí-lo e a tudo o que você realizou."

"*Morgana*", Arthur pensou. "Era a Morgana que ele se referia."

O homem foi recolhido da lama e transportado em um estrado feito com as lanças deixadas no campo de batalha. Sangue seco cobria o seu rosto, escorrido a partir da ferida no alto da cabeça.

Morgana ainda não sabia qual a gravidade do ferimento e talvez não pudesse fazer nada pelo jovem. Ao testemunhar o momento em que ele fora atingido pela espada de Kay, ela suspeitara que o golpe tinha sido fatal. Mas era impossível deixar o homem que derrubara Arthur sozinho para morrer no bico dos abutres. O que havia nele que o permitira atravessar a proteção mágica de Arthur – sem mencionar as habilidades guerreiras da escolta do grande rei?

Morgana e sua companhia de seguidores acompanhavam a batalha de longe, empoleirados numa encosta das montanhas. O sol no ângulo correto e a garrafa com o líquido da visão faziam com que seus olhos seguissem cada detalhe do turbilhão de poeira e sangue que cercava Arthur. Viu o jovem soldado abandonar as fileiras do seu exército, correr como um gamo até o estandarte do rei e atravessar as fileiras de soldados e cavaleiros, esquivando-se, derrubando oponentes com golpes secos e devastadores, passando por entre as pernas dos cavalos de batalha, saltando por suas ancas até a montaria de Arthur, como se as suas fossem as pernas de um gato.

Os seguidores de Morgana galgaram caminhos estreitos subindo as montanhas, até uma gruta que Morgana há alguns dias, profetizando que ali seria o terreno da batalha, havia selecionado como alojamento provisório de sua companhia.

Ali ela examinou o ferido com maior cuidado e vagar. Estava vivo, como o fraco respirar denunciava. Sua cabeça parecia inchada e arroxeada, e o couro cabeludo revelado pela remoção do capacete estava aberto num corte de meio palmo. Lavando as mãos cuidadosamente, Morgana enfiou seus dedos finos na fenda de pele, examinando o crânio.

Durius acordou com o balanço do mar e o cheiro de sal marinho. Com muito esforço abriu os olhos e, incapaz de mover a cabeça que muito lhe doía, viu a imagem da mulher que pairava acima dele, vestida em véus e mantas para se proteger do frio e da brisa úmida. Tinha olhos escuros que olhavam além dele, e o rosto muito pálido e belo como o de uma fada, de lábios cheios e um nariz reto e incomum.

Atrás dela um homem empunhava o leme da embarcação, e, além da borda da amurada que ainda podia vislumbrar, ondas se erguiam, poderosas e inquietas, suas cristas varridas pelo vento. Durius piscou, sentindo o borrifo picar os seus olhos. Pássaros marinhos piavam perto, no céu escuro. Não estavam longe de terra.

Mas a mulher o fazia partir de sua terra, ou o fazia chegar a um novo país? Sem poder precisar, deixou-se entregue ao balanço do barco até adormecer novamente, mergulhando em um sono sem sonhos.

II

Os meses passados haviam devolvido a saúde ao guerreiro. Morgana ainda se surpreendia com sua capacidade de recuperação. O jovem – não mais que dezoito anos – era um prodígio de força física e resistência. É claro, suas artes medicinais tiveram papel importante na recuperação do rapaz, e agora era o momento de lhe fazer recobrar o último traço faltante de sua saúde anterior.

Ele bebeu o cálice com o chá de ervas curativas, fazendo careta diante do gosto amargo.

– Diga-me agora o que lhe vem à mente – Morgana lhe pediu.

– Vejo homens em batalha... – ele respondeu, no seu latim bastardo. – A maior batalha que meus olhos jamais testemunharam.

– Onde você está?

– Perto de uma colina... Meus companheiros e eu fomos isolados pelo inimigo. Não há para onde fugir. Mas adiante vejo o estandarte do rei bretão, aquele contra o qual os romanos nos recrutaram para combater. Não há para onde fugir e penso então em partilhar meu destino com o rei.

– Você vai até ele... – Morgana o estimulou a prosseguir.

Percebeu que levaria algum tempo, enquanto ele revia suas ações, agora revivificadas pela poção.

– Sim, e não foi fácil chegar até ele... Mas, não, eu...

Morgana correu a mão pequena sobre o rosto bronzeado do rapaz – não era hora de fazê-lo reviver a experiência de ter o crânio partido. Porém, uma última pergunta se fez necessária:

– Qual é o seu nome?

– Durius – ele respondeu.

— Um nome romano?
— É só o nome que os romanos deram ao rio perto de onde nasci.
— Em Lusitânia, se bem me lembro da localização de tal rio. Durius é um bom nome — disse Morgana. — E você será um bom vassalo, para a dama que o salvou, não, Durius?
— Sim, minha dama. Mas que valor eu teria? Não passo de um soldado alquebrado.
Morgana sorriu.
— De valor inestimável, Durius. Inestimável.

Mas primeiro teria de lhe dar o melhor treino de cavaleiro que estivesse a seu alcance. Não podia apenas confiar em suas habilidades naturais, mesmo que, mais e mais, Durius se erguesse em poderio físico, acima de todos os outros seguidores de Morgana.

Comportava-se bem na carga a cavalo com lança, mas era imbatível no manejo da espada e do machado de batalha. Melhor assim — a luta montada era uma especialidade de Arthur e de seus cavaleiros; não havia razões para crer que Durius sozinho poderia fazer frente a eles desse modo. Não, livrar-se de Arthur demandaria não apenas os estranhos poderes e habilidades do jovem lusitano — seria preciso malícia e traição.

Mordred aproximou-se de Morgana, recém-chegado de Camelot. Era o outro trunfo de que dispunha Morgana, seu filho, a custo infiltrado entre os homens de confiança do próprio Arthur.

— Então é este o homem que arrancou o grande rei de sua sela — Mordred disse, sem cumprimentar a mãe. — Não há outro assunto na corte, desde que Arthur e sua expedição retornaram do continente.

Morgana notou a secura na voz do filho, enquanto ambos observavam Durius enfrentando dois oponentes, sem demonstrar maiores dificuldades em aparar os golpes e contra-atacar com perigo. Sem dúvida, era melhor guerreiro do que Mordred jamais seria. Seu filho tinha ciúmes.

— Deitar-se com você faz parte do treinamento? — Mordred perguntou, sem alterar o tom de voz.

Morgana respondeu no mesmo tom frio.

— Não. É só uma recompensa a ele por ter se comportado bem, e a *mim* por tê-lo salvo e o estar preparando para matar Arthur.

Mordred não ousou retrucar, por algum tempo ao menos, até que se obrigou a abrir a boca:

— Há anos que você me prepara para essa tarefa, e agora, passadas apenas duas estações, encontra um outro campeão para realizar sua vingança.

Desta vez Morgana afastou o olhar de Durius e voltou-se para Mordred. Segurou seus ombros largos com as mãos pequenas.

— Arthur é mais poderoso do que você pensa. Mas este Durius tem poderes que nem Merlin poderia antecipar. E eu prefiro arriscar a vida de um estranho que a do meu *filho*.

Por mais que Mordred se esforçasse para negar, Morgana percebeu que suas palavras chegaram ao coração dele. Ótimo. Mordred não mais poria obstáculos ao seu novo plano.

Ambos tornaram a observar a prática de Durius. Usando de sua maior estatura e peso, o jovem empurrou um dos adversários com o escudo, atirando-o ao chão. Mas nesse instante o segundo oponente aproveitou-se de sua guarda aberta e conseguiu atingi-lo de raspão na cabeça protegida por um elmo.

— Basta! — Morgana ordenou.

Durius ainda não estava totalmente restabelecido dos ferimentos recebidos na cabeça. Devia protegê-lo até que estivesse plenamente recuperado.

Mas isso era apenas o que ela dizia a si mesma, mal podendo esconder a certeza de que, mais do que poupar a arma que seria usada contra Arthur, queria em verdade poupar o amante de qualquer dor.

Como poderia, em futuro não tão distante, enviá-lo para um duelo contra o maior guerreiro bretão em gerações?

Durius tinha tanta facilidade nos treinamentos quanto tinha dificuldade para adormecer. Era essa sempre a pior hora do dia. Doía-lhe muito a cabeça e as lembranças se lhe atropelavam. Desde que tomara a poção de Morgana, sua mente era assolada por esse caos de memórias que o atingiam sem se anunciar.

Memórias de sua infância à beira do rio Durius, que os lusitanos chamavam de Douro. Crescera correndo pelas montanhas, e seu corpo precoce despertava admiração e inveja entre os amigos.

Durius não crescera sem colecionar cicatrizes das muitas lutas com os jovens do lugar, e desde cedo soubera que seu destino era tornar-se um guerreiro.

Mas agora, deitado ao lado de Morgana, que os outros chamavam aos cochichos de "a Fada", perguntava-se qual de fato seria o seu destino. A mulher lhe ensinava as artes da guerra e das letras, e a língua dos bretões. Fornecia-lhe o alimento e as roupas, seu leito e seu corpo. Durius vivia como um nobre, mas era para a infância de camponês e a liberdade das colinas que suas lembranças insistiam em levá-lo.

Qual era o uso que Morgana planejava para ele? Pensava que ela talvez o quisesse apenas como um protetor pessoal ou capitão da guarda. Seria essa a melhor das hipóteses. Ainda que nunca mais retornasse aos seus, viveria bem, muito melhor do que qualquer um de seus familiares ou amigos. E pensar que ao partir com os romanos, esperava nada além de escapar com vida e com todos os seus membros, e talvez valiosas armas e armaduras pilhadas do campo de batalha.

Mas sabia agora que o rei Arthur era o grande inimigo de Morgana. Em sua propriedade, nas terras do outro lado do canal, falava-se muito da façanha de Durius ao derrubar o grande rei. Supunha que Morgana o transformava numa ferramenta contra Arthur. Não se incomodaria com isso. Já o enfrentara antes, e agora imaginava que o plano de Morgana era fazer com que o enfrentasse novamente.

Durius preferiria viver o resto do seu tempo como um dos guardas da Fada, mas se tivesse de duelar contra Arthur, por que não? Morgana o resgatara da lama no alto da colina, resgatara-o da morte. Daquele momento em diante, vivia uma segunda vida – uma que pertencia a Morgana.

Nas primeiras horas da manhã do dia seguinte, Durius e Mordred encontraram-se em uma campina, afastada da propriedade de Morgana. Durius foi levado até ele pelos cavaleiros que se ocupavam de seu adestramento. Havia certa inquietação entre seus colegas de prática, talvez forçados a uma tarefa que desaprovavam. Mordred, por sua vez, tinha a sua própria companhia de escudeiros sorridentes.

— Resolvi contribuir para o seu treinamento pessoalmente – disse Mordred. – Teremos uma pequena justa entre nós.

Durius, sem nada dizer, desmontou e dirigiu-se às armas de cavalaria que o esperavam. Os escudeiros de Mordred sorriam desdenhosamente, enquanto ele caminhava. Decerto tinham confiança que o seu senhor, um dos cavaleiros do próprio Arthur, não teria dificuldade em derrubá-lo.

À noite, Morgana o alertara quanto ao ciúme de seu filho. Havia dito que pensava ter convencido Mordred a deixá-lo em paz, contudo que ela mesma não confiaria nunca nessa certeza. Mas o que Durius poderia fazer? Era um homem-de-armas cercado por estranhos que invejavam sua posição junto à senhora. Aceitaria todos os desafios.

Paramentado e montado, notou pela primeira vez que a lança de Mordred era uma lança de batalha, e não a de ponta cega usada nos treinos. A armadura do outro era também mais pesada do que as peças de couro e malha que Durius envergava. Uma armadilha, portanto, mas a constatação não alterava coisa alguma.

Mordred enristou a lança e seu corcel disparou em galope. Durius respondeu obrigando seu cavalo a um trote ligeiro.

Enristou sua própria lança, mas sem travá-la embaixo do braço. Mordred tentou ficar à sua direita, evitando o escudo, mas Durius compensou. Sua montaria trotava exatamente à frente de Mordred, que vinha tão rápido que seria incapaz de alterar o curso do seu cavalo.

Um segundo antes das duas montarias se chocarem, Durius deixou cair a lança e saltou da sela.

A lança de Mordred perfurou o vazio. O corcel que montava atropelou o cavalo de Durius e Mordred foi atirado longe, caindo pesadamente no chão gramado da pradaria.

Durius levantou-se e caminhou até ele. Seu cavalo reergueu-se a custo e no caminho Durius apanhou a espada que o aguardava, atada à sela. Percebendo o que iria acontecer, dois escudeiros galoparam até onde Mordred estava caído, e estes foram os primeiros homens que Durius matou na Bretanha.

Depois do curto combate, o único escudeiro restante manteve-se à distância, cuidando para não encontrar a mesma sina dos seus companheiros, enquanto Durius enfim voltava-se para o filho de Morgana.

Enquanto Durius se batia contra seus escudeiros, Mordred tivera tempo para se recobrar do tombo. Durius viu medo em seus olhos.

– Você se valeu de astúcia para me derrubar, insolente – Mordred tentava mascarar o medo com falas bravias.

Durius brandiu a espada destramente, diante do rosto de Mordred.

– Não há juízes, nem qualquer um que o defenda. Apenas levante-se para morrer como um homem.

Mordred olhou para o último escudeiro, mas este era apenas uma testemunha, bem direito em sua sela, à espera da conclusão dos fatos. Ao longe, os homens de Morgana apenas observavam, atônitos.

– Minha mãe tem poderes que você não pode enfrentar.

– Chamando pela mãe? – Durius escarneceu. – Você, um nobre cavaleiro da Távola Redonda? Não tem a coragem de morrer como cavaleiro, ou não confia que seus companheiros o iriam vingar? Talvez nem sua mãe o deseje vingar, hã? Ela já não mais precisa de você para atacar Arthur...

Mordred avançou sem preparo, e Durius aparou o primeiro golpe. O mesmo movimento da espada se abateu sobre a coxa direita de Mordred, abrindo um palmo de músculos. A mera força do golpe derrubou o adversário. Durius moveu-se para trás do corpo ajoelhado de Mordred e chutou suas costas, pesadamente.

Com o pé esquerdo firme na nuca do outro, Durius então olhou para o escudeiro que esperava ao longe. O homem agitou-se na sela, mas não ousou mover-se contra ele.

Durius se voltou para Mordred.

– Seu sangue está no chão – disse –, e na lâmina da minha espada, mas ainda há o bastante dele em suas veias. Morgana o colocará em pé novamente. Mas não tente nenhuma das suas traições comigo outra vez, Mordred. Você não terá uma outra chance.

Durius estava sentado no pequeno catre. A espada apoiada na parede ao lado exibia o sangue escuro de Mordred.

Limpou com um pano embebido em água fresca as esfoladuras nos braços, ganhas ao saltar do cavalo em movimento. Mordred falhara em tirar-lhe sangue, durante o seu confronto. Durius então usou o pano na lâmina da espada, lentamente, apreciando como o sangue seco parecia retomar um tanto da vida, ao ser tocado pelo tecido úmido, antes de desaparecer.

Mais do que qualquer outro combate, a luta contra o filho de Morgana calara fundo no coração de Durius. Mais até do que a luta contra o rei. Mordred era, afinal, do mesmo sangue que a sua amante. Seria o sangue da pálida Morgana tão escuro? Sua mão correndo o fio da espada lhe dizia que a morte trazida pela espada era indiscriminada – não se importava com o que destruía, com o que amputava, com a cor do sangue que derramava. A espada não guardava lembrança ou julgamento.

Morgana entrou no quarto. Caminhou rapidamente até ele e Durius viu que seus olhos vertiam lágrimas. A mulher ajoelhou-se diante dele e o abraçou. O corpo pequeno de Morgana soluçava contra o seu peito.

Durius olhou para a espada.

III

Muitos meses se passaram, e então um mensageiro de Mordred surgiu na casa de Morgana para informá-la de que Arthur deixara Camelot e se aventurava pelo interior, acompanhado de pequena partida de cavaleiros, em resposta ao boato de que Merlin estaria preso em uma caverna. Alguns diziam que o velho bruxo estava morto e sepultado, outros que se conservava bem, à espera do seu libertador. Diziam alguns que fora a Dama do Lago em pessoa quem informara o grande rei das desventuras de Merlin.

Morgana chamou seus homens e mandou que se preparassem para partir. Iriam todos ao encontro do grande rei.

Durius não teve dificuldade em se unir aos homens que Arthur convocara para trabalhar na abertura da caverna, da qual os camponeses daquelas montanhas diziam vir sons estranhos, gritos e invocações roucas que trespassavam a barreira de rochas, alcançando o exterior. O tamanho e a aparente força física de Durius foram bem-vindos pelo mestre de obras de Arthur, que se mantinha afastado, recluso em sua tenda. Os homens diziam que lá ele orava – tanto ao deus dos cristãos quanto aos deuses pagãos das montanhas, pela segurança de seu amigo.

Durius evitava a presença de Arthur, nas ocasiões em que ele vinha supervisionar os trabalhos. A barba cerrada que deixara crescer ao longo dos meses passados com Morgana deveria ocultar sua aparência do rei, mas não queria arriscar-se, seguindo o conselho da Fada. Uma das mais importantes armas que levaram Arthur até o poder era a intuição que o prevenia de emboscadas.

A remoção da parede de pedras que toldava a entrada da caverna custou três dias aos trabalhadores. Assim que houve espaço suficiente para a passagem de um homem, Arthur entrou, segurando uma tocha. O crepúsculo já descia sobre as montanhas. Na luz espectral, Durius pôde reconhecer um vulto de contornos breves, entrando às costas do rei. Morgana, protegida por suas artes mágicas dos olhos dos que não estavam habituados aos seus truques, as passadas leves sem fazer barulho no cascalho do chão. Em seguida foram os três jovens cavaleiros que escoltavam o rei. Durius seguiu seus passos.

A caverna era ampla, de chão aplainado e dividida em câmaras.

– Merlin! Merlin! – gritava Arthur, sua voz possante ecoando nas paredes e no teto abaulado de pedra. Apenas o eco do chamado lhe respondeu. – Alguém! Vocês – apontou para os cavaleiros. – Precisamos de luz. Saiam e tragam mais tochas. Quero também mais homens aqui, para procurar nas outras câmaras.

Os cavaleiros rapidamente se perfilaram e saíram da caverna. Durius se escondeu em um recesso de pedra junto à parede.

Arthur não esperou o retorno dos homens. Empunhando a tocha, penetrou mais profundamente na caverna, escolhendo uma das câmaras, sem hesitar. Durius viu a sombra de Morgana segui-lo. Ele também seguiu os passos of Arthur, caminhando o mais silenciosamente que podia.

Logo viu a figura de Arthur debruçada sobre o corpo prostrado de Merlin. O bruxo se estendia sobre um altar de pedra. Durius não pôde ver muito do seu estado, mas a câmara estava povoada de restos de alimentos e papiros e fólios empilhados pelos cantos; trapos sujos e jarros que deviam conter água também decoravam a prisão de Merlin. Lá fora, entre os trabalhadores, Durius ouvira que teria sido Viviane, a própria Dama do Lago, quem aprisionara Merlin. A mulher sagrada teria os seus motivos, mas Durius não podia compreender tamanha crueldade.

Alguma coisa tocou o seu braço. A sombra que era Morgana materializou-se a seu lado, em suas formas de mulher. Ela lhe estendia a espada enrolada em panos escuros.

— Agora! — disse, com voz sôfrega. — É o melhor momento.

Durius apanhou o embrulho e puxou a lâmina dentre os panos. Saiu de seu esconderijo, encarando as costas do rei. Poderia tentar um ataque de surpresa, enquanto o outro se preocupava com Merlin, mas não seria capaz de uma ação traiçoeira. Fez correr a ponta da espada pelo piso rochoso da caverna.

Arthur voltou-se para ele.

— O quê?...

Mas logo entendeu as intenções de Durius.

— Sou eu, Arthur — disse Morgana. — É hora de enfrentar minha vingança, rei.

Arthur olhou de Morgana para Durius.

— É esse o seu assassino? — riu Arthur.

O rei vestia elmo e um traje de couro que poderia protegê-lo de certos golpes, mas Durius envergava apenas os andrajos de seu disfarce de trabalhador.

— Sim! — Morgana disse. — O homem que o derrubou de sua sela, o único a fazê-lo, desde que você se tornou o grande rei, Arthur.

Durius não podia ver a reação no rosto dele, por causa da semiescuridão, mas percebeu que Arthur agora olhava para a entrada da câmara.

Morgana ergueu seus braços e proferiu palavras encantatórias.

— Seus cavaleiros não poderão atendê-lo agora, Arthur. Minhas artes mágicas garantem que eles se perderão entre as muitas câmaras da caverna. Isso nos dará a tranquilidade necessária para o duelo.

Ela fez um sinal para Durius.

Durius avançou. Arthur atirou para longe a tocha que segurava.

Ela caiu atrás de algumas estalagmites e seu brilho quase se extinguiu por completo, cerrando a câmara em escuridão.

Morgana gritou e do piso rochoso brotou uma explosão de fumaça e luz. A fumaça subiu e prendeu-se ao teto, onde ficou rebrilhando fracamente, mas propiciava mais luz do que a tocha antes fornecera.

A luz revelou Arthur agachado atrás do altar que sustinha o corpo de Merlin. Morgana riu.

— Veja como se esconde o grande rei!

Arthur levantou-se então. Seu rosto estava lívido, à luz espectral do feitiço de Morgana. Lentamente ele desembainhou sua espada, a mágica Excalibur.

Durius esperou que ele atacasse, circulando o altar. As duas lâminas pendiam sobre a figura inerte de Merlin. Arthur então se afastou e Durius, aproveitando o recuo, saltou por sobre o altar e desferiu um golpe cortante de cima para baixo contra o rei.

Arthur aparou o golpe na altura da testa, mas seu braço fraquejou e a lâmina da própria Excalibur o atingiu levemente no rosto. O toque da lâmina amiga não causou ferimento, mas Durius percebeu a surpresa explodir no rosto de Arthur, e o atacou mais uma vez, com um golpe lateral.

Novamente Excalibur reteve o golpe. Arthur saltou alguns passos para a direita, para impedir que o braço mais forte de Durius descesse novamente sobre ele.

Os dois se encararam. Era a vez de Arthur atacar. Durius sentiu Excalibur atingir a lâmina de sua espada causando uma comoção que lhe subiu pelo braço. O segundo golpe de Arthur foi apenas desviado, e não bloqueado. O contragolpe empurrou Excalibur para longe dele, mas com um meio-movimento Durius a atingiu na proteção do punho. Um impacto tão forte e surpreendente que Excalibur escapou da mão de Arthur e retiniu no piso da caverna.

O rei se moveu para longe da lâmina de Durius. A surpresa em seu rosto era indizível. Enquanto se abaixava para apanhar Excalibur caída no chão, Durius lançou um olhar ligeiro para Morgana, e viu que em seu rosto a surpresa não era menor.

Excalibur parecia confortável em seu punho. Deixou a antiga espada cair e voltou a nova arma para o rei.

— Não... — ouviu, um som débil. — Não faça isso.

Era Merlin. Em algum momento do curto duelo, o mago despertara.

— Por que não, bruxo? — Durius perguntou.

Merlin mal foi capaz de se erguer sobre um cotovelo e encará-lo. Enquanto esperava que ele tomasse fôlego, Durius mantinha um olho em Arthur.

— Por clemência — disse Merlin, a voz como que saída de uma caverna ainda mais profunda.

Durius riu, a gargalhada ecoando nas paredes da câmara.

— E teve o grande rei clemência, ao mandar que seus cavaleiros voltassem ao campo de batalha para exterminar os feridos? Teve ele clemência ao ordenar que não fizessem prisioneiros?

Merlin calou-se.

— Excalibur não foi feita para matar sem honra — Arthur ousou dizer.

— O quê? Acha que nosso duelo não foi honroso, rei?

— Não lhes dê ouvidos — Morgana gritou. — Mate Arthur de uma vez e vamos sair daqui. Nem mesmo Merlin pode protegê-lo agora.

Mas Durius contemplava a espada mágica de que tanto ouvira falar. Uma arma que não fora feita para matar sem honra.

Levantou a lâmina diante de seus olhos e fez o olhar correr pelo fio.

Todos na caverna viram luzes dançarem na lâmina da espada. Morgana gritou um encantamento exorcisório, mas as luzes cresceram de intensidade, ao invés de desaparecerem.

Eram homens que caíam pelo fio da espada. Um atrás do outro eles surgiam de junto ao punho e escorregavam até a ponta, caindo um a um, ceifados pela espada empunhada por Arthur. Dezenas. A maioria estava longe de ser um cavaleiro como o rei e seus companheiros — eram camponeses vestidos de soldados, homens franzinos que depunham as armas diante do golpe derradeiro, e nem por isso eram poupados. As batalhas não tinham a ordenação clara da justa, eram uma apoteose de ferocidade, confusão e horror. O sangue dos homens escorria e manchava a lâmina de Excalibur, o cheiro de morte preencheu a câmara, e a própria espada tremia na mão de Durius, como a lamentar-se. Um fino zumbido, um choro, partiu dela.

— Então a espada guarda lembranças — Durius disse. — E vocês enxergam honra aqui, Merlin, Arthur?

Nenhum dos dois respondeu. Seus olhos se arregalavam diante da magia que a espada produzia, e a própria Morgana se guardava contra ela por trás das mãos de dedos cruzados em sinais contra feitiços.

— Eu vejo apenas sangue — Durius sentenciou, e atirou Excalibur para longe, como se a espada mágica fosse o objeto sujo que ele sentia em seu punho.

Passou pela figura prostrada de Merlin e agarrou Morgana pelo braço. Arrastou a mulher para fora da câmara e para fora da caverna. Atrás deles Arthur e Merlin mantiveram-se em silêncio.

Em poucas horas Durius e Morgana se uniram ao resto dos homens da fada. Nenhum deles respondeu às perguntas dos outros, sobre o resultado da missão. No próprio acampamento, Durius se despediu de Morgana.

— Investi muito em você, Durius — ela disse. — Por que me traiu?

— Agradeço muito que tenha salvado minha vida, Morgana. Mas eu não poderia acrescentar mais sangue à espada. Não por minhas mãos.

— Tolo — Morgana disse, afastando dele o olhar e projetando os lábios, num muxoxo emburrado. Durius viu que ainda estava pálida com o que testemunhara na câmara. Mais tocada por isso do que pelo desapontamento com ele. — Caiu em um truque de Merlin. Vai voltar para sua terra? Leve um cavalo e suprimentos...

— Não, Morgana — ele disse. — Não foi um truque de Merlin, e você sabe. A magia da espada é uma que tanto você quanto ele desconhecem. Volte para casa, Morgana. Esqueça sua vingança, viva a sua vida. Acho que Arthur também aprendeu algo neste dia. Não há honra a ser conquistada, nem a ser vingada, nisto tudo.

— Vá embora, Durius. Você me custou muito. Não quero vê-lo mais.

Durius assim o fez.

IV

Anos depois, quando Durius era um agricultor às margens do Doiro, chegaram notícias de que o grande rei da Bretanha destruíra seu reinado em uma terrível batalha que reuniu os Cavaleiros da Távola Redonda e as forças reunidas por Mordred, junto a mercenários saxões.

Diziam que se tornara claro para todos que o encontro entre Arthur e Mordred era uma armadilha preparada por Morgana e seu filho, mas que mesmo assim o grande rei hesitou até o último instante antes de desembainhar a espada, acreditando na sinceridade de Mordred e de seu plano de trégua e paz entre as partes envolvidas.

Enfim Mordred foi morto, mas o legendário reino de Arthur, o grande rei que unificara a Bretanha sob uma única ordem, pereceu com ele. O próprio Arthur veio a morrer dos ferimentos sofridos em combate, e Excalibur foi recolhida a um lugar secreto, guardada da ameaça do tempo pelas mãos da Dama do Lago.

Durius, contando aos seus filhos as aventuras que vivera, queria acreditar – e queria que acreditassem – que Arthur hesitara tanto em desembainhar a espada por se perguntar se haveria ou não honra na carnificina que viria então, se um dia Excalibur o perdoaria pelas mortes desonrosas de antes, se um dia um feito de honra apagaria a lembrança dos mortos que haviam dançado na lâmina da espada, naquele dia na caverna-sepultura de Merlin.

Mas a certeza disso era coisa guardada na memória da espada.

Durius se contentou em viver a vida que conquistara para si.

Sem certezas.

O Espelho
Liège Báccaro Toledo

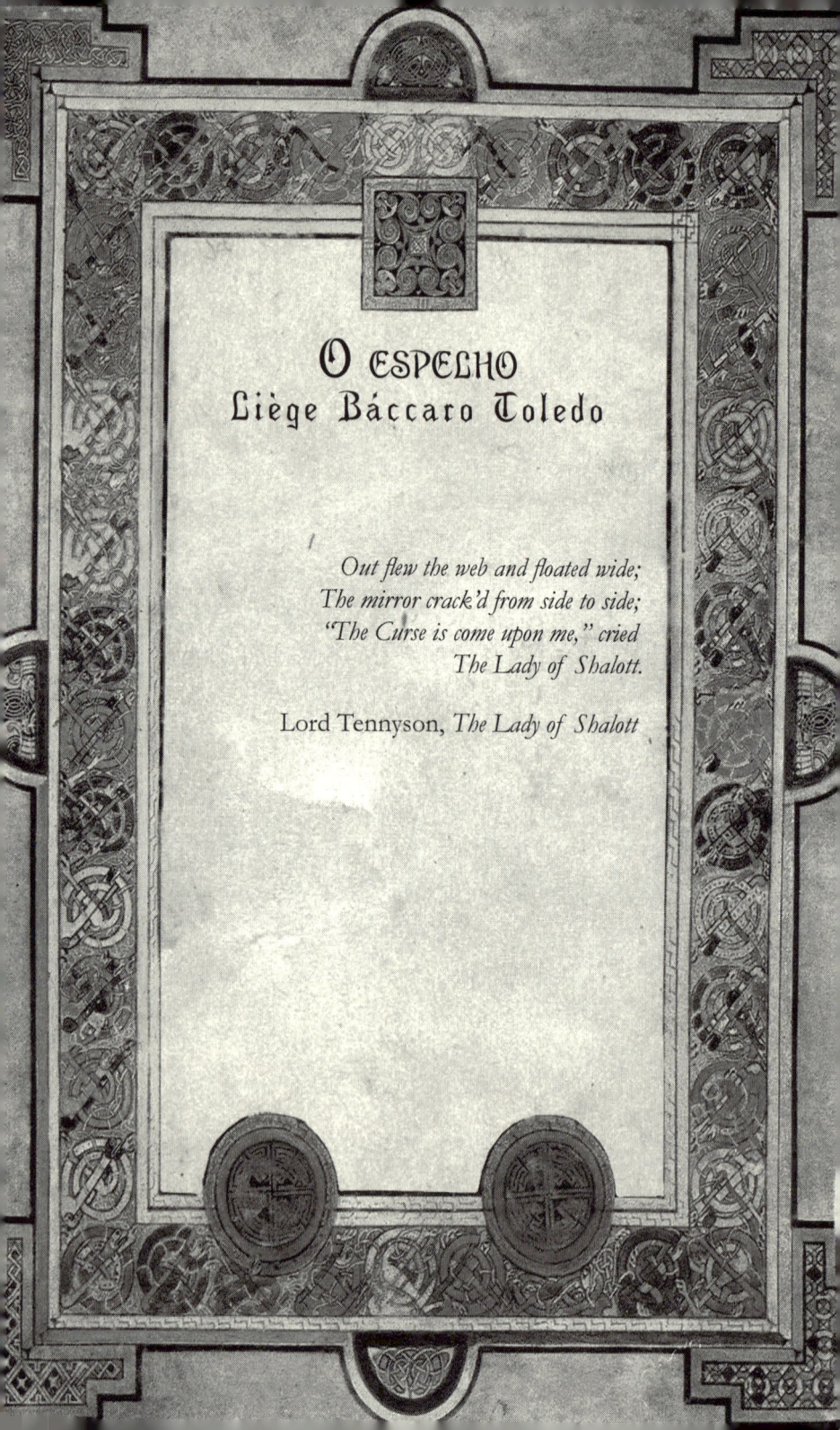

Out flew the web and floated wide;
The mirror crack'd from side to side;
"The Curse is come upon me," cried
The Lady of Shalott.

Lord Tennyson, *The Lady of Shalott*

Se eu precisasse deixar um conselho para aqueles que porventura lerão essas páginas, seria esse: jamais olhe um espelho por muito tempo. Você poderá ver o que não quer. Ou talvez veja aquilo que quer e descubra, tarde demais, que seus sonhos são, na verdade, um pesadelo.

E eu lhes direi qual foi o meu pesadelo.

Meu nome é Mary. Sou a irmã mais velha de outras duas meninas, Jenna e Charlotte. Quando eu tinha vinte anos, eu, minhas irmãs e minha mãe nos mudamos para uma casa de campo perto de Glastonbury. Era um lugar austero, sóbrio, de paredes de pedra cinzentas e grandes janelas antigas. Lembro-me de ter sentido medo quando vi aquelas janelas pela primeira vez. Elas pareciam olhos que observavam nossa chegada, questionando se nos aceitariam ali ou não. E talvez realmente fossem. Hoje já não duvido de mais nada.

Embora a princípio tivesse me amedrontado, a casa aos poucos passou a me agradar. Quando chegamos, ela estava abandonada, suja, dominada pela poeira e pelo mofo. Passamos dias e dias empenhadas em deixar o lugar apresentável, e confesso que largamos muitas coisas no porão. Eu não gostava de ir até lá, então era minha mãe quem descia com móveis e panelas enferrujadas nos braços, lamentando a falta de meu pai enquanto enfrentava os degraus na penumbra.

Meu pai morrera na guerra. E não era apenas de seus braços fortes que sentíamos falta. Confesso que ainda hoje consigo escutar sua risada grave e alta. Ele ria pouco, mas quando ria, fazia com que todas sorríssemos.

Depois de algum tempo, passamos a criar coelhos, galinhas e porcos para nosso sustento. Minha mãe não gostava de animais, mas eu e minhas irmãs nos divertíamos muito com eles. Havia também um cachorro grande de pelo cor de chocolate. Eu não lembro qual era sua raça, mas lembro que o chamamos de Balen.

Quando a primavera chegou, a situação melhorou bastante. No lugar da neblina e do frio, tínhamos sol e cores. As paredes do lado de fora ficaram cobertas de glicínias em tons de lilás. Havia trilhas e caminhos de pedra para andarmos nos bosques, e gostávamos de fazer piqueniques na grama, enquanto Balen tentava roubar nossa comida. Finalmente parecíamos ter encontrado um lugar que nos acolhera depois de tanto sofrimento. Minhas irmãs sorriam novamente. Minha mãe resmungava, dizendo que eu precisava me casar, mas seus olhos esverdeados tinham voltado a ter algum brilho.

Num desses piqueniques primaveris, minha mãe comentou que, organizando o porão, havia encontrado uma tapeçaria levemente embolorada, toda bordada com motivos de cavaleiros e damas antigas. Não dei muita atenção a princípio, mas ela continuou falando. Contou-nos que a tapeçaria estava cobrindo um espelho quebrado.

– É uma pena – ela disse. – Gostaria de trazer o espelho para cima, porque a moldura é linda. Combinaria com a nossa casa. Mas está quebrado... Trincado, na verdade, de uma ponta até a outra. É realmente uma pena. Talvez possamos consertá-lo depois que conseguirmos um pouco mais de dinheiro.

Percebi que Charlotte, minha irmã caçula, olhava para minha mãe com bastante interesse. Lotte era uma pequena aventureira. Gostava de explorar e se meter em lugares indevidos e perigosos. Minha mãe costumava dizer que o passatempo favorito dela era enlouquecer outras pessoas. Lotte ria frente à afirmação, exibindo suas bochechas vermelhas com sardas e a banguela que recentemente adquirira ao perder os dois dentes da frente. Tinha sido uma filha inesperada para minha mãe, uma gravidez tardia, e continuava a nos surpreender mais e mais.

Naquela noite, quando fomos dormir, eu sabia que deveria ficar atenta. Mesmo quando minha mãe escondia as chaves de casa,

Lotte dava um jeito de encontrá-las para fazer o que queria. Ainda mais porque mamãe adquirira o hábito de tomar alguns (muitos) goles de gim para conseguir dormir melhor, e mal notava a presença da pequena em seu quarto, fuçando as gavetas.

Por um bom tempo, fiquei de costas viradas para Lotte e Jenna em minha cama, mantendo os olhos e os ouvidos bem abertos. Mas em algum momento o sono se abateu sobre mim. Quando despertei novamente, sobressaltada, senti como se apenas alguns segundos se houvessem passado. Contudo, quando olhei para os lados, vi Jenna roncando sonoramente com as cobertas revoltas sobre si e a cama de Lotte vazia.

Levantei-me na hora, resmungando um impropério, e fui procurar Lotte, segurando uma lamparina a óleo nas mãos. Após uma breve busca, percebi que a caçula já não estava dentro de casa. Apressei-me a sair, imaginando que a pestinha, rápida como era, já havia se dirigido para o porão, cujo acesso ficava no exterior de nossa casa. Se dissesse que estava apenas preocupada com os degraus de madeira velha, com o peso do alçapão que minha irmãzinha teria de erguer ou com as aranhas e ratos que habitavam o porão, estaria mentindo. Não era só isso. Algo dentro de mim parecia dizer que Lotte não devia se aproximar do espelho que minha mãe encontrara. Na época, atribui à lógica meu medo, pois raciocinara que o espelho poderia cair sobre a menina e machucá-la com cacos afiados. Hoje sei que não era apenas isso.

Um instinto forte de proteção me invadiu, e andei a passos mais do que rápidos para fora, vencendo o medo do escuro que sempre tivera. Ofegante e nervosa, encontrei aberto o alçapão de madeira que levava ao porão. Balen latia ao longe, não podendo fazer muito preso em sua coleira. Desci as escadas o mais rápido que consegui, tomando cuidado para não tropeçar e derrubar a lamparina. Gritava o nome de Lotte, furiosa, embora estivesse muito mais amedrontada do que qualquer coisa.

— Charlotte! — eu grunhia enquanto me desviava dos móveis velhos acumulados no porão. — Você vai ficar de castigo dessa vez, e por muito tempo! Está me ouvindo? Lotte!

Ouvi uma risada abafada mais ao fundo, e um barulho que se assemelhava ao som de uma peça grossa de tecido vindo abaixo.

Naquela hora, um arrepio frio percorreu minha espinha. Aquela era a risada de minha irmã? Ou havia mais alguém rindo com ela?

– LOTTE, apareça agora! – gritei ainda mais zangada, tentando esconder o medo em minha voz.

Aproximei-me do local de onde a risada havia vindo. Aos poucos a luz da lamparina permitiu que eu distinguisse a cabecinha ruiva de Lotte. Ela também segurava uma lamparina, menor do que a minha, e olhava atentamente para um dos objetos mais bonitos que eu já vira em toda a minha vida.

Era um espelho. Um espelho redondo e grande, que ultrapassava a altura de Lotte e brilhava, embora a luz ali fosse fraca. Estava apoiado em um suporte de madeira e exibia uma moldura de prata levemente oxidada, trabalhada com motivos de lírios e folhas de carvalho. Uma rachadura corria toda a sua extensão, fazendo com que nossos reflexos fossem deformados e divididos em dois.

Embora o cheiro de mofo e as teias de aranha que pendiam do teto me incomodassem, naquele momento, o espelho atraiu meu olhar como um sorvedouro. Eu não sabia o que me fizera enxergar nele tamanha beleza, mas sabia que havia sido hipnotizada.

Meu coração começou a bater rapidamente quando passei a enxergar algo mais naquela superfície brilhante. Alguma coisa se mexia no espelho, embora eu e minha irmã estivéssemos completamente paradas. Compreendi, estarrecida, que não eram mais os nossos reflexos ali.

Comecei a enxergar imagens. Não eram coisas assustadoras, como esperava, mas senti uma tristeza inigualável invadir meu peito. Eu vi luzes enfileiradas em meio à escuridão, e de alguma forma soube que pertenciam a um cortejo fúnebre. Vi donzelas brincando à beira de um rio, com trajes que lembravam figuras medievais. Um jardim de lírios, camponeses trabalhando em campos de cevada e, por fim, um pajem trajando roupas vermelhas, andando em direção a um lindo castelo de paredes claras.

Fiquei encantada com a visão, e por alguns segundos esqueci-me de minha irmã e de meu medo. Foi nesse momento que escutei uma voz sussurrar em meus ouvidos, melancólica e cheia de ecos.

A maldição cairá sobre ti se olhares diretamente para Camelot.

Gritei, saltando para trás e fechando meus olhos. Lotte gritou junto comigo, por causa do susto, mas começou a rir logo depois.

Eu, no entanto, não me deixei levar pelas risadas. Jamais me sentira tão apavorada em minha vida.

– Você não ouviu isso, Lotte? – perguntei a minha irmã, ofegante.
– O seu grito? É claro que ouvi! – ela respondeu zombeteira.
– Não, sua pestinha! Não, alguém disse alguma coisa. Foi esse espelho... Não viu as imagens no espelho?

Lotte pareceu finalmente se compadecer de meu estado, talvez por ter notado a palidez em meu rosto – palidez que eu mesma só percebi quando voltamos a nosso quarto. Passei o resto da noite em claro, sem entender muito bem o que havia acontecido.

Pela manhã, Lotte já havia contado a Jenna e a mamãe o que havia acontecido. Ela levou uma bronca por ter saído de casa à noite e foi posta de castigo por duas semanas, mas o que realmente chamou a atenção foi seu relato sobre o que eu havia dito no porão. Lotte contou a minha mãe que não enxergara nada além de um espelho empoeirado, mas que eu havia ouvido vozes e visto coisas.

Quando mamãe e Jenna, com certa incredulidade, me questionaram sobre aquilo, eu apenas ri e disse que tudo não passava de uma besteira. Mamãe relaxou um pouco, mas me perguntou mais uma vez se eu estava bem e decidiu, de qualquer forma, chamar um padre para ir até nossa casa mais tarde.

Minha mãe acabou por esquecer sua promessa, e nenhum padre foi até nossa casa de campo. Eu, por outro lado, não consegui me esquecer do que tinha visto no espelho. A cada dia pensava mais e mais sobre aquilo. Jenna percebeu uma mudança em meu comportamento e me perguntou por que estava mais quieta. Depois disso, passei a me esforçar para parecer normal, mas ainda assim minha inquietação com o espelho jamais me deixava em paz. Tinha sonhos e pesadelos com as imagens que havia visto. E ouvia, constantemente, vozes chamarem meu nome e repetirem aquela mesma frase.

A maldição cairá sobre ti se olhares diretamente para Camelot.

Apesar de meus medos, eu nunca havia sido uma pessoa tão facilmente impressionável como naqueles dias. Considerava meus temores como coisas irracionais e pensava que, sendo a filha mais velha, tinha de me comportar de maneira sensata e responsável. Determinada a resolver meus problemas, decidi retornar ao porão, um mês após o meu encontro com o espelho. Olharia novamente para sua superfície brilhante, nada veria e poderia prosseguir com minha vida de uma vez por todas.

Naquela noite, tanto Jenna quanto Lotte dormiam profundamente. Penso, hoje, se foi apenas o acaso que fez com que tudo estivesse em perfeita harmonia com minha decisão. Nem mesmo Balen latiu quando saí de casa. E quando enfrentei a escuridão da noite, notei que uma fina neblina circundava nossa casa.

Desci as escadas de madeira segurando a lamparina em minha mão trêmula. *"Droga, Mary. Tente se controlar"*, pensei. Continuei meu caminho desviando dos móveis e panelas que entulhavam o aposento e finalmente cheguei até o espelho. Estava como o havíamos deixado. Compreendi que nem mesmo minha mãe havia descido até ali depois de ter ouvido a história de Lotte.

– Tem algo para me mostrar agora, espelho? – perguntei, com a voz trêmula, mas num tom desafiador. Fiquei parada à frente dele por cerca de dez minutos. Esperava que algo acontecesse, mas apenas meu reflexo estava ali, partido em dois.

"Está vendo, Mary... nada vai acontecer", pensei, aliviada. *"Volte para o quarto antes que Lotte acorde e resolva te seguir"*.

Com isso, fiz menção de sair, mas, antes que pudesse virar minhas costas e finalmente dar adeus ao espelho, ele pareceu responder a minha primeira pergunta.

Sim, havia algo para me mostrar. E dessa vez eu vi uma imagem tão nítida que pensei se tratar de algo real que se materializara em minha frente. Era um homem trajando uma armadura de placas reluzentes e portando um escudo vermelho e prateado, com a insígnia de um dragão. Seus cabelos eram longos, negros e ondulados, e o rosto, levemente moreno e bastante masculino, era o mais bonito que já vira. Montava um cavalo branco, que trotava seguindo o curso de um rio, e cantarolava tranquilamente.

Naquele momento, todo o meu medo se dissipou. A presença daquele cavaleiro captou minha atenção de tal modo que qualquer coisa perto daquilo me pareceu trivial... Mundana demais.

Uma outra imagem surgiu. Do alto de uma torre de paredes

acinzentadas, uma moça linda, de longos cabelos loiro-avermelhados e olhos azuis e melancólicos, olhava para o caminho por onde o cavaleiro seguia, deixando que seu manto esverdeado esvoaçasse para fora da janela. Eu soube, naquele momento, que aquela mulher tinha feito algo extremamente grave, embora eu não soubesse do que se tratava. Havia lágrimas em seus olhos.

Mas também havia paixão.

A donzela não abriu os lábios, mas uma palavra se fez ecoar pelo porão, murmurada por uma voz feminina e espectral.

Lancelot.

"Lancelot", repeti, fascinada. Jamais havia acreditado em amor à primeira vista, mas agora podia entender perfeitamente o que aquela mulher sofria. Senti a dor em seu coração, a paixão que pulsava em seu peito e o vazio que a dominou assim que o cavaleiro desapareceu ao longe. A donzela se voltou para dentro, com o rosto completamente transtornado, e olhou para um dos móveis no quarto – um objeto cuja visão me fez abafar um grito.

Ela fitava um espelho, trincado em toda a sua extensão. Um espelho idêntico ao que eu tinha à minha frente agora.

– *A maldição caiu sobre mim!* – a dama chorou, antes de desaparecer.

Lágrimas desciam de meus olhos e minhas mãos tremiam. Tive certeza de que aquilo realmente havia acontecido, mas não entendia muito bem o que significava. O espelho começou a ficar escuro, e achei que nada mais me seria mostrado.

– Meu Deus – murmurei. – Meu Deus...

Comecei a me afastar lentamente, de costas. Não sabia como lidar com aquilo. Ainda estava fascinada pelo espelho, embora não quisesse me sentir assim, e mantinha meus olhos nele. Percebi que mais uma imagem se formava.

Era uma mulher, novamente, mas não a dama de olhos tristes que fitava Lancelot. Essa sorria – muito – e estava nua. Seu cabelo era quase branco e algumas folhas descansavam nele, como se tivessem sido gentilmente acolhidas ali após serem rejeitadas por alguma árvore. A mulher esticou o braço delicado, de forma tão suave que acreditei que fosse feita de ar. E talvez fosse mesmo, pois senti uma leve brisa afagar meus cabelos, enquanto ouvia em minha mente uma voz brincalhona:

"Venha, Mary"...

E, por Deus, eu fui. Deveria ter dado atenção ao sentimento tímido de alerta em meu coração, mas não me importei. A mão daquela menina-fada continuava a me convidar, ultrapassando a superfície do espelho, e meus passos vagarosamente me levaram até ele.

Assim, eu entrei no espelho.

Talvez vocês pensem que esta minha narrativa não passe de fantasia, mas tudo isso aconteceu de fato. Eu entrei no mundo que havia atrás do espelho, um mundo de fadas e seres etéreos que soube, sem que ninguém me dissesse, se chamar Annwn.

Pouco me lembro do que vi no início. Recordo-me de um lugar lindo, mas naquele momento estava atordoada como se tivesse bebido o gim de minha mãe. Sentia-me estranhamente feliz, bem-aventurada. Não sentia meu corpo. Era leve e delicada como o ar. Como uma fada.

Três outras mulheres nuas me cercaram, rindo e movimentando-se como se fizessem parte de uma dança. Uma delas tinha cabelos vermelhos, outra os tinha negros e a última tinha mechas azuis. Elas envolveram meus braços com suas mãos delicadas e passaram a me puxar, cantando, convidando-me a fazer parte de sua brincadeira. Eu as segui, ao sabor da melodia, docemente embriagada. Estava feliz como há muito não me sentia.

Andamos, mas eu não soube precisar por quanto tempo, e nem quis. Em algum momento, notei que estávamos adentrando um bosque. Ainda rindo com as fadas, observei as árvores com um pouco mais de atenção e percebi que se tratava de macieiras. Havia frutos vermelhos e brilhantes em cada galho – todas as maçãs eram lindas! A abundância era inebriante. Flores também cresciam em profusão no caminho que traçávamos sob os pés. Tinham um perfume maravilhoso, eram brancas, grandes e lindas. Percebi que eram lírios. Mas, para além dos lírios e macieiras, outra coisa chamou minha atenção. Uma voz ecoou de dentro do bosque, parando o riso e a canção das fadas.

"Estive por tanto tempo cansada das sombras,
As sombras tomaram meu coração
A tua luz me tirou uma vez deste espelho,
Mas ela também foi minha maldição,
Minha maldição..."

– Ela está aqui, e quer te ver – todas as fadas repetiram em uníssono, afastando-se de mim vagarosamente.

Quem poderia estar ali?, pensei, ainda embriagada pelo ambiente onírico. Foi então que vi se aproximarem de mim os olhos azuis melancólicos que eu enxergara no espelho. Era a dama de Lancelot. Cantava os versos que acabara de ouvir e sorria para mim, embora seu rosto mostrasse tristeza.

– Não sou a dama de Lancelot – ela disse, como se tivesse lido meus pensamentos. – Sou a dama de Shalott.

– Shalott? – perguntei, timidamente, sem saber o que fazer.

A dama virou as costas vagarosamente, segurando com uma das mãos um manto de seda azul. A outra ela ergueu, acenando para que eu a seguisse. Seu rosto encerrava um enigma. Eu ainda não sabia qual era.

– Uma terra de proporções modestas, localizada em uma ilha, onde havia um pequeno castelo, Shalott. Ficava tão perto de Camelot que podíamos ver a morada de Arthur de nossas janelas. Exceto por mim...

– *A maldição cairá sobre ti se olhares diretamente para Camelot* – repeti o que havia ouvido em minha casa de campo.

– Sim... – a dama falou, e se calou em seguida.

Andamos sem dizer palavra até o momento em que atingimos uma clareira. Havia nela um círculo de pedras brancas e um pequeno trono que parecia nascer da terra, feito de galhos entrelaçados e folhas. Era lindo. A dama de Shalott se sentou nele, parecendo cansada após a caminhada, e fez um gesto com as mãos me pedindo para sentar à sua frente. Notei que havia tapeçarias bordadas, com figuras de todos os tipos, penduradas às árvores que nos cercavam. A maior e mais bela tinha no centro a imagem do castelo de Camelot.

– Eu olhei diretamente para Camelot quando Lancelot surgiu – ela sussurrou com sua voz melodiosa, assim que me sentei. - Antes, eu via o mundo apenas por meio das imagens de um espelho em meu quarto, que refletia a vida que nos cercava. Mas desisti de viver de sombras por ele. Ele foi minha luz, mas também minha maldição.

– Você chegou a conhecê-lo? – perguntei absorta.

Ela sorriu com tristeza.

– Não, criança. Mesmo porque seu coração não pertencia a mim, e sim a Guinevere, a rainha de Arthur.

– Não o procurou? – continuei a questioná-la, como se me sentisse indignada por tamanho amor não a ter inspirado a lutar.

– Eu o procurei no espelho. Passei dias a esperar que ele voltasse a aparecer, mas não o vi. Definhei, tomada por um amor que sabia que jamais seria correspondido. Quando senti que a vida me abandonava, deixei o castelo de Shalott e tomei um barco no rio que cercava nossas terras. Ele me levaria a Camelot. Quando cheguei, no entanto, já não tinha forças. Ouvi pessoas aproximarem-se com espanto, e, antes de morrer, pude ao menos ouvir sua voz. Eu sabia que era a voz de Lancelot. Ele disse: "Ela tem um belo rosto... Que Deus, em sua misericórdia, possa abençoá-la..."

Fiquei em silêncio por alguns instantes. Ela olhou em meus olhos demoradamente e sorriu.

– Também você tem se escondido nas sombras para não enfrentar a vida que pulsa do lado de fora, criança, mas por vontade própria – declarou. – Faz isso porque os homens continuam a derramar sangue e lágrimas em batalhas. Essa será sempre a eterna maldição de todos nós.

– Não, não será sempre assim... – eu respondi morosamente. – Agora, não mais. Há esperança de paz.

Ela riu brevemente.

– É mesmo?

Não respondi, apenas baixei a cabeça. Ela suspirou e voltou a falar sobre seu destino.

– Eu perdi minha vida embalada pelas águas do rio que balouçavam o meu pequeno barco, por amor a Lancelot... Essa foi minha maldição, criança. Não olhar para Camelot, mas sim olhar para Lancelot, e apaixonar-me. E, além disso, jamais poder retornar e viver novamente.

– Não se vive mais de uma vida – argumentei.

A dama de Shalott riu mais uma vez.

– É o que você pensa, não? – ela respondeu, e fechou seus olhos.

Fiquei a observá-la por um longo tempo. Naquele lugar, a passagem das horas não me importava. Acredito que nada me importava. Não havia sentimentos a não ser a tranquilidade e a alegria. Não havia dores mundanas, embora houvéssemos falado sobre guerras e mortes. Essas coisas já não importavam mais. Cheguei a pensar que gostaria de saber quem havia jogado uma maldição tão nefasta sobre a dama de Shalott. Mas desisti de fazê-lo, embalada por uma suave melodia que começava a ressoar ao nosso redor.

E então, aconteceu.

Em algum momento, as fadas apareceram na clareira novamente, e começaram a dançar. Convidaram-me a brincar, e juntei-me a elas alegremente. A dama de Shalott se levantou e cantou para nos acompanhar, dando passos vagarosos para fora do pequeno círculo de pedras. No meio da dança, deram-me maçãs e mel, fizeram-me beber da água mais cristalina que já provara, e também me pediram para cantar.

– Venha, Mary – a dama de Shalott pediu. – Venha se sentar em meu trono e cante. Aqui não há reis e rainhas... Somos todos iguais.

Fui, inocente como uma criança. *"Lotte iria adorar esse lugar"*, pensei, segundos antes de me sentar, em um dos únicos momentos em que me lembrei de minha vida cotidiana naquela terra de idílio.

Assim que senti meu corpo pesar sobre o trono da dama de Shalott, as lembranças cessaram, e a escuridão se apoderou de mim. Não vi mais nada. E ali se iniciou meu pesadelo.

Quando abri meus olhos e vi alguma luz novamente, descobri-me sozinha na clareira onde havia dançado com as fadas e conversado com a dama. Continuava sentada no trono, dentro do círculo de pedras. Imediatamente, senti-me ligada àquele local. Não podia sair dali, não podia me afastar do círculo por muito tempo. Estava presa. Havia sido enganada, e nem ao menos sabia o porquê.

A dama de Shalott jamais retornou, mas as fadas voltaram a aparecer. Brincavam e dançavam ao meu redor. Deixaram-me nua e pintaram meu corpo. Eu perguntava por que haviam me prendido, mas nenhuma me respondia. Elas apenas riam. Riam e usavam-me como brinquedo, por vezes jogando-me de um lado e de outro, puxando meus cabelos, manipulando-me com curiosidade como se eu fosse apenas uma boneca de pano. Não me machucavam, mas não me respeitavam. Apenas riam.

Aos poucos, passei a achar suas risadas macabras. Aos poucos, as maçãs que cresciam em abundância passaram a ter gosto de cinzas, e o aroma dos lírios se assemelhava ao odor de flores mortas. As brincadeiras, canções e risadas pareceram-me torturas. Quando tentava escapar ou sair do círculo, mesmo sabendo que aquilo representava algum tipo de risco para mim – minhas energias eram sugadas rapidamente – as fadas me perseguiam e me levavam de volta à força, enquanto eu gritava para que me libertassem. E elas riam. Apenas riam.

O paraíso é um inferno quando não se quer estar nele.

Acreditei que jamais sairia daquele lugar. Mas aqui estou.

Em algum momento, adormeci novamente na clareira. Tive a impressão de ter passado um longo tempo dormindo um sono profundo e sem sonhos e, quando abri meus olhos novamente, estava em minha casa de campo, no quarto de minha mãe.

Mas estava muito diferente. Meu corpo se tornara alquebrado, velho. Estava deitada em uma cama da qual tinha dificuldade de sair. Gritei desesperada, sem saber o que havia acontecido, e uma pessoa apareceu algum tempo depois, correndo. Tinha os cabelos vermelhos com fios brancos e o rosto sardento. Jamais deixaria de reconhecer aquele rosto. Estava muito mais velho, mas era inconfundível. Lotte.

Quando minha irmã me olhou nos olhos, abafou um grito com as mãos e correu a me abraçar, chorando. Eu não entendia o que se passava. Foi então que ela sussurrou em meus ouvidos:

– Quem esteve no seu lugar, Mary? Onde você esteve esse tempo todo? Eu sei que não era você!

Aos poucos, fui descobrindo tudo aquilo que não tinha vivido e que alguém vivera por mim. Descobri-me com um filho – Lance – e viúva. Descobri que Jenna havia morrido anos atrás, vitimada pelo mesmo vício que levara minha mãe: o álcool. Descobri que Lotte quase havia sido trancada em um sanatório por ter levado a família inteira ao limite com crises de choro, agressividade e desespero, nas quais ela afirmava que sua irmã mais velha não estava mais ali. Lotte percebera que eu havia ido embora, e também que alguém havia tomado meu lugar. Mas ninguém acreditara nela. Não culpei Jenna e mamãe. Eu também não teria acreditado se a situação fosse outra e não tivesse sido eu a capturada pelo espelho.

Na casa de campo ainda vivíamos eu e Lotte. Lance, meu filho, que eu não conhecia, vivia em Londres com a família e raramente visitava a mãe. Lotte contou-me que a esposa de meu filho, Gwen, não se dava bem com a sogra.

Não havia mais coelhos e galinhas. Balen morrera há muito tempo.

Compreendi que a dama de Shalott não podia mais viver outras vidas por si própria, mas podia roubá-las. Quem quer que visse o espelho e conseguisse enxergar suas sombras poderia adentrar o mundo das fadas, onde a dama esperava por uma oportunidade de viver vidas que não fossem suas. Nunca soube ao certo por que ela havia abandonado meu corpo e me deixado retornar. Talvez tivesse enjoado da mulher velha que se tornara. Talvez houvesse descoberto outra vida que desejava mais. O que sei é que jurei nunca mais fitar um espelho.

Abri apenas uma exceção.

Pedi que Lotte me ajudasse a levar o espelho que fora minha ruína do porão até lá em cima. Encontramos um lugar amplo no quintal, que me pareceu apropriado para o que queria fazer, e juntas cavamos um buraco que fosse capaz de comportar o espelho deitado. Aquilo me lembrou uma cova rasa, e um arrepio percorreu todo o meu corpo. Logo eu estaria morta também. Morreria sem ao menos ter vivido.

Tomei um martelo nas mãos e, com toda a força que me restava, atingi o espelho. Os cacos voaram e chegaram a me ferir, mas não me importei. Saltei para fora do túmulo que encerraria aquele pesadelo, e eu e Lotte jogamos terra por sobre os fragmentos brilhantes e a moldura de prata. Começou a anoitecer.

– Vamos para dentro, Mary – Lotte pediu. – Já está quebrado. Amanhã terminamos isso.

– Não – respondi, convicta. – Quero enterrá-lo agora.

Lotte suspirou e continuou a me ajudar. Assim, trabalhamos e trabalhamos, até que todos os cacos estivessem bem ocultos sob a terra.

Mas antes que o último desaparecesse por completo ainda pude ver o sorriso de uma fada. Que me encarava, sombria, pela derradeira vez.

Momento Decisivo
Luiz Felipe Vasques e Daniel Bezerra

PERDIDO NA VASTIDÃO entre as estrelas, um homem solitário fazia de um insuspeito asteroide desgarrado seu lar. Os demais haviam se ido há tempos, ou simplesmente mortos em uma batalha sem fim, uma guerra perdida contra um inimigo de qualidades superiores. Ou, pior ainda, haviam se submetido. Contra tais noções, aquele último renegado haveria de bater-se por todos os dias de sua vida.

Nos apertados corredores vazios de sua estação, não estava acostumado a receber visitas, fora seus hóspedes involuntários. Orgulhava-se de ser um bom anfitrião, apesar de seu estilo de vida espartano e recursos escassos. Mas, se mal podia oferecer a alguém uma refeição reidratada, pelo menos estenderia a um visitante voluntário o benefício da dúvida, não importava ainda o quão inesperado.

O que aconteceria em um segundo momento, é claro, independia de qualquer generosidade.

– Dois mil anos atrás, quando a Autoridade Terrestre se estabeleceu – disse Myrdin com a voz empostada, como se estivesse fazendo um discurso bastante ensaiado – a humanidade se espalhou por toda a galáxia. Através de alterações genéticas para melhor se adaptar às diferentes condições ambientais encontradas nas estrelas, a humanidade se transformou em muitas tribos e nações. Keltoy, fenroy, terrestres básicos... Nenhuma dessas divisões deveria importar. Mas com o passar dos séculos de isolamento e conflitos constantes, a união conquistada tão duramente ao longo do tempo se fragmentou mais uma vez.

Myrdin fez uma longa pausa, avaliando se seu interlocutor ainda estava prestando atenção. O fato do velho ainda conservar a cabeça por cima dos ombros parecia indicar que sim, Tarquin estava atento. Continuou:

– Os diferentes filhos da humanidade estão espalhados e desunidos, Tarquin. Mas aqui, em Prydain, nós temos uma *chance*. Uma chance na pessoa de Arthur.

– Velhote, se você veio aqui para me convencer a parar de atacar Nova Logres, pode esquecer. Eu nunca vou perdoar o que os pilotos de Arthur fizeram ao meu povo! E enquanto eu puder...

– *Escute*, Tarquin. Estou falando de algo muito maior que os fenroy; muito maior até mesmo que meu povo, ou o de Arthur. União. Paz, paz duradoura. Boas terras para os fenroy viverem em paz sem precisar saquear ninguém. Liberdade de culto para os keltoy. E justiça para qualquer um. Tudo isso *se* o governo de Arthur vingar.

Tarquin motejou:

– Você deve estar mesmo desesperado para vir aqui e tentar me convencer a libertar os prisioneiros com essa história tola. Arthur é um criminoso e um assassino de fenroy. Diga ao seu pupilo que nada do que ele fizer, nem mesmo a vitória em Badon, poderá impedir que nosso orgulho se reerga. Diga a ele que vamos conquistar Nova Logres e comemorar nossa vitória entre os destroços de suas esquadras.

– Não me faça perder tempo com suas fanfarronices, fenroy. Sabe tão bem quanto eu que seu povo está espalhado, subjugado, sem líderes. Você é o último guerreiro fenroy livre. Não vim aqui em nome de Arthur.

– Veio em nome de quem, então?

– Do futuro – suspirou o velho cientista. – Decerto você ouviu falar do meu... acidente?

– Aquela história absurda sobre você ter se tornado um profeta depois de ser atingido por uma corrente de táquions?

– Não sou um profeta! – gritou Myrdin, surpreendendo Tarquin. – Eu vejo *potencialidades*, nada mais. Autovalores possíveis dentro de uma crono-função de onda. Todos esses futuros potenciais coexistem até que um deles colapse e se manifeste, e, então, se torne parte da História. Todos eles têm uma chance de ocorrer; algumas chances são maiores e outras, menores. Seus prisioneiros? Oh, eles são importantes para as famílias deles, eu suponho, talvez até mesmo para você e para Arthur. Mas no grande esquema das coisas eles são coeficientes *menores*. Não, Tarquin. Eu preciso, o futuro da humanidade precisa, que você remova um dos grandes coeficientes dessa complexa crono-equação.

Foi a vez de Tarquin suspirar.

– O piloto com codinome de felino.

– Remova-o, e o governo de Arthur será brilhante. E sua posteridade se espalhará por toda a galáxia. Toda a humanidade estará unida mais uma vez.

– Então – prosseguiu Tarquin, com cuidado. – devo agir como sempre agi, buscando vingança contra os pilotos de Nova Logres em nome de meu povo. Até encontrar e matar esse... piloto felino.

– Apenas isso.

– E se você for descoberto, velho? Se souberem que você veio até mim?

– Isso só vai acontecer se você contar a alguém. Meu tempo em Prydain se esgotou. Daqui saio para encontrar meu destino.

Tarquin não sabia bem como interpretar a sinceridade aparente do Keltoy. Sentia, apenas, que o velho acreditava no que estava dizendo. Mesmo assim, buscou uma última garantia:

– E como vou saber que isso não é um dos seus famosos ardis? Como vou saber que há qualquer coisa de verdade em suas profecias, ou visões taquiônicas, como preferir?

– Confiar em minhas palavras será algo que você terá que decidir por si mesmo, Tarquin. Quanto a lhe dar garantia sobre minhas visões, posso lhe dizer o seguinte: daqui a seis anos a Autoridade Terrestre voltará a aparecer em Prydain. Um representante irá a Nova Logres e exigirá que Arthur se submeta. Arthur vai se negar, e uma longa guerra começará, mas Arthur sairá vencedor, exigirá um grande tributo do chanceler terrestre e voltará a Prydain como um conquistador.

Não esperou a resposta de Tarquin. Virou as costas e saiu. Falou em encontrar seu destino, e era verdade: havia uma chance razoável do campeão fenroy se irritar a ponto de atacá-lo pelas costas e matá-lo ali mesmo. A pior coisa a respeito da cronodinâmica, pensou

Myrdin, é saber o que pode acontecer, mas nunca ter certeza. O golpe, entretanto, nunca veio.

O espaço entre Nova Logres e o planeta aliado de Gorre parecia livre de ameaças, mas o tenente Lionel "Lynx" Vannes sabia que isso era ilusório. Cinco semanas antes, seu primo, o capitão Hector "Leopard" Benwick, desaparecera nessa região quando estava em patrulha, o que só podia significar problemas. Leopard ficara para trás durante a campanha contra a Autoridade Terrestre, defendendo Nova Logres, enquanto Lynx e vários outros membros de sua família – famosa por produzir pilotos de caça habilidosos – lutavam ao lado de Arthur pela independência e autonomia do aglomerado Prydain. Alguns velhos inimigos de Arthur aproveitaram sua ausência para invadir e pilhar. Nada muito sério, pelo que os relatórios de segurança indicavam; e fora exatamente para isso que Leopard e outros tinham ficado. Que um piloto tão bom quanto ele tivesse desaparecido sem deixar rastros numa patrulha de rotina era preocupante.

– Acha que foram os fenroy, Banson? – perguntou ele ao seu líder de ala.

– Dificilmente, Lynx – respondeu o Capitão Banson Benwick, irmão mais novo de Leopard. – Ao menos, não parece ser o padrão deles. Além do mais, eles estão espalhados hoje em dia. Se fosse um fenroy, ele teria que estar atacando de uma base oculta bem debaixo dos nossos narizes.

– Bom, se não foram os fenroy, então só pode ter sido um acidente. Mas nesse tempo todo deveríamos ter encontrado alguma coisa. Uma boia de socorro, destroços, qualquer coisa.

– A ausência de sinais em si é uma boa notícia, Lynx. Significa que ele não explodiu. Vamos achá-lo. Mas primeiro – Benwick soltou um longo bocejo pelo comunicador – preciso parar e descansar um pouco. Estou patrulhando há trinta e quatro horas seguidas, com apenas três pausas para reabastecimento entre elas.

– Eu não vou parar enquanto não achar pelo menos um rastro de Leopard.

– Lionel – a voz de Benwick ficou séria – ele é meu irmão. Estou tão preocupado quanto você. Mas não vai ajudar em nada se estivermos tão cansados que um sinal positivo acabe sendo interpretado erroneamente. E você sabe o que eu penso de pilotos voando sob o efeito de estimulantes.

— Certo, certo... bem, Gorre não está tão longe agora. Talvez a gente possa parar ali para descansar um pouco antes de retomar a busca.

Lynx recebera suas asas de piloto havia pouco tempo, ainda no meio da campanha de Arthur contra a Autoridade Terrestre. Era bastante habilidoso, Benwick sabia, talvez apenas um pouco ansioso demais. Fez uma rápida consulta no computador de bordo de seu caça.

— Quanto combustível você ainda tem, Lynx?

— Umas dez horas de autonomia, mais ou menos.

— Então acho que hoje é seu dia de sorte. Há dois outros pilotos voando nesta área. Rags é o líder de ala. Estou mandando uma mensagem para ele agora, dizendo que você vai se juntar à equipe de busca.

— Rags? Por favor, me diga que Shrill não vai estar lá também!

— Bem... Talvez este não seja o seu dia de sorte, afinal!

Os dois riram. Bruno "Rags" Moreno vivia às turras com uma de suas alas — e, segundo se dizia, namorada — Debrah "Shrill" Goodthink. Separados, eram apenas bons pilotos. Juntos, traçavam estratégias improvisadas capazes de derrubar quase qualquer oponente. Isto é, quando conseguiam parar de brigar pelo rádio.

— É pegar ou largar, tenente.

— Já me disseram que sou um bom terapeuta de casais. Acho que vou aceitar.

— Muito bem. Mas quero você em Gorre daqui a dez horas, ou vou garantir que você pegue uns dias planejando patrulhas de combate em terra!

— Pode deixar, senhor. E, capitão... eu espero que eu não me canse tão facilmente quando tiver sua idade! Lynx se separando!

— Vai pro inferno, Lynx! E boa caçada.

Enquanto Benwick rumava direto para Gorre, Lynx acertou a posição do grupo de Rags em seu navcom e tentou relaxar um pouco. A ideia de Leopard simplesmente desaparecendo o deixava muito incomodado. Como se não bastasse, havia relatórios de outras colônias, aliadas ou não a Nova Logres, que davam conta do sumiço esporádico de outros pilotos na região, isso já havia alguns anos. Pelo que Lynx sabia, o Comando Aeroespacial de Nova Logres estava traçando planos para uma busca mais detalhada na área quando a guerra contra a Terra estourou; e agora todos estavam tendo que se reacostumar com missões em Prydain, onde havia bem menos faróis de navegação e um piloto tinha que confiar bem mais em seus instintos.

Perdido nesses pensamentos, Lynx quase não notou um fraco sinal de socorro —uma boia de emergência de curto alcance, o tipo de sistema secundário produzido pelo traje de um piloto ejetado, não de um caça abatido. Com a atenção totalmente focada, ele aumentou o ganho de seus sensores e tentou identificar a origem do sinal. Vinha da posição do grupo do capitão Moreno!

– Mas que... Capitão Moreno? Capitão Moreno, aqui é Lynx, você copia? Rags? Shrill? Alguém?

A estática do rádio pareceu flutuar por um instante enquanto um sinal de calor apareceu nos sensores. Quase sem pensar Lynx polarizou os escudos ablativos do seu caça e mudou seu vetor de aproximação.

– Muito hábil, logreano – disse uma voz muito grave pelo comunicador – mas desnecessário. Não ataco ninguém pelas costas.

– Quem é você e o que você fez com o esquadrão do capitão Rags?

– Meu nome é Tarquin. Seus colegas agora são meus prisioneiros. Como você em breve será.

Um enorme caça passou por cima da carlinga de Lynx. Era pesado, porém ágil. Parecia uma classe *Valquíria* fenroy, mas certamente era uma aeronave modificada. O primeiro instinto de Lynx foi de lançar-se sobre o inimigo, mas se lembrou de seu treinamento e aumentou ainda mais a distância de engajamento. Foi o que lhe valeu: Tarquin continuou numa trajetória retilínea e simplesmente inverteu a orientação de seu *Destrier*, disparando várias vezes onde Lynx estava até momentos antes.

– Impressionante, logreano. Você é melhor do que a média dos pilotos. Como disse que se chamava?

– Lynx, seu bastardo, e sua fanfarronice termina aqui!

Com as lanças térmicas totalmente carregadas, Lynx disparou uma salva de tiros contra seu oponente, acertando duas vezes de raspão.

— O primeiro toque é seu, senhor. Congratulações. Minha vez agora.

A manobra da nave de Tarquin tomou Lynx totalmente de surpresa. Ele se deixou deslizar numa curva fechada, do tipo que é quase impossível de fazer no espaço, ao mesmo tempo que corrigia a orientação de seu nariz para manter as armas travadas no alvo. Sentiu seu caça estremecer enquanto os escudos ablativos estouravam. Um disparo de lança térmica perfurou a carlinga e o ar começou a vazar. Mal teve tempo de acionar a boia de socorro e ejetar antes que os motores fossem atingidos.

Flutuou no espaço, sentindo o estômago se retorcer enquanto rodopiava em sua cadeira no vazio. Foi quando a nave de Tarquin se aproximou e, lançando ganchos de salvamento em sua direção, começou a puxá-lo para um compartimento de carga.

— Peço desculpas pelas acomodações, meu caro. Mais uma vez parabenizo-o pelo combate. Muito mais estimulante do que o usual.

Estava escuro lá dentro, mas pela lanterna de seu capacete Lynx viu as duas formas inconscientes dos outros pilotos.

Tarquin se viu tomado por indecisão, como tantas vezes nos últimos anos. Mais um piloto com nome felino capturado, mais uma falha. Não estava fazendo progressos. Aliás, não podia honestamente dizer que acreditava nas palavras de Myrdin. Ele previra com sucesso a guerra de Nova Logres contra a Autoridade Terrestre, mas isso não significava que o plano para matar o piloto-com-nome-felino não fosse um ardil. Por que confiar em Myrdin, afinal? As tribos keltoy e fenroy e suas respectivas subdivisões eram inimigas havia séculos. E nem mesmo os homens de Arthur confiavam plenamente no velho louco. Tarquin se perguntou, não pela primeira vez, o que teria acontecido se Myrdin não tivesse desaparecido deuses sabiam para onde depois do discreto encontro com ele em Dolorosa Guarda, o asteroide-esconderijo onde agora estava com todos os seus vinte e cinco reféns.

Dos quatro que ele capturara hoje o jovem Lionel Vannes parecia promissor, de certa forma. Era parente do outro, o que chamavam de Leopard, e que Tarquin primeiro pensara se tratar do piloto "profetizado". E conseguiu arrancar dele que havia mais um da "família felina" descansando em Gorre, e que não tardaria em vir resgatá-los com uma grande força.

Tudo o que ele tinha a fazer, portanto, era decidir se confiaria na palavra de Myrdin sobre o futuro. Se aquela não era uma armadilha, ou se o velho fora sincero.

Apenas isso.

Cruzando os salões vazios de Dolorosa Guarda — substituíra serviçais e técnicos por robôs havia anos — Tarquin foi até a cela de Lynx.

— De novo aqui, fenroy? Já lhe disse tudo o que tinha para dizer. Seus dias de emboscada terminaram!

— Talvez. Mas há uma coisa que você precisa saber, caso eu não volte...

— *Nossos pensamentos estão com você, Banson. Vá, e recupere nossos amigos. Seus companheiros* — dizia a mensagem gravada, que Benwick tocava pela enésima vez. O tom da voz feminina era preocupado, mas também impessoal. Havia algo de oficial naquilo tudo, como seria adequado a uma das conselheiras de Arthur. Havia também mais, muito mais, que não fora dito, entretanto. *Vá e volte em segurança. Por mim.*

Ela estava em Gorre, apesar dele não saber disso quando parou lá para descansar. Verificava algum assunto de Estado com os administradores do planeta aliado. Viu-a quando conversava com a filha de Bagdemagus, o Diretor da colônia. *Ela.*

— Espero que esse olhar perdido seja para a minha irmã, Ocelot — dissera na ocasião o seu velho amigo, Malagant Bagdemagus, filho do diretor e encarregado do espaçoporto.

— E é mesmo — mentira Benwick, mais para si mesmo do que para Malagant. —Quando ela ficou tão grande e bonita assim?

— Quando você estava longe, na guerra. Ela fala muito de você, aliás.

— Quando eu voltar com Lionel e Hector vou passar algum tempo aqui. Com alguma sorte, sem precisar consertar meu caça.

— Escute, Banson... Eu sei que foi por acaso você estar aqui junto com a sra. Leodegrance, mas...

— Que é isso, rapaz. Você me conhece. Só tenho olhos para meus aviões. Ocasionalmente, para sua irmã! Agora, termine logo com o meu caça, eu tenho que ir atrás de Lynx.

A mensagem de Gwen Leodegrance o achou já no espaço, a caminho da última posição conhecida de Lynx e do grupo de Rags. Sabia que não devia reproduzi-la tantas vezes. Sabia que tinha que se concentrar em encontrar seu pessoal. Sabia que ela era mulher do seu melhor amigo, o senhor de todos os mundos do Aglomerado Prydain.

Sabia de muitas coisas.

A assinatura de calor de um único caça aparecera nos sensores de longo alcance da nave de Tarquin. Era ele. Só podia ser. Todos os seus instintos assim diziam.

Acionou a armadilha e foi encontrar seu destino. Perguntou-se se teria sido assim que Myrdin se sentira naquele dia, tantos anos atrás.

Banson "Ocelot" Benwick leu alguma coisa em seus sensores. Alguma coisa que não estava lá um minuto atrás. Uma velha boia de navegação? Não reconhecia a assinatura, embora parecesse ser da Autoridade Terrestre. Se fosse, seria mesmo muito antiga, da época em que ainda guarneciam essa região da galáxia.

Levou quase uma hora para alcançar a posição da boia. O sinal continuava fraco, mas pelo menos confirmou suas suspeitas. Havia algo inusitado ali, entretanto. Pensara ter visto reflexos estranhos entre os painéis da boia. Acionou os faróis do caça e chegou bem perto para ter uma visão melhor.

Capacetes.

Vários capacetes de pilotos, ao menos vinte deles, talvez mais, soldados na carcaça da boia. Um aviso? Uma provocação? Pensou reconhecer os capacetes de Lynx e Leopard lado a lado.

Foi quando a boia subitamente voltou à vida. Acendendo suas luzes de navegação, ela se ativou e lançou uma torrente de sinais no espaço ao redor. Era uma armadilha, e Ocelot tinha caído direitinho.

Começara a se afastar quando um caça inimigo, fenroy pelo tamanho e configuração, apareceu na tela.

– Boa noite, meu inimigo. Estava esperando por você – disse a voz de barítono do intruso do outro lado do comunicador.

– Não tenho querelas com o senhor, mas, se tiver feito mal aos meus companheiros, serei forçado a abatê-lo.

As duas aeronaves estavam frente a frente. Incrível como o piloto fenroy conseguira se aproximar tanto sem ser visto. Ocelot não podia deixar de admirá-lo.

– Seus companheiros estão bem, embora privados de liberdade. Lute comigo, senhor, e, caso se porte bem, talvez eu os liberte. Se não, vai juntar-se a eles em Dolorosa Guarda!

– Sou o capitão Banson Benwick, de Nova Logres. Quem é o senhor?

– Meu nome é Tarquin, e jurei livrar os céus de Prydain de todos os logreanos. Defenda-se!

A rapidez de Tarquin pegou Ocelot de surpresa. Era incomum que um caça daquele tamanho pudesse ser tão ágil. Mas ele tinha sobrevivido a várias emboscadas na guerra contra a Autoridade; e isso manteve seus reflexos aguçados. Esquivou-se da primeira salva de tiros e se posicionou para retornar fogo.

Tarquin imediatamente reconheceu que estava diante de um adversário superior. Por mais de dez anos lutara contra pilotos de todas as partes de Prydain e além, mas nenhum, nem mesmo Leopard ou Lynx, responderam tão rápido quanto este Benwick.

– Entendo que os de Nova Logres usam codinomes entre si. Posso perguntar o seu, adversário?

– Ocelot, senhor – disse Benwick enquanto se esquivava de mais uma salva de lanças térmicas, uma das quais o atingiu no flanco. – E parabéns pelo golpe. Não me lembro de quando fui atingido pela última vez.

– Orgulhoso e polido. Gosto disso. Os garotos logreanos hoje gostam de contar vantagem, mas são lentos e descuidados. Mas, Ocelot? É um nome peculiar.

– Tradição de família, senhor. Em guarda!

Tarquin percebeu no último momento que se distraíra pensando na conversa que tivera com Lynx antes de decolar de novo. Se não fosse o aviso de Ocelot, as lanças térmicas o teriam acertado em cheio. Seu oponente era honrado, mas convinha não se distrair de novo.

– Devo insistir na curiosidade, se me permite – o brilho dos escudos ablativos sendo sobrecarregados iluminou a noite do espaço.

– Ocelot? Não identifico a palavra.

– Ao que me consta, é um animal da Terra. Um felino, creio que habita florestas – disse Ocelot enquanto tentava desesperadamente desviar alguma energia das lanças térmicas para a propulsão. Tarquin atacava com a velocidade de um raio e com a força de uma avalanche. Sua única esperança era ser mais rápido.

– Um felino. Percebo.

– Eu poderia perguntar a origem de "Tarquin", mas estou preocupado em derrubá-lo, senhor.

– Pode se render a qualquer momento, também.

– Acho difícil que isso ocorra.

Mantiveram silêncio pelos próximos frenéticos minutos. Lanças térmicas e escudos ablativos consomem uma tremenda quantidade de energia, de modo que sabiam que a cada tiro errado, a cada momento que os escudos permanecessem ligados, vários joules de energia desapareciam do motor para não mais voltar. E ficar sem força numa luta como essas seria o fim.

Tarquin se admirava cada vez mais com a proeza e habilidade de esquiva de Ocelot. Fora atingido mais vezes por aquele oponente do que por todos os outros que encontrara na vida. Ocelot, por sua vez, se assombrava com o poder de recuperação de Tarquin e com a forma como ele sempre conseguia evitar o pior impacto de seus tiros já enfraquecidos. Percebeu que se quisesse sair vivo daquela luta teria que acabar com ela no próximo movimento.

Ofereceu um flanco aparentemente desprotegido e mudou o vetor de deslocamento da nave no último instante – o bastante para ser atingido de raspão. Em seguida, cortou a força dos motores e apagou todos os sistemas de navegação e sensores. Deixou apenas as armas quentes. Tarquin hesitou em tomar vantagem. Estaria desconfiado, ou era mesmo honrado, não destruindo por completo um caça aparentemente abatido?

Mas não chegou a formar uma conclusão. Quando Tarquin começou a se aproximar, acionou os propulsores no máximo, como se quisesse colidir... e disparou um tiro certeiro no bloco do motor do inimigo quando este se esquivou. A *Valquíria* rodopiou e ainda foi capaz de acertar uma única lança térmica na grade tática de Ocelot.

Tarquin estava à deriva no espaço. Espantando uma tontura que o ameaçava tomar, sentiu o enjoo característico da imponderabilidade. O disparo de Ocelot certamente tinha atingido seus atuadores de Higgs. Sem eles, não haveria como manobrar, como gerar gravidade, como disparar em segurança... nem mesmo se queimasse toda a propulsão que lhe restava conseguiria alcançar Dolorosa Guarda. Estava acabado.

Por isso mesmo surpreendeu-se quando viu o *Destrier* de Ocelot se aproximando e gentilmente acoplando com a sua nave.

– Senhor, entendi que mantém uma fortaleza aqui perto, onde guarda meus companheiros. Sua aeronave está desativada, mas a minha está sem armas graças ao seu último tiro. Que me diz de voarmos até sua 'Dolorosa Guarda' e resolvermos isso de outra forma?

Tarquin considerou por um momento. Seu caça tinha explosivos em toda a fuselagem; uma medida para evitar captura. Se os detonasse, certamente abateria a nave de Ocelot. Seria glorioso. Mas...

Mas a vida inteira ele preferiu encarar seus inimigos de frente, nunca usando vantagens injustas se as pudesse evitar. Se Ocelot fosse mesmo o piloto-com-nome-felino de Myrdin, tudo estaria acabado. E se não fosse?

Entre sua honra pessoal e a dúvida que lhe devorava o espírito havia mais de dez anos, Tarquin teve uma ideia. Respondeu:

– As coordenadas estão lhe sendo enviadas agora, adversário. Foi uma honra encontrá-lo no espaço. Antecipo nosso encontro face a face.

A acoplagem em Dolorosa Guarda foi difícil, mas Ocelot conseguiu levar os dois caças para o hangar sem maiores incidentes. Os robôs-técnicos começaram quase imediatamente a trabalhar na nave de Tarquin, enquanto este deixava a carlinga. Ocelot não pôde deixar de admirar seu oponente mais uma vez. Podia jurar que falava com um dândi o tempo todo; mas, geneticamente modificados para habitar mundos com alta gravidade e pressão atmosférica, os fenroy eram poderosos, fortes, agressivos – conquistadores natos.

Mediam-se, em silenciosa expectativa. Ocelot se continha para não tocar o coldre. Tinha certeza de que Tarquin sentia o mesmo. Resolveu tomar a palavra.

– Meus colegas estão aqui?
– Sim.
– Gostaria de libertá-los. Se tiver que matá-lo, saiba que farei isso. Mas preferia que fosse de outro jeito.
– Você lutou bem lá fora. Nunca vi ninguém pilotar assim, além de mim. Eu me tornaria seu aliado, e iria até Nova Logres como seu prisioneiro, se preferir... pois preciso de sua ajuda.
– Ajuda?
– Um dos pilotos de Arthur vai traí-lo. Uma traição tão vil, tão próxima, que vai desestabilizar seu governo e toda a união que ele conseguiu.

Vá e volte em segurança. Por mim.

– Que espécie de truque é este, Tarquin? Por que você se importaria?
– Porque há muito tempo me disseram que Arthur trará paz e justiça a toda Prydain. Para todos, não apenas para alguns. Não sei se é verdade, mas decidi que vale a pena dar essa chance ao destino.

Vá e volte em segurança. Por mim.

– E quem seria esse traidor?
– Um piloto com nome de um felino terrestre.

Nossos pensamentos estão com você, Banson. Vá, e recupere nossos amigos. Seus companheiros. Era isso o que a mensagem dizia. Isso e nada mais. Não havia segundas intenções. Não havia subtexto. Não havia traição. *Ela é a mulher do seu melhor amigo.*

– Vai me ajudar, senhor? Talvez juntos nós...

Não completou a frase. Ocelot sacou sua pistola e disparou várias vezes, esvaziando o carregador no torso de Tarquin. Não pensou. Não sentiu. Sequer se envergonhou. A pistola simplesmente saltara para sua mão.

Como se nada tivesse acontecido, o fenroy avançou sobre Ocelot, vencendo a distância com um salto, as manzorras como garras diretamente em seu pescoço. O logreano teve apenas tempo de tremer com aquela reação, levantando os braços tardiamente.

O plano funcionou bem até demais. Agora eu sei quem é o piloto-com-nome-felino. E mais importante: ele sabe. Eles sabem.

Mas era tarde demais para o outro. Suas forças rapidamente se esvaíram, e ele deslizou para o chão.
— Foi uma boa... luta. Obrigado — disse Tarquin, e expirou.
Ocelot ficou olhando para a pistola ainda fumegante. *Mentiras. Ela é a mulher do seu melhor amigo. Eram apenas mentiras.*
Mais tarde, depois de libertar todos os pilotos, Ocelot foi procurado por Lynx no hangar de Dolorosa Guarda.
— O que foi que ele lhe disse quando se encontraram aqui? — perguntou, diante do corpo do fenroy.
— Mentiras. Nada mais.
Lynx não insistiu. Apenas olhou Ocelot longamente, como se suspeitasse de algo.
Mas Ocelot sabia de muitas coisas. Sabia que era um grande piloto. Sabia que era o mais fiel e honrado dos oficiais de Nova Logres. E sabia que *ela* era inatingível.
Simplesmente sabia.

CAVALEIRO ANÔNIMO
André S. Silva

Nasço em uma madrugada de dezembro, sob um opaco céu de inverno. É um parto difícil. Por horas minha mãe sofre com as dores, deitada sobre uma esteira esfarrapada, no chão da cabana onde mora com meu pai. Ele não é capaz de encarar a cena, assustado com o sangue que escorria por entre as pernas dela. Pai nunca gostou de sangue. Tem nojo. E medo. Assim, o tempo todo ele fica do lado de fora, na friagem do bosque, esforçando-se para não ouvir os gritos, enquanto lá dentro a parteira diz a ela para fazer força e respirar fundo, pois tudo ficará bem.

Jamais me lembrarei da dor que minha mãe sentiu.

Mal dou meus primeiros passos, e pai já me leva em suas andanças pela floresta. Com ele aprendo a abrir caminhos onde antes não parecia possível, e a reconhecer na mata os sinais que, na hora certa, nos levariam de volta para casa. Tenho medo do bosque. Não da escuridão, ou das feras em que nela nos espreitam, mas do silêncio. Tudo parece tão quieto. Tão esquecido. Eu penso no que seria do mundo fora dali.

Agora pai me ensina a manejar o machado, como o pai dele o ensinou. Saímos bem cedo, e todo dia mãe fica na porta, vigiando nossos passos mata adentro. Andamos por horas à procura do melhor tronco, aquele que vai nos dar lenha boa. Dependemos disso para sobreviver. Não só para nos esquentar nas noites sempre frias daqui, mas também para trocar por comida e outras coisas em Camelot. Pai é lenhador, e quer me fazer um lenhador como ele.

Mas não sei se é isso que quero ser quando crescer.

Mãe está grávida outra vez. Pai precisa trabalhar mais agora, o que significa que precisamos construir outra carroça para que eu possa ajudá-lo a levar mais lenha até a cidade. Antes eu quase nunca ia até lá. Pai preferia fazer a caminhada sozinho, pois tinha medo dos bandidos de estrada e de não ser capaz de me defender, caso nos atacassem. Afinal, ele era um homem do bosque, um lenhador, não um guerreiro.

— Existem muitos homens maus por aí, filho — diz ele. — Precisamos ter cuidado ao deixar a casa.

— Mas o senhor é forte — respondo.

— Árvores são fortes. Vivem muito mais do que nós, sabe por quê? Porque da força que elas têm só brota a vida, nunca a morte. Homens deveriam ser mais como as árvores.

Eu não respondo. Se pai diz, então deve ser verdade.

Mas não tenho certeza.

Agora somos quatro na pequena cabana. Pai está doente e eu tenho que ir até a cidade sozinho. A entrega da lenha não pode atrasar. Mãe traz minha irmã no colo e assiste, preocupada, eu tomar a trilha até a estrada principal, arrastando a carroça atrás de mim. Eu já conheço bem o trajeto, e sei que devo manter os olhos e ouvidos atentos aos perigos do caminho.

Ainda assim, não estou pronto.

Os três bandidos surgem como que de lugar nenhum, me cercando. Tento persuadi-los, digo que não tenho nada além da lenha que carrego, e que sem ela minha mãe, minha irmã pequena e meu pai doente não terão o que comer. Eles não se importam.

São estes os homens maus dos quais pai me falou?

— Vamos ficar com a lenha, garoto — diz um deles, apontando uma adaga para mim. — E com suas roupas.

Não posso deixar que façam isso. Sou tudo o que minha família tem agora. Minhas pernas tremem, mas me sinto tomado por uma coragem que nem sabia que tinha. Protejo o carrinho com meu próprio corpo, decidido a defendê-lo até o fim. Se ao menos tivesse à mão um dos machados, mas pai não permitia que os trouxéssemos. Tinha medo de que bandidos como aqueles pudessem roubá-los e usá-los contra nós.

Eles estão se aproximando. Os olhos parecem sedentos de sangue.

Preciso pensar rápido. Volto-me para a carroça, puxo um toco de lenha de dentro do amarrado e aponto contra eles. Eles riem de mim e continuam investindo, um de cada vez. Meneio o porrete improvisado de um lado para o outro, tentando afastá-los, mas é inútil. Um deles chega perto o bastante para segurar meu braço, enquanto outro vem e me dá um soco, no meio do estômago. Roubado de meu fôlego, caio de joelhos no chão.

– Vai morrer, seu verme! – diz aquele de adaga na mão, arreganhando um sorriso podre, enquanto outro puxa minha cabeça para trás, expondo minha garganta.

Uma onda de terror percorre gélida todo meu corpo, paralisando no meio de minha garganta o grito que tentava explodir. Tento superar a dor e levantar outra vez, tento resistir, mas eles são fortes demais. Meu pensamento é um só.

Não.

Não pode acabar assim.

– Alto lá! – soa uma voz majestosa por entre as árvores.

No mesmo instante, os bandidos me largam e se voltam para a figura que se aproxima. É um homem alto e corpulento, vestindo uma armadura prateada que o cobre da cabeça aos pés. A mais linda que já vi. Mesmo caído no chão, e ainda tomado pela dor aguda em minhas entranhas, estou maravilhado. O rosto sisudo do homem traz uma espessa barba ruiva, e cabelos da mesma cor escapam por trás do elmo metálico.

Um cavaleiro.

– Larguem o garoto – ele ordena.

Os três ratos se entreolham, amedrontados. O valente cavaleiro tem a mão direita repousada sobre o cabo da espada embainhada. É o suficiente para escorraçá-los dali. Ele se volta para mim e pergunta:

– Está bem?

– Sim – eu respondo. – Obrigado por me salvar.

Então, sem pedir nenhuma recompensa, sem demonstrar nenhuma vaidade, sem sequer me dizer seu nome, o cavaleiro parte. Tomo o caminho de volta para casa e o sentimento que me domina não é o medo, mas a admiração.

Mãe fica preocupada ao ver meu estado. Explico o que aconteceu, como os bandidos tentaram me roubar, e como um cavaleiro havia vindo em meu socorro. Narro a história com o deslumbramento de uma criança, mãe arregala os olhos, põe a mão na boca, quase como se estivesse lá comigo, em meio a todo aquele perigo. Pai, no entanto, não parece impressionado.

— Cavaleiros... Eles não são nada como dizem as histórias. São homens de guerra, que preferem sangue à água. É só por isso que vivem, e para fazerem mal a mulheres como sua mãe e sua irmã.

Desta vez, não acho que ele esteja certo.

Pai tenta levantar-se de seu leito, gritando qualquer coisa sobre nunca mais me deixar fazer a entrega sozinho. Não estou prestando atenção. Acabo de perceber que não quero mais aquela vida. Não quero mais ser um lenhador como meu pai. Quero ser alguém maior. Alguém admirável, como aquele cavaleiro anônimo.

Os dias passam e pai ainda não é capaz de me acompanhar ao mercado de Camelot. Digo a ele e a mãe que tomo muito mais cuidado ao percorrer a trilha, mas é mentira. Pois meu coração traz a certeza de que aqueles bandidos jamais voltarão a pôr os pés ali. É como se agora no bosque existisse uma luz que nunca se apaga, irradiando de onde o homem na armadura prateada surgiu, repelindo todo o mal.

Ainda assim, é como justifico minhas idas a Camelot estarem mais demoradas. Meus pais ainda não podem saber que após cada entrega eu perambulo pelas vielas próximas aos ferreiros, para escutar as crianças contarem histórias de cavaleiros. Uma delas enche meu coração com uma alegria especial: o conto de Percival, que um dia foi um garoto do bosque como eu, mas que deixou tudo para trás e conquistou a glória, alcançando a corte e conquistando seu lugar junto aos mais valorosos guerreiros a serviço de nosso grande rei Arthur.

Um cavaleiro da Távola Redonda.

Chega a hora de ir para casa e me entristeço. Pai reclama cada vez mais de meus atrasos. Diz que se tivesse saúde faria as entregas sozinho, me acusa de ser irresponsável. Eu não respondo. Ele me bate, eu sinto medo, mas logo passa. Sinto como se nada daquilo importasse. Sei que um dia serei um cavaleiro de verdade, forte e nobre como aquele que havia me salvado. Então não terei mais medo de nada.

— Ele é só uma criança — diz mãe.

— Um vagabundo! — responde pai. — Não sei o que anda fazendo na cidade até uma hora dessas, mas está bem claro que não é vendendo nossa lenha. Veja, ele nem me olha nos olhos! Esquece as coisas que lhe ensinei. Ser leal às suas obrigações é o que torna um homem forte, garoto.

— Forte como uma árvore, pai?

Minha pergunta parece obscurecer os pensamentos dele por um instante. Ele apenas me olha, como se tentasse me decifrar, os lábios trêmulos esperando palavras que tardam a vir. Nesse instante tenho a certeza de que ele sabe. Minha voz não carrega mais a curiosidade inocente do passado, mas goteja um veneno sutil, direto em seu coração.

Não sou mais sua criança.

— Sim, filho — ele responde, mesmo assim. — Forte como uma árvore.

— Eu não quero ser uma árvore. Árvores só saem do lugar quando morrem. Não é dessa força que o mundo precisa.

Espero por uma surra que não vem. Volto-me para mãe e os olhos dela estão rasos d'água. Minha pequena irmã brinca com sua boneca de trapos. Está feliz. Pai apenas continua lá, parado, em silêncio. Só torna a falar quando ameaço deixar a cabana.

— Mas é dessa força que *nós* precisamos.

Nunca senti tanta tristeza na voz dele. Mas não quero envelhecer aqui. Eu quero uma espada poderosa como Excalibur e uma amizade verdadeira como a de sir Galehaut e sir Lancelot. Preciso deixar estar casa. Para me tornar um cavaleiro, tenho que ir para onde os cavaleiros estão.

Fujo.

Nos primeiros dias em Camelot, me escondo. A primeira noite longe de casa é difícil. Não fecho os olhos. Cada pequeno ruído da madrugada soa como uma ameaça. De dia, evito os lugares pelos quais sei que pai me procuraria. Faço novos amigos que me ajudam. Decido me tornar um aprendiz de ferreiro. Conheço um mestre que me oferece uma refeição por dia e abrigo. Não é uma vida boa, mas sei que algo melhor me espera. Ajudo o mestre e o espio enquanto trabalha na fornalha e na bigorna. Aprendo bastante, apenas observando.

Quando a noite cai e o mestre vai dormir, eu mexo nas espadas. Pratico com elas. Imagino o dia em que farei os vilões tremerem diante de minha força. Então me recolho para um celeiro, ao lado da oficina. De lá consigo ver o topo de uma das torres. Imagino flutuar com a brisa primaveril, até o castelo. Passeio por seus corredores, até alcançar o salão cantado pelos bardos, aquele em que repousa a Távola Redonda. Então, vou dormir com a certeza de que é meu destino um dia estar ali, entre os lendários cavaleiros de Arthur.

Eu cresço.

Há meses não vejo pai, mãe ou irmã. Um dia desperto com o som de trombetas, e o súbito estampido de cascos de cavalo. Há muita agitação pelas ruas da cidade. Mordred, um dos homens de confiança do rei, aproveitou-se de que ele estava ausente em uma demanda e reclamou não só Excalibur, mas toda Camelot, para si. O novo regente precisa de homens para reforçar as defesas da cidade e está recrutando qualquer criança, rapaz ou velho capaz de empunhar uma espada.

Não é assim que eu queria que acontecesse. Dão-me uma armadura de couro envelhecido e uma espada, mas não me sinto um cavaleiro de verdade. Estes devem defender a honra e a virtude, não os desejos de um déspota traidor. Pelas ruas as pessoas não me olham com admiração, mas com medo. Não os culpo. Eles não sabem que no coração eu trago a certeza de que jamais conseguiria entrar em batalha contra a Távola Redonda, e que muitos de meus irmãos de armas pensam o mesmo. Todos sabemos que Camelot só tem um rei.

Mordred precisa saber que não tem chances. Será que não vê a loucura no que está fazendo? Terá esquecido a força de Gawain, Bors ou Galahad? Não sabe ele que o rei tem ao seu lado Merlin, o maior mago que já existiu? As notícias do retorno deles correm depressa. Todos esperam que uma grande batalha aconteça, bem nos portões de Camelot.

É noite, estou no alojamento de minha tropa, sem saber o que farei quando as ordens de ataque vierem pela manhã. Eu nunca enfrentei ninguém em combate. Nunca derramei o sangue de outro homem. Pela primeira vez em muito tempo, lembro-me de casa.

– Queria poder ver minha família uma última vez – um de meus companheiros diz o que, no fundo, todos pensamos.

Até eu.

Felizmente, nenhum sangue é derramado. As tropas leais ao rei se amotinam durante a madrugada, e Mordred mal tem tempo de fugir acompanhado por um pequeno grupo de seguidores fiéis. Quando acordo, a trama do vilão já fracassou e a coroa aguarda o regresso de seu legítimo detentor. Camelot celebra mais uma vitória do rei Arthur e seus cavaleiros. Triunfantes, eles marcham pelas ruas em direção ao castelo enquanto nós, os soldados derrotados do usurpador, somos conduzidos atrás deles pela guarda real. A população vaia nossa passagem, mas não me sinto envergonhado. Só consigo pensar que estou na companhia dos cavaleiros da Távola Redonda, e meus olhos lacrimejam pela oportunidade que tenho de ver alguns pela primeira vez.

Lá estão sir Tristan, sir Geraint e sir Lucan, heroicos guerreiros da virtude, o povo os saúda! Sir Bedivere, sir Palamede, todos seguem com suas armaduras reluzindo como prata sob o forte sol de verão que banha Camelot. Há outros também, outros cujos nomes ainda não conheço.

Mais à frente da comitiva vai sua majestade, o rei Arthur, trazendo à mão a lendária Excalibur e cercado por aqueles que lhe são mais próximos. À direita está Merlin, com sua longa barba branca e olhos cinzentos que parecem esconder mistérios de eras além de nossa compreensão. À esquerda, sir Lancelot do Lago, o maior de todos os cavaleiros de Camelot, aquele que toda infâmia superou para resgatar lady Guinevere das garras do terrível Meleagant.

Junto aos portões do castelo, a Dama de Camelot aguarda a chegada do rei, acompanhada por outros membros da corte. Nunca, nem em meus sonhos, vi criatura tão linda.

— Bem-vindo ao lar, majestade — diz ela curvando-se em reverência, sua voz doce como o canto dos pássaros. — Camelot celebra seu glorioso retorno.

— Estes homens ameaçaram a segurança e o bem-estar do povo que juraram proteger! — apressa-se a exclamar um dos lordes na companhia de lady Guinevere. — Mostre-lhes o peso da justiça de Excalibur, majestade!

Sob o alarido sanguinário do povo ao redor da praça, o rei se volta para nós. Somos cerca de cem homens, apertados uns contra os outros na praça em frente aos portões do castelo. Cabisbaixos e temerosos, esperamos nossa sentença.

– Se me permite, majestade – soa de novo a linda voz de lady Guinevere. – Nenhum destes homens causou qualquer mal a nosso povo. Pelo contrário, foram trazidos para este conflito contra sua vontade, e muitos assim o provaram, destituindo o falso rei e seus seguidores traiçoeiros. Por isso, se algum dia pensou em me conceder sua graça, que seja hoje. Deixe estes homens viverem e que, se assim desejarem, paguem por sua injúria servindo ao único e verdadeiro rei de Camelot, Arthur!

Não há quem ouse levantar palavra contra a nobreza da rainha. Assim, graças a sua generosidade, somos todos perdoados, e aqueles que como eu manifestam sua vontade de permanecer nas fileiras da guarda ganham uma nova chance de assim provar seu valor. Todos respiramos aliviados. Por um instante, penso ter visto, desaparecendo em meio à multidão que agora se dispersa pela praça, o rosto de meu pai.

Queria que pudesse me ver agora, pai. Agora que sou um verdadeiro cavaleiro de Camelot.

Louvada seja lady Guinevere, sua bondade e sua beleza!

Embora até hoje não saiba o que é ter o amor de uma mulher, espero um dia ser abençoado com uma dama virtuosa como ela. Às vezes sinto meu corpo ansiar as belas moças que passam pelas ruas de Camelot, alheias à minha presença. Contudo, me mantenho fiel ao código. O coração de um cavaleiro possui uma dona certa, desde o instante em que bate pela primeira vez. Meu pai estava errado. Um verdadeiro cavaleiro não é um homem vulgar, que agarra damas pelos pulsos e as força contra si. Ele conquista o coração de sua amada por meio de sua bravura, como fez nosso rei.

Tenho certeza de que, em algum lugar, uma jovem espera por mim, seu cavaleiro. E nosso amor será tão forte que nem os mais poderosos encantos das Morganas deste mundo poderá abalá-lo. Serei para ela como sir Gareth foi para lady Lynette, a seu comando irei até o fim do mundo para derrotar meu Cavaleiro Vermelho. Eu a defenderei de todo o mal, mesmo que entre nós surja um vilão como Agravaine, o arrependido. Muitas calúnias o mentiroso espalhou contra lady Guinevere, acusando-a de trair a confiança do rei com ninguém menos que sir Lancelot, logo ele, o mais valente de todos nós.

Nós.

Sou mesmo um deles?

Ainda não. Mas já não preciso mais sonhar que ando pelo castelo. É uma manhã chuvosa de outono, e sou chamado por meu superior. Estou designado para uma demanda liderada por ninguém menos de que o rei em pessoa. Relatos de Monte Saint Michel dão conta de que um gigante está aterrorizando a população, mas os cavaleiros mais valorosos de Camelot, entre eles sir Lancelot, sir Bors e sir Galahad, entre outros, estão viajando por terras distantes. Ouço rumores de que buscam o maior de todos os tesouros, o lendário Santo Graal, mas não me importo. Só consigo pensar que estou prestes a cavalgar ao lado de uma lenda de carne e osso, rei Arthur.

Enfim, o dia chegou. Minha grande oportunidade.

Não poderia estar mais feliz.

O rei discursa para os homens. Por um breve momento, nossos olhares se cruzam, e tenho a impressão de que por trás da valentia sua majestade oculta uma tristeza. Espero que não sejam as mentiras de Agravaine. Tenho certeza de que lady Guinevere jamais faria as coisas terríveis das quais era acusada, tanto quanto tenho certeza das muitas batalhas que eu e o rei ainda havemos de travar juntos. Não pode ser de outro jeito. Sou um cavaleiro virtuoso. Meu lugar é ao seu lado, na Távola Redonda e nas lendas que as crianças contam.

Não em uma floresta esquecida, enquanto o tempo escorre por entre meus dedos calejados de tanto cortar lenha.

Cavalgamos. No vilarejo aos pés do monte, deparo-me com um cenário de medo e destruição. As pessoas imploram por ajuda. Ouço os urros do monstro, coloco-me ao lado do rei para a investida final. Será este meu momento de glória? Uma vitória ao seu lado e estarei entre os dele.

– Não. Fiquem aqui e protejam os aldeãos – ordena o rei, recusando nossa ajuda, antes de partir sozinho na direção de onde todos fugiam.

Não é hoje que serei alguém. Não é hoje que serei aquele que vai salvar o dia. Ainda não. Logo, sua majestade regressa, arrastando a cabeça do gigante atrás de sua montaria.

– Vida longa ao rei Arthur! – grita o povo de Monte Saint Michel, agradecido.

– Que seu nome seja cantado por toda a eternidade!

De volta a Camelot, estou ansioso para contar a meus companheiros sobre a recente demanda. Não consigo. Tão logo chegamos percebemos que há algo de errado. Uma sombra paira sobre a cidade. Estou ao lado do rei quando lhe informam que a horda saxã marcha em passos rápidos, e está a poucos dias de alcançar nossos muros. Neste momento de crise, sou testemunha da preocupação que anuvia o semblante do rei.

Será que ele já sabe quem sou?

Sir Lancelot e sir Gawain, sir Gareth e sir Percival, estão todos aqui agora, nos campos à sombra de Monte Badon. Os cavaleiros da Távola Redonda, reunidos mais uma vez. Porém não consigo vê-los. Minha barraca fica bem distante deles, mais uma entre dezenas. O rei decidiu encontrar os saxões em combate, antes que se aproximem ainda mais de Camelot. Há cerca de mil homens aqui, e eu sou um deles.

É a noite que antecede a grande batalha. Cai uma chuva fina e persistente. Caminho pelo acampamento, vejo nos rostos de meus companheiros o medo e a saudade de casa. Estamos todos aqui para defender aquilo que nos é mais precioso. Camelot, e tudo o que ela representa. Honra, justiça, lealdade. Em poucas horas escreveremos nossos nomes na História. Se ao menos eles soubessem disso como eu sei. Talvez lhes acalmasse o espírito.

Chego até onde estão o rei e seus homens. Merlin, o sábio, está de costas para o grupo, olhando contemplativamente para as luzes que surgem no distante horizonte. Os saxões se aproximam. Avisto sir Ywain sentado no lado oposto do rei, em uma mesa improvisada. Eles jogam xadrez.

Nunca aprendi as regras desse jogo. Sei que existem peões, cavalos e reis. Sir Ywain parece estar vencendo. Sua majestade tem poucas peças a seu lado, nada além de suas torres, a rainha e o rei. Um pequenino rei de madeira. Mas sua majestade não aparenta se preocupar. Parece nutrir a certeza de que tem tudo a seu alcance para vencer; e de fato, quando as peças terminam sua dança pelo tabuleiro, ele é o vencedor.

Todos os seus peões estão mortos, mas seu rei vive. A vitória é sua.

É manhã e as enormes nuvens de inverno sobre Monte Badon cortam o céu rápido demais. Estou na ala oeste da infantaria, oitava ou nona fileira. Por entre a muralha de escudos e lanças consigo divisar, a distância, o exército saxão. São muitos. O chão sob nossos pés treme com o choque de seus machados e escudos. Bradam coisas que não entendo.

Rei Arthur toma a frente do exército. Suas palavras ressoam mais altas do que qualquer outra coisa, inflamando nossos espíritos de coragem. Parece se dirigir a cada um de nós, em particular. As nuvens se dispersam e a luz que inunda a relva é quente e reconfortante. É o sinal que antecede nosso triunfo. Tem que ser.

Soa o grito de guerra. Estou correndo junto de meus companheiros. Meu elmo é largo demais e sacode ao redor da minha cabeça. Esta armadura nunca foi tão pesada. Os exércitos se chocam. Uma garoa vermelha começa a se precipitar dos corpos para o ar.

Um saxão está ao meu alcance. O primeiro dos muitos que pretendo matar por Camelot. Ele acaba de chocar seu escudo contra um dos nossos. Ataco sem que ele tenha chance de me ver. Acerto-o na altura do coração e assisto enquanto ele desaba, com os olhos arregalados.

Matar um homem não é tão difícil quanto eu imaginava.

Ergo os olhos e vejo mãos empunhando espadas, corpos trajando armaduras, mas nenhum rosto. Ouço milhares de vozes, não reconheço nenhuma. O pano de fundo da minha batalha é um pandemônio de vidas sem nome sendo devoradas pelo esquecimento. Não sei onde está o rei ou os demais cavaleiros.

Talvez em algum lugar à minha frente.

Outro saxão. Este tem os olhos fixos nos meus. Meneia seu machado, mas eu desvio. Invisto com minha espada, ele a bloqueia. O instinto de sobrevivência aprimora meus reflexos. Reúno forças para empurrá-lo, jogo contra ele meu escudo, ele abre a guarda, minha espada transpassa sua barriga. O saxão expele uma golfada de sangue contra meu rosto, no dele só enxergo desespero.

Soa uma das trombetas de Camelot. O rei precisa de homens ao seu lado. Estou a caminho, majestade. Lutaremos juntos. Meu próximo oponente já está à vista. Mais uma pedra para pavimentar o glorioso caminho da nossa vitória.

Uma dor lancinante na minha perna esquerda, estou caindo. Estou ferido. Alguém me atingiu pelas costas. Sangue, sangue demais, jorrando de meu joelho mutilado.

Nossa casa na floresta esquecida. É o começo da manhã. Minha mãe parada à porta, ainda esperando pelo meu retorno. Pai leva minha irmã pela mão através da trilha. É hora de dar a ela as primeiras lições sobre o bosque e o uso do machado.

A sombra que se precipita sobre mim também tem um machado. É meu sangue gotejando da lâmina?

Terror.

Tento gritar, mas não tenho voz. Tento erguer os braços, mas a dor me paralisa.

O amor de uma moça que não conheci.

Um assento vazio na Távola Redonda.

Não. Não pode acabar assim.

Olho para os lados. Ninguém vai me socorrer.

Não há um cavaleiro sem nome, surgindo por entre as árvores.

Não há árvores.

Ao longe, ouço outra vez as trombetas do rei. Vencemos? Quero estar ao seu lado, majestade. Queria ser um de seus cavaleiros.

Pai...

O saxão ergue o machado.

Como se chama?

Um dia a História vai lembrar seu nome?

Espero que se lembre do m–

Mau Conselho
Pedro Viana

ARTUR SE ESGUEIROU pelas muralhas do castelo e fugiu para a floresta. Seu pai ficaria furioso se soubesse, pois o menino devia estar no pátio de Tintagel naquele momento, tentando furar um roliço boneco de palha com uma espada de madeira. Seu irmão provavelmente já estava lá, esperando por ele. Geoffrey nunca faltava a um dia de treinamento, nem seu amigo Lancelote. Os dois adoravam fingir ser cavaleiros. Algumas vezes sir Duston permitia que eles batalhassem entre si com as espadas de madeira. Mas Artur não faria isso hoje, nem queria. Poucas vezes conseguia despistar os guardas reais, e sempre que o fazia corria direto para a floresta que margeava do castelo. Era lá onde queria estar.

Assim que Artur tocou o tronco da primeira árvore, um sorriso preencheu seu rosto rosado. Quase não acreditou que conseguira chegar até ali. Por precaução, andou mais alguns passos para o interior da floresta. Artur observou a cobertura amarela e vermelha das árvores indicando o outono. Havia mais de um mês que não conseguia ir até lá. Seu pai lhe dera uma grande bronca da última vez que fora, e outra maior ainda quando descobrira que havia faltado ao treinamento

— Você será rei um dia — dissera ele —, e um rei de verdade não pode largar a espada e correr para a floresta.

O que há de errado em deixar um menino ir até a floresta?, queria ter indagado. Um dia ainda faria essa pergunta ao pai, e talvez a resposta acabasse com outras de suas dúvidas. Uma delas, por exemplo, era o porquê de Geoffrey e Lancelote jamais terem mostrado interesse em acompanhá-lo. Convites nunca faltaram. Talvez eles fossem jovens demais. Lancelote era o mais novo dos três. Artur tinha nove anos e Geoffrey, seu irmão, apenas dois anos a menos. O mesmo desinteresse que Artur tinha pelas espadas, o irmão tinha pela floresta. Não sabia o motivo. A floresta era muito melhor do que qualquer lugar do castelo, até mesmo durante o inverno. Era lá que ele podia treinar o que realmente lhe interessava.

Magia – ou o que ele acreditava ser magia.

Artur, nas vezes em que conseguia fugir de Tintagel, fazia alguns truques. Tudo era muito simples: ele só precisava se concentrar em uma ideia e ela acontecia. Muito mais simples do que as diversas formas de manejar uma espada que sir Duston tentava lhe ensinar todas as manhãs. Nenhum de seus truques era muito complexo. Levitar gravetos, multiplicar pedras, trocar a cor das pétalas das flores... Seu sonho era poder fazer grandes coisas, coisas realmente mágicas, que impressionassem até mesmo seu pai. *Estou orgulhoso de você*, ele diria.

O outono transformara o solo da floresta em um tapete amarelo e seco. As flores coloridas e cheias de vida que desabrocharam na primavera haviam desaparecido. Isso deu a Artur uma ideia. Talvez ele não precisasse esperar o fim do inverno para vê-las novamente.

Sentou-se no chão e fez um amontoado de folhas mortas. Depois, com toda a concentração que conseguia reunir, imaginou uma flor nascendo entre elas. Uma rosa branca, ou talvez um narciso. A imagem das pétalas sobre a folhagem outonal estava nítida em sua mente. Podia vê-las diante de seus olhos. Continuou concentrado na imagem e esperou. Quando abriu os olhos, porém, nada havia acontecido. O monte de folhas continuava intacto.

Talvez não seja assim... pensou. Rapidamente se desfez do monte de folhas mortas e escavou um buraco na terra. Não o deixou muito fundo. Novamente fechou os olhos e se concentrou. Em uma rosa, para não ter dúvidas. Com muita calma, imaginou a flor crescendo devagar de dentro do buraco. Ela começava como uma semente, depois um ramo, pequenas folhas surgiam, e por último as pétalas. Brancas e achatadas. Um odor adocicado vinha da flor. Uma abelha pousava sobre suas pétalas e depois alçava voo.

Artur continuou com a imagem mentalizada em sua cabeça por

um bom tempo, até que o estalo de um galho se partindo o despertou. Quando abriu os olhos, contudo, não viu nada no buraco além de terra e pedras. Um vento forte soprava no interior da floresta, levantando as folhas secas do chão. Algumas caíram sobre o buraco, outras continuaram flutuando. Artur se pegou concentrado nas folhas, desejando que elas não caíssem. Fazer flutuarem gravetos e folhas era, na maioria das vezes, o truque mais fácil de todos. Cinco delas ainda continuavam pairando no ar sob seu controle. Ele tentou manobrá-las, de modo que fizessem piruetas e voltas ao seu redor, mas três delas caíram. Com as duas restantes, ele tentou fazer um tipo de dança. Juntas, elas rodopiaram no ar e desceram em rasante, erguendo-se logo em seguida. Brincar daquilo, no final das contas, era muito divertido.

– Então é isso – disse uma voz atrás de Artur.

Ele se virou. As folhas que controlava desabaram de repente. A expressão no rosto do pai o fez tremer. Não era nem um pouco parecida com a expressão severa dos momentos em que dava suas broncas ou a expressão de orgulho quando via Geoffrey manobrar uma espada. Havia algo mais em seus olhos, algo profundo.

Agarrou o braço de Artur com força e o arrastou para fora da floresta, onde um cavalo estava selado. Ao longe, as muralhas escuras de Tintagel se erguiam sobre a terra.

Artur queria dizer alguma coisa. Queria se explicar. Queria pedir desculpas. Mas as palavras pareciam se transformar em pó quando eram apontadas na direção do pai.

– Suba no cavalo – foi a última coisa que ele disse, antes de cavalgar na direção de Tintagel. O único som que Artur ouviu até o castelo foi o do trote do cavalo sobre a lama. Até o vento parecia ter se calado.

Quando chegou a Tintagel, o pai não lhe dirigiu uma palavra. Ordenou a um dos criados que levasse Artur até o quarto e trancasse a porta. Ele se deixou ser levado em silêncio, incomodado com a expressão que vira no rosto do pai. O que era aquilo afinal?

Foi até a janela. Seu quarto era virado para o leste, onde havia a floresta, mas mesmo assim ele conseguia ouvir o som das ondas se quebrando na muralha no lado oeste do castelo. Tintagel era uma fortaleza à beira do mar, cercada por um promontório alto e vigoroso. Ficou observando a floresta durante um longo tempo, pensando na expressão do pai, até que o dia foi embora. Ao anoitecer, um pássaro de penugem clara pousou na murada da janela. Ele fitou Artur durante algum tempo, com olhos minúsculos, antes de alçar voo e desaparecer de vista.

No dia seguinte, o menino foi levado até o pátio. Seus pais e um velho barbudo que ele nunca vira antes o esperavam em silêncio. O velho vestia uma túnica azul celeste e montava um cavalo branco. Ao seu lado, um pônei esperava para ser montado. Havia lágrimas no rosto da mãe. O pai evitava olhá-lo nos olhos, mas ele conseguia ver a mesma expressão estranha do dia anterior. Tintagel parecia mais tenebroso que de costume. O som das ondas do mar se quebrando contra as muralhas do castelo desaparecera. O mundo parecia ter se calado naquela manhã.

– Então esse é o garoto – disse o velho de repente. Sua voz era forte e ressoante, como o som dos trovões em dias de tempestade.

Ele desceu do cavalo e se aproximou. A longa barba branca cobria metade do seu rosto. Por cima dela, Artur viu um par de severos olhos azuis o examinando. O velho se abaixou e pegou sua mão.

– Qual seu nome, criança?

– Artur – respondeu com relutância.

– Artur... – ele repetiu, com a voz um pouco mais aguda. – Gostaria de saber meu nome, Artur?

Ele assentiu com a cabeça. Os olhos azuis do velho se encontraram com os dele.

– Merlim – o nome lhe trouxe uma sensação estranha, como se já o tivesse ouvido há muito tempo. – Vim para levá-lo embora. Você deseja ir comigo, Artur?

Deixar Tintagel? Mesmo com todas suas obrigações e proibições, Artur não queria deixar o lugar. As únicas pessoas que conhecia estavam ali. Fora isso, a possibilidade de nunca mais poder ir à floresta o assombrava. Ele negou com a cabeça. Sua mãe parecia prestes a cair em lágrimas.

– Tem certeza disso, Artur? Posso lhe ensinar várias coisas.

Merlim apanhou um pouco de terra com a mão direita, fechou o punho e assoprou. Murmurou algumas palavras estranhas e estendeu o braço. Quando abriu a mão, Artur viu uma rosa desabrochada sobre o monte de terra. O velho piscou para ele. Seu coração se acelerou de repente.

— Não — disse o mais rápido que pôde. — Eu quero ir.

O velho sorriu.

— Suba no pônei — pediu, erguendo-se. — Mas antes se despeça dos seus pais. Talvez você fique um bom tempo sem vê-los. Nós partiremos assim que você estiver pronto.

Artur pediu para se despedir do irmão, mas Merlim não permitiu.

— Vocês ainda se reencontrarão muitas vezes — explicou, encarando-o com seus olhos azulados.

Sua mãe lhe deu um grande abraço na hora da despedida, aos prantos. Não lhe disse uma palavra. Quando Artur se aproximou para abraçar o pai, este virou as costas e foi embora. Merlim o observou atravessar o pátio com um olhar frio.

Não muito tempo depois, os dois estavam cavalgando na estrada, para um destino que Artur não conhecia. Seu pônei tinha um temperamento calmo. Artur gostava dos dias em que sir Duston o ensinava a montar. Era algo muito melhor do que aprender a manejar espadas, embora não tanto quanto ir à floresta.

— Vamos precisar de outro nome para você — disse Merlim. — Conheceremos muitos lugares, muitas pessoas. O que elas vão pensar quando descobrirem que viajo com o filho do rei? Se alguém o reconhecer, você terá que retornar a Tintagel. Depois disso nem eu nem seu pai poderemos tirá-lo de lá.

Durante as léguas seguintes de cavalgada, Artur pensou em nomes. Se Geoffrey ou Lancelote estivessem em seu lugar, na certa escolheriam os nomes dos grandes cavaleiros das histórias cantadas pelos bardos. Mas Artur não fazia ideia de por onde começar.

— Posso ajudá-lo a escolher? — perguntou Merlim, como se lesse seus pensamentos.

Artur assentiu com a cabeça. O velho se calou. Talvez estivesse pensando em sugestões.

Mas ele permaneceu em silêncio. Quando Artur já estava perdendo a paciência, Merlim parou o cavalo e desmontou. Abaixou-se e apanhou alguma coisa do chão. Ele se aproximou de Artur e o mostrou um pássaro caído entre as suas mãos, com os olhos entreabertos e penugem clara, visivelmente à beira da morte. Era o mesmo que pousara em sua janela, na noite passada.

— O que você faria com esse pássaro, Artur?

— Pouparia sua dor — respondeu ele, depois de um tempo pensando. — Ele está sofrendo.
— Mas você não sentiria pena dele?
— Isso é só um pássaro. Não faria diferença matá-lo ou não.

Merlim fez um som com os lábios e negou com a cabeça. Seus olhos azuis não piscaram daquela vez. Ele acariciou a ave durante alguns segundos, até que ela foi capaz de levantar voo. Seria magia?

— Nenhuma vida é insignificante o bastante para desistirmos tão facilmente dela — ele falou novamente com a voz forte, carregada de tristeza. — Esperava que você dissesse outra coisa. Este foi um mau conselho, Artur, um mau conselho...

Então ele ergueu os olhos.

— Já tenho um novo nome para você, Artur.

A ansiedade tomou conta de seu corpo. Merlim riu ao perceber sua tensão.

— Ou devo chamá-lo de Mordred...?

— Mordred — chamou Merlim, erguendo os olhos em sua direção.

Artur ainda odiava aquele nome, mesmo o tendo escutado todos os dias durante dez anos. Pedira mais de uma centena de vezes que Merlim o chamasse de outra coisa, mas o velho era insistente como uma rocha. *Em épocas passadas,* dizia ele, *nossos ancestrais escolhiam o nome das crianças segundo seu espírito.* Se Artur pudesse voltar no tempo, teria matado o maldito passarinho com as próprias mãos. Queria ver se Merlim encontraria alguma palavra no idioma celta correspondente a Matador de Aves. Por ora teria de se acostumar com Mordred e a lembrança de seu maldito conselho.

— Sim?

— Precisamos cavalgar mais rápido — disse ele. — O casamento de seu irmão e rei será ao amanhecer do próximo dia; devemos nos apressar se quisermos chegar a tempo a Caerleon. E a lua estará negra no céu. Não poderemos contar com sua luz se ainda estivermos na estrada à noite.

Artur obedeceu e começou a galopar no mesmo ritmo de Merlim. O sol queimava suas costas do ponto mais alto do céu. Não havia uma nuvem. Mesmo não querendo ir ao casamento, Artur era obrigado a acompanhar seu mestre e tutor. Naquele último ano, os dois já não conversavam muito. Tudo porque o velho se recusara a explicar por que motivo seu irmão fora coroado em seu lugar.

Segundo as leis do reino, Geoffrey não podia subir ao trono antes de Artur. Mesmo sendo somente dois anos mais novo, e do mesmo sangue, o primeiro na linha de sucessão era sempre o primogênito do rei. Talvez a opção de se tornar um aprendiz de Merlim tivesse eliminado seu direito ao trono, mas, mesmo assim, se todos esses anos ele vivera em segredo, como o povo havia aceitado Geoffrey como rei?

Talvez Artur estivesse morto e nem soubesse. Ele nunca mais visitara Tintagel depois que fora embora. Não duvidava que seu pai, antes de morrer, tivesse anunciado que Artur estava morto e que o trono era, por direito, de Geoffrey. Assim, não teria que se preocupar com a linha de sucessão que dava a coroa a Artur. Certamente o pai tivera muitos motivos para não querer vê-lo subir ao trono.

– Ele sempre te odiou – contara a Senhora do Lago, quando ele fora obrigado a seguir Merlim até Avalon. – Quando descobriu seu dom para a magia, desistiu de tê-lo como filho e o condenou a seguir esse velho decrépito.

Morgana tinha o dom de ver o passado e o futuro na superfície turva do Lago Sagrado, mas possuía uma língua afiada demais para alguém com sua influência. Artur nunca iria esquecer o momento em que ela, às escondidas de Merlim, o levara até o poço sagrado e mostrara seu futuro. Não era nada além de borrões, ruídos e fumaça, mas Morgana parecia compreender cada detalhe.

– Sugiro que você comece a treinar com sua espada, Mordred – ela lhe dissera.

Durante todos os dias depois que fora embora de Avalon, Artur treinava seu manejo de espadas pela manhã, tentando se lembrar das remotas lições de sir Duston. Odiava com todas as forças praticar aquilo, mas algo em seu interior dizia para confiar nas palavras da Senhora do Lago.

Chegaram a Caerleon pouco antes do anoitecer. O castelo ficava num morro, no local de uma velha fortaleza romana. Por um momento, observando as encostas cobertas de tendas e pessoas, Artur se perguntou se o lugar não estaria sendo sitiado. Toda aquela gente havia vindo para o casamento de Geoffrey, mas ele ainda se perguntava se seriam todos súditos do irmão.

Ninguém notou Artur se aproximando do castelo, usando as vestes escuras que ganhara em Avalon. Merlim cavalgava ao seu lado, inerte em seus próprios pensamentos. Trajava sua habitual túnica cinzenta, enquanto todos ao redor pareciam usar roupas de festa.

Uma liteira escoltada por uma coluna de cavaleiros se aproximou do castelo. *Certamente a futura rainha*, pensou Artur. A curiosidade para conhecê-la crescia a cada segundo. Seria bela? Os dois já se conheciam? Geoffrey a amava ou só se casaria com ela pelo bem do reino?

Os portões do castelo se abriram. Montado num corcel branco, um homem se aproximou da comitiva da rainha. Seus cabelos dourados cresciam até os ombros. Ele cobria o corpo com uma longa capa vermelha, mas Artur notou uma espada embainhada na cintura. Quando reconheceu o cabo dourado gravado com runas, seu coração disparou. Aquela espada era Excalibur. A maldita espada que Artur ajudara Merlim a forjar com magia. Ela fora feita para ser embainhada somente por um homem, o homem que cavalgava em direção à liteira da rainha, o homem que era seu irmão.

Desde sua partida de Tintagel, Artur nunca mais reencontrara Geoffrey. Durante sua coroação, um ano antes, ele até estivera presente, mas Merlim o obrigara a ficar longe do irmão. *Hoje não*, ele dissera. *Você ainda não está pronto para revê-lo.*

A liteira parou. O rei ajudou a descer uma jovem. Artur não conseguiu observar suas feições à distância, mas presumiu que ela fosse bela. Ele e Merlim tiveram que esperar a coluna de cavaleiros passar, seguida por uma grande carroça que carregava peças circulares de madeira, para depois entrarem em Caerleon.

Entregaram as montarias a um cavalariço. A movimentação do lado de dentro ainda era pior que o lado de fora. Merlim olhou para Artur e abaixou a voz, de forma que só ele escutasse.

— Em Caerleon você é Mordred, meu aprendiz – disse ele, em tom severo. – Poucos o reconhecerão, e se o fizerem não dirão nada, mas ainda assim manteremos a discrição. Dobre o joelho diante do rei quando se apresentar e sempre se dirija a ele com "vossa majestade". Ele não é mais seu irmão. Talvez um primo distante, se ele quiser você no banquete. Entendido?

Artur assentiu com a cabeça. Pouco depois, Merlim encontrou um homem corpulento chamado Cai e se apresentou. Artur se lembrava vagamente daquele nome. O homem, cujo andar manquejava, levou os dois até um quarto pequeno, porém aconchegante, no interior do grande castelo. Disse a hora em que a missa que precedia o casamento iria começar e se despediu, conferindo se as camas estavam devidamente arrumadas. Merlim se sentou num canto e começou a meditar. Artur decidiu que não iria acompanhá-lo e foi dormir.

Ao acordar, vestiu-se novamente e, acompanhado de seu mestre, saiu do quarto em direção à capela. A missa, sem dúvida, era a pior parte de todas. Quando não era obrigado a repetir as frases e os movimentos que o restante fazia quase mecanicamente, Artur divagava em pensamentos. Vez por outra esquadrinhava as pessoas ali reunidas. Seu irmão estava próximo ao altar, não muito longe daquela que se tornaria a rainha, atento às palavras do bispo. Ela tinha o rosto coberto por um véu, impedindo que Artur observasse suas feições.

Após a missa, com uma ligeira movimentação na capela, Merlim tocou Artur no braço e se levantou. Os dois se encaminharam ao altar, onde o rei e a rainha estavam. O druida se aproximou e dobrou o joelho ante Geoffrey, seguido por Artur.

— Estou satisfeito por encontrá-lo em meu casamento, Merlim — ele disse. — Não aceitarei um não quando lhe pedir para tocar sua harpa durante as celebrações. Ela encanta até o mais bárbaro dos saxões.

— Também estou satisfeito por estar aqui e tocar para vossa majestade — ele disse, com um tom bondoso. — Devo lhe apresentar meu aprendiz, Mordred de Avalon.

Geoffrey se virou para ele e o observou. Seus olhos cinzentos se encontraram com os de Artur, e por um momento pareceram surpreendidos. O rei se aproximou e lhe deu um caloroso abraço.

— Sinto-me lisonjeado em conhecê-lo, Mordred de Avalon — disse com uma voz mais alta do que era preciso. — Na minha corte, qualquer um que tenha a confiança de Merlim terá também a minha!

Depois disso, aproximou os lábios de seus ouvidos e sussurrou:

— Você nunca disse adeus...

Com um calafrio, ele compreendeu. *Geoffrey me reconhece...* Ninguém mais ouviu aquelas palavras, e tão logo foram ditas eles se afastaram. Merlim não disse nada, como ele esperava.

Durante toda a cerimônia do casamento, Artur deixou-se levar pelos próprios pensamentos. A maioria deles eram perturbadores. Olhava de soslaio para Merlim constantemente, temendo que ele ouvisse o que estava pensando. Lembrava-se de Morgana, mostrando-lhe lampejos do futuro na superfície do lago. O que ela queria, ao lhe revelar todas aquelas imagens distorcidas e confusas?

De repente uma saraivada de palmas interrompeu seus pensamentos. Quando olhou ao redor, percebeu que a cerimônia havia acabado. Ele nem havia notado o tempo passar.

Chegara a hora de saudar a noiva. E finalmente conhecer a rainha. Artur levantou-se antes de Merlim. O druida o observou com seus olhos azuis, tão severo quanto um carvalho. Teria escutado seus pensamentos?

– Deseja cumprimentar o casal, Mordred?

Artur moldou uma expressão de indiferença no rosto. Talvez sua curiosidade para conhecer a rainha estivesse nítida demais.

– Por que não? – disse. – Não temos nenhuma tarefa além de comer e beber o resto do dia.

Esperaram alguns senhores assinarem os nomes como testemunhas no contrato de casamento e se aproximaram. Finalmente, Artur pôde contemplar a cunhada.

Guinevere – assim ela se chamava, segundo Merlim – era de uma beleza rara. Não possuía curvas pronunciadas, mas parecia ter sido esculpida pela mão do mais talentoso artista. Seu rosto, delicado como um narciso, assemelhava-se aos dos anjos descritos pelos padres. Ela ofereceu a mão a Merlim, que a beijou depois de dobrar o joelho, e recebeu seus cumprimentos. Artur fez o mesmo, sentindo o toque suave de sua pele e o aroma adocicado de seu corpo. Desejou-lhe felicidades com seu esposo e olhou para Geoffrey mais uma vez. Ele observava a nova rainha com orgulho, como se ela fosse um troféu.

– Rei Artur! – gritou um homem atrás dele.

O coração de Artur disparou. Quem o reconhecera? Quem o chamara de rei? Olhou para trás e se deparou com um homem esguio e bem vestido, cujas feições lhe eram familiares. Quem era ele?

— Não vá para a festa sem antes receber meus cumprimentos.

Geoffrey sorriu e se aproximou do cavaleiro que chegara, que ignorou Artur completamente quando passou por ele. Os dois se abraçaram. O que estava acontecendo?

— Artur é quase um irmão para mim — o homem disse à rainha, olhando para Geoffrey. — Tenho certeza que ele estará em boas mãos e que, em breve, veremos pequenos príncipes correndo pelo castelo.

Guinevere corou. Artur olhou mais uma vez para o homem que estava sorrindo. Conhecia aquelas feições, aquela voz, aquele sorriso...

— Lancelote? — chamou em voz alta.

O cavaleiro se virou e o encarou, surpreendido. Merlim agarrou seu braço. Lancelote arregalou os olhos, reconhecendo-o certamente. O que estaria pensando?

— Conhece Mordred, meu primo? — adiantou-se Geoffrey, interpondo-se entre os dois. — Ele é o aprendiz de Merlim.

Lancelote pareceu entender rápido o que deveria fazer. Cumprimentou Artur como se nunca o tivesse visto antes, chamando-o de "Mordred". A mentira em seus olhos era gritante.

— Não sabia que meu senhor e rei tinha um primo — disse Guinevere, indo cumprimentá-lo novamente, como se a primeira vez não tivesse importância alguma. — Perdoe-me por não saber, senhor Mordred.

Artur cumprimentou os dois com frieza, fitando Geoffrey de vez em quando. Assim que conseguiu, afastou-se. A cena se repetia em sua mente milhares e milhares de vezes, sem parar.

Quando entraram no salão, ele viu a estrutura que estava sendo trazida quando chegara a Caerleon. Uma gigantesca mesa, ocupando quase todo o espaço entre as paredes. Impressionou-se com a rapidez com que fora montada. O que mais lhe parecia peculiar, no entanto, era seu formato. Um círculo perfeito, sem protuberâncias. Artur achou a atitude de Geoffrey ao concordar em se sentar ali muito errada. Um rei de verdade sempre deveria estar sobre os demais, nunca se igualando a eles...

Olhando-o novamente, porém, perdeu toda a vontade de pensar no assunto. De repente, a comida do banquete perdeu o gosto. Os risos perderam sua graça. A música perdeu seu encanto. A celebração se tornou mais fria que uma noite de inverno nas geladas montanhas nortenhas. Artur só olhava para Geoffrey, ao lado da bela rainha, sendo cortejado o tempo todo pelos ocupantes da mesa circular. Quando se referiam a ele, se não por majestade, sempre usavam um nome bem familiar.

"Rei Artur..."

Por quê? Queria perguntar a Merlim, mas sabia que ele não lhe responderia, não ali. Olhou para ele, e a expressão em seus olhos confirmou que ele não diria nada enquanto não estivessem a sós. *Em Caerleon você é Mordred, meu aprendiz...*

O tempo passou lentamente. Pela janela, Artur viu que o dia ia chegando ao fim. Mais da metade dos convidados já se rendera à bebida. Até a comportada rainha parecia mais alegre do que no início do dia. Após o crepúsculo, Merlim foi convidado a tocar sua harpa. O druida pediu a um criado que buscasse o instrumento no seu quarto. Quando chegou, começou a tanger as cordas com as pontas dos dedos, criando um som suave e místico. O salão silenciou. Todos pareceram hipnotizados com a canção. Todos menos Artur.

Ele aproveitou a deixa e fugiu, o mais sorrateiramente que pôde. Estava cansado de todos eles. Se soubesse que odiaria tanto sua ida a Caerleon, teria permanecido em Avalon. Após um longo caminho de corredores, pátios e salões, conseguiu sair do castelo. As estrelas brilhavam no céu, mas não havia lua.

– Lembre-se de que a natureza reflete a magia e a magia reflete a natureza – dissera-lhe Morgana em Avalon. – Sob o céu negro, sempre haverá magia negra.

O pior de tudo era saber a verdade – ou a mentira, dependendo do ponto de vista. A cena de Lancelote após o casamento, gritando "Rei Artur!" para Geoffrey se repetia de forma dolorosa. Por que Merlim nunca lhe falara antes? Por que nunca lhe contara sobre a mentira em torno de seu próprio nome? Talvez o druida não fosse tão bom quanto tentava fazer os outros acreditarem. Talvez todas as suas lições fossem mais falsas que sua índole.

Artur atravessava a profusão de tendas que se espalhava nos arredores de Caerleon. Poucas eram aquelas em que os ocupantes não estavam caindo de bêbados. Caminhou sob o céu negro durante um bom tempo, até entrar no bosque escuro e silencioso que encontrara na última vez que fora a Caerleon, para a coroação do irmão.

"Rei Artur!", gritava uma voz em sua consciência, perturbando seu momento de paz. As imagens vinham depois. Lancelote sabia a verdade, era impossível não saber. Os dois se conheciam desde crianças. Ele sabia o que Geoffrey estava fazendo – e, mesmo assim, atuava como se o teatro fosse real! Enquanto Artur era submetido ao árduo treinamento de Merlim, Geoffrey levava seu nome, vangloriava-se em batalhas, era venerado por súditos, e se casava...

Seu pensamento se voltou para a rainha. Com a pele branca e sedosa, os cabelos dourados e os olhos verdes, Guinevere era mais que uma bela mulher. Artur não sabia – e nunca perguntara – se druidas podiam se casar. Certamente não, ou Merlim teria uma esposa. Guinevere parecia ser um tanto religiosa em excesso, mas Artur não ficaria triste se tivesse de se casar com ela.

– Mas ela se casou com Geoffrey – disse em voz alta, ouvindo o eco pelo bosque. – E eu permanecerei sozinho... pela eternidade.

Uma onda de ódio e ciúme o invadiu. Seu irmão não merecia aquele casamento – da mesma forma como não merecia Excalibur, a coroa, o trono, ou qualquer outra coisa que se ramificasse daquela mentira. Artur olhou para o céu acima das árvores. *Sob o céu negro, sempre haverá magia negra* – as palavras se repetiam e ecoavam por dentro, trazendo à tona lembranças que ele queria esquecer.

Rei Artur!

Uma faísca riscou a escuridão da noite. Um monte de gravetos e folhas se transformou em uma fogueira. Artur sacou um punhal da cintura. Enquanto observava as chamas consumirem-se umas às outras, ele cortava a ponta de seus dedos com um corte transversal. O sangue começou a escorrer. Ele os levantou no ar, para impedir que o líquido caísse antes da hora. Começou a murmurar palavras que, de alguma maneira, conhecia. Artur nem podia imaginar o que Merlim faria se o visse ali.

Após dizer tudo o que precisava, Artur desceu o dedo médio esquerdo na direção do fogo. Uma gota de sangue rubro escorreu por sua unha e caiu nas chamas, dando a elas um tom azul.

– Guinevere... – ele sussurrou. As chamas formaram o rosto da rainha. Depois ele desceu o dedo direito e mais uma vez o sangue caiu no fogo. – E Lancelote...

Depois que as chamas formaram o rosto do cavaleiro, uma sombra pareceu dançar sobre elas. Um ruído, que talvez fosse uma risada, surgiu de algum lugar. Então a fogueira se apagou. E não restou nada que pudesse incriminá-lo, a não ser as cicatrizes em seus dedos. Artur olhou para eles, marcados com o corte, e descobriu que não se preocupava. Mesmo tendo consciência do que acabara de fazer – e as consequências que isso teria – ele sentiu prazer, alívio, como se tivesse cumprido seu dever.

Cada gota de chuva penetrava sua carne como brasa. Artur nunca vira uma tempestade tão violenta. Os raios serpenteavam no céu, brilhando, desaparecendo e surgindo de novo.

A espada que carregava ficava mais pesada a cada instante. Corpos o cercavam por todas as direções. Ele podia ouvir o grito de súplica de soldados misturados com o som da tempestade. Pelo que eles gritavam? Misericórdia?

– Prometa-me, Mordred – foram as últimas palavras de Merlim – que não irá atrás do trono. Prometa-me que deixará seu irmão em paz. Prometa-me, meu filho...

Em seus sonhos Artur se lembrava das palavras, que se repetiam como tambores num campo de batalha. Os dois estavam nos confins gelados do norte naquele dia, enfrentando uma terrível nevasca de inverno. Merlim podia ter um espírito forte, mas seu corpo envelhecido não suportou tamanha provação. Artur o enterrara com suas próprias mãos, mas não derramara uma lágrima, tampouco prometera coisa alguma. Sabia muito bem que não podia impedir o inevitável. Sabia que nenhuma promessa desviaria seu destino do rumo que escolhera.

O campo de batalha estava devastado. Mortos, ensopados pela chuva e pelo sangue, espalhavam-se pelo chão como se fizessem parte do lugar. Além de Artur, apenas um homem jazia de pé: Geoffrey. Ele empunhava Excalibur na mão esquerda. Artur desferira um golpe em seu braço direito, impedindo-o de lutar com ele. Assim diminuíra a vantagem do irmão. Se seu braço estivesse intacto, Artur não teria chances contra Geoffrey. Ele era melhor com a espada. Sempre fora.

— Eu posso lhe dar a coroa que é sua por direito — dissera Morgana, em Avalon, depois da morte de Merlim. — Una-se a mim e juntos governaremos toda a Britânia, como rei e rainha.

Artur acreditara em suas promessas venenosas. Juntos, os dois tramaram uma conspiração contra o reino. O primeiro passo já havia sido dado, no casamento do irmão. Os seguintes deviam ser cautelosos. Não muito tempo depois de ter se casado, Geoffrey pôs um fim na guerra contra os saxões e construiu uma grande fortaleza para governar, que chamou de Camelot. Toda a sua corte, incluindo seus honoráveis cavaleiros, mudou-se para lá. Artur aceitou o convite do rei de morar em Camelot, já que seu dever para com Merlim havia acabado.

— Ainda podemos acabar com isso, Geoffrey — disse Artur na batalha, tentando imitar a voz ribombante de Merlim. — Prometa-me que contará a verdade. Mais nenhuma gota de sangue precisa ser derramada. Revele quem é o rei por direito e eu o deixarei em paz. Darei títulos, terras, o que você quiser. Tudo que eu peço é a coroa.

— Nunca — ele tossiu a resposta. Queria dizer mais alguma coisa, mas não conseguiu mais nada além de jorrar sangue pela boca.

Em qualquer lugar do reino, os comentários sobre a rainha e o cavaleiro preferido do rei proliferavam como coelhos. Cada cidadão da Britânia escolheu sua própria versão sobre o amor entre Lancelote e Guinevere. Canções maliciosas eram tocadas todas as noites nas tabernas. E a fama de Geoffrey, que antigamente beirava a divindade, tornou-se a mais vil de todas. Artur, como no dia do casamento, não se sentiu culpado por nada. Pelo contrário, sentia prazer em assistir o reinado do irmão se desfazer como pó.

Em Camelot, Artur manipulou os cavaleiros do rei para se voltarem contra Lancelote. Quando ele viu que não tinha mais saída, fugiu com Guinevere para longe. Humilhado por todos que o cercavam, o rei reuniu seu exército e foi atrás da rainha e de seu amante, deixando o castelo nas mãos do homem em quem mais confiava, Artur. Aquele foi o início da guerra.

Após voltar de sua perseguição, Geoffrey encontrou Camelot incendiado e um reino devastado. Metade dos juramentados à coroa se unira a Artur para destronar o falso rei, enquanto o a outra defendia a honra daquele que acreditavam ser, por direito, "rei Artur". Após reagrupar seu exército, Geoffrey partiu para Camlann, onde Artur reunira suas próprias tropas. A batalha foi sangrenta, e o resultado ainda incerto.

Artur estava ofegante, cansado e dolorido. Geoffrey estava à beira da morte. A batalha fora dura demais para ambos. Mesmo seu irmão tendo levado consigo o que sobrara do exército fiel a ele, Artur estava em vantagem. Muitos foram os homens que negaram um rei incapaz de vigiar a própria esposa. Ele ainda imaginava o que Merlim diria se ainda estivesse vivo. *Dar-lhe-ia um mau conselho?*

— Mordred... — tossiu Geoffrey. Aquele nome ainda pairava em sua mente. Todas as vezes que o ouvia se lembrava de Merlim e de um maldito passarinho. — Desista... disso... Vo.... você... tem... meu.... per... perdão...

Artur apertou o punho da espada.

— Não posso — sussurrou. — Terei minha coroa ou morrerei lutando por ela.

— Seu pai só queria te proteger — dissera-lhe Merlim, logo após o casamento. — Ele trocou os filhos para garantir que nenhum deles sofresse com o caminho que escolheu. Geoffrey passou a ser você e você passou a ser ele. É uma mentira, sim, mas uma boa mentira — para proteger vocês dois.

— Então por que nunca ninguém me procurou? — Artur indagara.

— Porque você morreu quando partiu comigo. Ninguém poderia interferir seu caminho se todos imaginassem que você havia morrido quando criança.

— Não, não — tornara o rapaz. — Eu me lembro da expressão do meu pai todas as vezes que fecho os olhos. Desprezo. Era isso que ele sentia por mim. Ele nunca quis me proteger.

— Seu pai sempre sentiu orgulho dos filhos, mas viu que você não podia ser rei. Um rei não deve carregar o dom da magia. E se ele não te matasse, as pessoas dariam pela falta do verdadeiro herdeiro, Artur. Por isso ele te entregou a mim. Por isso ele mentiu. Por isso Geoffrey é Artur. Entenda isso, Mordred.

— Eu posso ser um rei melhor que meu irmão — ele dissera, dando fim à conversa.

Geoffrey tossiu mais sangue e olhou para Artur. A chuva caía sobre ele, ensopando seu cabelo dourado. Relâmpagos riscavam o céu atrás do campo de batalha.

— Você... nunca... se... será... rei... — Geoffrey disse, ou pelo menos tentou.

Maldito. Algo explodiu dentro de Artur. Ele levantou a espada, respirou fundo e avançou, soltando um brado selvagem.

Geoffrey se esquivou do primeiro golpe com uma agilidade impressionante e girou Excalibur em sua direção. Artur a parou no ar com a espada e se afastou. O tinir do aço ecoou pela margem do lago. Aquele desgraçado estivera fingindo a dor desde o começo.

— É só isso que você faz, Geoffrey?! — gritou Artur, armando outro golpe. — Mentir?!

O irmão avançou novamente. Mesmo com poucas forças, manejava Excalibur com o braço esquerdo. Artur segurou sua própria arma com as duas mãos e foi ao seu encontro. Seu coração estava acelerado. Geoffrey ia com aquela maldita espada em sua direção, correndo o mais rápido que podia. Artur fazia o mesmo. A chuva continuava caindo do céu escuro. Faltava pouco para se encontraram.

Geoffrey brandiu Excalibur pelo lado esquerdo. Ele pretendia acertar o flanco de Artur, o qual, prevendo o golpe, ergueu a espada para o alto. Acertaria a cabeça.

— *Ahhhhhhhhhhhhhhhhhhhh!* — os dois gritaram ao mesmo tempo.

Então se encontraram.

Artur jogou todo o peso do corpo nos braços, desferindo o golpe mais forte que conseguiu sobre Geoffrey. A espada acertou seu pescoço - e foi o bastante. O sangue jorrou de sua armadura. Por mais uma vez, os olhos de ambos se encontraram.

— Você alguma vez se arrependeu de ter mentido? — perguntou Artur.

Geoffrey sorriu. Artur então sentiu uma terrível pontada de dor no estômago, como se estivesse sendo queimado vivo. Abaixou os olhos. Excalibur estava cravada nas suas costelas. Sangue jorrava do ferimento e caía sobre a terra.

Olhou para Geoffrey novamente. Ele continuava sorrindo.

Não! quis gritar, mas a dor crescia por todo o seu corpo. *Não! Ele não pode ter acertado!*

Respirar tornou-se algo difícil. O coração começou a bater devagar. O que era aquilo?

Geoffrey quis dizer alguma coisa, mas tudo que conseguiu foi tossir mais sangue. Artur parou de pressionar a espada contra o ombro do irmão. Suas forças estavam se esvaindo.

Ele colocou as mãos nas costelas. Algo quente saía de lá. Quando olhou para baixo, as mãos estavam rubras. Um frio terrível começou a subir por seu corpo. Artur se ajoelhou. Sua visão começou a ficar turva.

Geoffrey tombou, morto. Um sorriso ainda era visível em seu rosto.

Suas forças acabaram também e Artur sucumbiu ao ferimento. No segundo seguinte, estava deitado sobre a relva lamacenta ao lado do irmão.

Aos poucos, a dor foi sumindo, mas o mundo parecia mais escuro. Pingos de chuva caíam sobre seu rosto. Eram frios como as garras da morte.

A SOLUÇÃO FINAL
A. Z. Cordenonsi

Lunden, castelo de Caerlon, 13 de agosto de 127 D.M.

UMA CHUVA FINA acompanhava o cortejo que saiu da abadia de Westminster, as botas negras chapinhando no chão molhado enquanto o caixão de sir Breunor, o Matador de Leões, era carregado pelos seus companheiros. À frente, seguia o imperador Arturious, o cenho franzido e as costas arqueadas, os ossos cansados sentindo cada passada enquanto as minúsculas engrenagens do seu onióculo se adaptavam à visão vespertina. Por uma vez mais, ele amaldiçoou o rei Meleagant a Dagda por ter lhe arrancado o olho destro durante a Batalha de Éamon. O artefato lhe substituía bem a visão, mas era incômodo e lhe dava constantes dores de cabeça. Rangendo os dentes, tocou o cabo da espada cerimonial que levava na cintura para lhe dar sorte – era uma lâmina brilhante, dourada como um dia de sol, ornamentada com joias de diversas partes do mundo. Era imprestável para a guerra, por certo, mas, desde os tempos do imperador Uther, o gládio se tornara uma figura constante nas principais cerimônias do Império Britonianno e Arturious seguia a tradição.

Na esteira do regente imperial seguia a imperatriz Guinevere, amparando a viúva, a bela e inconsolável Malesina, de cujos olhos inchados desciam cascatas de lágrimas que faziam escorrer sua maquiagem rubra. A imperatriz, curvada, sussurrava em seu ouvido, as palavras chegando rápidas e mecânicas em sua mente; nos últimos tempos, já perdera a conta de quantas damas consolara na corte. A guerra seguia indefinida na fronteira Oeste e as perdas não paravam de crescer.

O cortejo seguiu pelos caminhos ladrilhados do castelo de Carleon, acompanhado por uma multidão de súditos que só eram contidos pela Brigada de Encouraçados, soldados da guarda de elite de Arturious, uma infantaria pesada trajando fraques vermelhos sobre a armadura mecanizada que expulsava vapores acinzentados por sobre as cartolas, chapéus e lenços rendados. Sir Breunor era um dos cavaleiros mais populares, o jovem herói que investira contra o Leão Branco que escapara do Zoológico de Lunden e acabara atacando Guinevere, na época, noiva do recém-coroado imperador Arturious. Fora um gesto ousado, e um tanto impensado, como resmungava sir Gawain, mas surtira o efeito desejado: o Leão ficou desorientado pelas cabriolices do jovem, que distraíra a fera até ela ser dominada pelos soldados. Pela sua bravura, foi investido cavaleiro e sua história ganhou o mundo.

– Foi uma perda irreparável. Para o Império e para a causa – comentara o magistrado Edward Kane, o conselheiro mais próximo que Arturious mantinha em seu castelo.

– Eu perdi um amigo – retrucara o imperador, que não estava com ânimo para discutir a causa com quem quer que fosse.

Kane repuxou a sobrecapa para baixo – apesar do calor da lareira que ardia forte em um dos cantos da rústica sala de reuniões, o magistrado não dispensava o casaco que escondia o corpo magro e curvado de um homem que passara as últimas décadas frequentando o ambiente insalubre das bibliotecas imperiais. Ele abriu um sorriso leve que brincou em seu bigode fraco e quebradiço.

– A causa é o que move o Império Britonianno, meu senhor – argumentou. – Desde que o magistrado Merlin estabeleceu as bases da Revolução Escolástica, não se pouparam esforços para que os benefícios do progresso fossem espalhados pelo globo.

– Nos tornamos predadores do mundo, magistrado – resmungou Arturious, atirando-se contra uma cadeira, sentindo nos ossos cada dia dos seus quarenta e nove anos. – Em nome da nossa arrogância, impomos nossa vontade por metade do globo – disse com amargura.

– E não seria esta a vontade de Dagda? – interpôs o magistrado, um tanto agitado. – Merlin nos ensinou que não há outra justiça a não ser a do homem escolástico, a criação perfeita de Dagda, em sua plenitude.

Arturious encarou o magistrado com seus olhos verdes brilhantes, como se quisesse dissecá-lo.

– Andas metido demais nos discursos da minha irmã, Edward – falou, usando o nome de batismo do magistrado como forma de expressar sua preocupação.

– A Dama do Lago instrui os incultos do mundo – respondeu ele, na defensiva. – Sua fé em nosso trabalho enaltece o Império.

– Disso, não duvido – murmurou Arturious, o cenho franzido, dispensando o magistrado que, agora, acompanhava discretamente o cortejo, sua face franzina ocultada por um xale acinzentado. Ele seguia logo atrás da imperatriz, representando o Conselho dos Escolásticos, nervoso pela presença do Cavaleiro de Ferro.

Protetor pessoal do imperador, herói virtuoso da Batalha de Éamon, pouco se sabia sobre o cavaleiro, a não ser a sua terrível história: de como ele salvara seu senhor na batalha contra Meleagant, mesmo ferido pelas chamas incandescentes que brotavam do castelo de Eire. Desfigurado, o soldado enfrentou um batalhão de inimigos para proteger Arturious, resgatando o imperador ferido. Desde então, perdera a capacidade da fala e nunca mais tirara o elmo negro em público, tendo como única companhia as suas duas amas, também mudas, que o serviam em seus aposentos. O cavaleiro usava o seu tradicional casaco negro, de ombreiras de couro e couraça onde estava estampado o dragão de Uther. Na cintura, trazia suas armas – ao contrário do imperador, que exibia uma peça decorativa em solo britonianno, o cavaleiro não se ausentava dos seus aposentos sem a sua espada Serradora (ele usava um modelo antigo, desenvolvido pelo próprio Merlin, cujo servomotor preso ao copo acabava chamuscando o punho do soldado; no entanto, o cavaleiro parecia não se importar com isso e preferia a velha companheira a qualquer modelo mais avançado), algumas adagas de lançamento e duas carabinas de três tiros.

Três quartos de hora depois, o cortejo atingira a colina de Westminster, um outeiro de relvas verdes e túmulos sem fim, onde cruzes célticas marcavam os guerreiros e damas caídos. Arturious se aproximou do buraco recém-aberto, já parcialmente coberto pela água da chuva que caía sem parar. A multidão gritava junto ao cinturão marcado pela Brigada de Encouraçados, enquanto os cavaleiros traziam o caixão de sir Breunor. Com movimentos delicados, eles repousaram o ataúde junto à cova e se afastaram. Logo, a multidão silenciou; o imperador não precisou levantar a face amarrada para saber o motivo – o riscar dos mantos escarlates contra a grama alta precedeu ao surgimento da Dama do Lago e seu séquito de sacerdotisas. Os presentes se ajoelharam momentaneamente, com exceção do imperador, que detinha esse privilégio.

A grã-sacerdotisa passou os dedos finos e delicados, cravejados de joias, por sobre o túmulo. Ela retirou o capuz e expôs a sua face alva e seus lábios avermelhados para a chuva, que piorara. Com um sorriso triste, falou para a multidão.

– Povo de Lunden, irmãos britoniannos, o Dragão chora pela morte de um dos mais bravos cavaleiros do Império – falou, mantendo a mão no ataúde. – Morreu sir Breunor, o Matador de Leões, o Cavaleiro da Imperatriz, o Protetor do Império. Morreu na guerra que se estende na nossa fronteira.

Somente o silêncio lhe respondeu. Os cavaleiros mantinham os olhos fixos nela, mas o imperador não levantara a face do túmulo.

– Nos reunimos aqui, uma vez mais, para enaltecer a vida de outro cavaleiro tombado pela ira esmeralda que ceifa nosso império. Cavaleiros, comandantes ou soldados, a guerra infindável não poupa nem escolhe suas vítimas. Enquanto os combates perdurarem, plantaremos túmulos como quem semeia o trigo!

Houve alguns murmúrios entre os cavaleiros e a multidão também se agitou; afinal, não havia vivalma em Lunden que não tivesse perdido um membro da família para a guerra que se estendia por quase uma década.

– Os cavaleiros verdes da Irlanda invadem nossas praias, tomam nossas terras, violentam nossas mulheres! Dagda chora! Merlin chora! O Império esfacela-se a olhos vistos!

– Morgana – murmurou Arturious, em tom de aviso. Sua voz saiu riscada e febril.

— Meleagant encharca nossas terras com o sangue nobre dos britoniannos enquanto a solução repousa, incólume, em Lunden!
— Morgana — repetiu Arturious, uma segunda vez.
— Até quando? — perguntou a grã-sacerdotisa, ignorando o irmão e virando-se para o povo, cujos murmúrios já rivalizavam com a chuva, cada vez mais inquietos. — Até quando seremos ceifados como grãos? Até quando perderemos nossos bravos pelo temor?
— Basta! — enfureceu-se Arturious, levantando a cabeça pela primeira vez. Sua voz ecoou como um trovão e a multidão silenciou como que por encanto. Ele encarou Morgana com os olhos marejados de uma fúria mal reprimida e, ignorando o cerimonial, afastou-se do caixão do seu cavaleiro mais dedicado. Pela primeira vez desde que assumira o trono tantos anos atrás, sua caminhada foi acompanhada pelas vaias do povo que ele jurara proteger.

Lunden, sala do conselho, castelo de Caerlon, 14 de agosto de 127 D.M.

Naquela tarde, o conselho de guerra se reuniu uma vez mais. Arturious deixara a roupa cerimonial de lado e, pela primeira vez em anos, vestira os trajes completos do guerreiro que um dia fora ovacionado por todo o Império. Enquanto aguardavam sir Tristão, o imperador passou os olhos pelos semblantes preocupados de seus cavaleiros. Agora, só havia cinco deles; os demais permaneciam em combates ou haviam achado seu repouso final nas colinas de Westminster.
Pouco depois, sir Tristão apareceu, os longos cabelos negros presos em uma faixa avermelhada, a espada de corte junto à cintura e um estranho ser empoleirado em seu ombro. A um assobio, o pombo-automatizado bateu suas asas de cobre e saltou para a mesa redonda do conselho. Arturious lançou um olhar curioso para a ave; ele conhecia o projeto dos pombos de Merlin, uma mistura eficaz da engenharia natural com os artefatos mecanicistas do Grande Escolástico. No entanto, aquele modelo lhe parecia estranho.
— Fiz algumas modificações no projeto original de Merlin — disse-lhe sir Tristão, respondendo a pergunta não formulada do seu

suserano. – Aperfeiçoamos o coletor muscular para aumentar o torque. Assim, baixamos o peso das peças implementadas e aumentamos a autonomia de voo.

Arturious ergueu uma sobrancelha e fez um aceno positivo, deixando o assunto para mais tarde. Agora, estava mais interessado nas notícias que o pássaro lhe trazia.

– Sofremos baixas importantes em Wales – disse Tristão, apontando para o grande mapa da Britonnia que estava espalhado na mesa. – E o castelo de Cornwall foi capturado.

Um murmúrio de consternação se passou entre os presentes. A fortificação de Cornwall sempre fora lendária entre os britoniannos. Nunca, nem mesmo durante a guerra contra os saxões e os franco-astecas, eles haviam se rendido.

– Como?

Sir Tristão respirou profundamente antes de responder.

– Eles atacaram pelo ar. Há uma nova máquina de guerra no Exército Verde.

Sir Dagonet cruzou os braços, em uma posição de incredulidade.

– Ar? Queres dizer, em balões?

– Em artefatos diversos, creio eu – resmungou sir Tristão. – Os relatos informam sobre máquinas de guerra em forma de espigas de milho que voam contra o vento e uma estranha fumaça esverdeada que escapa de canos dourados. Como sabem, nossos balões de ar quente têm pouca mobilidade.

Sir Gawaine soltou uma grande gargalhada.

– Disparates! – sentenciou.

– O relato veio do próprio duque de Caradoc.

Um silêncio obscuro se seguiu àquelas palavras. O duque era um guerreiro respeitado por todos e absolutamente honesto. Sua palavra era considerada forte como a do imperador.

– Maulodei, o irmão druidista que serve o duque, diz ter certeza que havia uma quilha nas máquinas, o que lhe permitiria...

– Mobilidade no ar como no mar – completou Arturious com o cenho franzido. – É um ganho e tanto, senhores.

Os cavaleiros acenaram em concordância.

– Foram avistadas apenas três destas máquinas, mas se mais forem construídas...

— ...poderemos perder a costa leste... — completou sir Gawain com um soco à mesa. — Arturious, eu lhe rogo, precisamos terminar com isso! Deixe-nos examinar a...

— Não! — vociferou o imperador, já antevendo o rumo que aquela conversa estava tomando. — Não permitirei que Excalibur seja usada em solo britonianno.

— Mas a guerra...

— Vocês não estavam lá! — gritou Arturious, levantando-se abruptamente. — Nenhum de vocês! Não têm ideia do poder daquela arma. A solução final de Merlin não é uma arma! É uma abominação! — cuspiu ele, os respingos grudando na barba esbranquiçada.

O magistrado Kane fez o sinal da Deusa como que para se proteger do sacrilégio. Arturious continuou, como em transe.

— Os corpos enegrecidos pelas chamas sem fogo! A terra calcinada como se hostes infernais tivessem marchado pelos campos! A arma não poupa ninguém, homens, mulheres, crianças, animais, inimigos ou amigos. Da nuvem da morte, não há escapatória! Não, senhores! — retomou ele, erguendo a face para os seus cavaleiros. — Não permitirei que uma bestialidade destas ocorra em nossas terras. Não sacrificarei o futuro do Império!

— Mas as armas voadoras...

— Serão abatidas! Redobrem nossos esforços! Multipliquem nossos espiões nas terras dos homens verdes. Descubram o segredo das máquinas aladas e me tragam uma solução! — ordenou Arturious, virando-se para a lareira em que crepitava um fogo alto.

Um a um, os cavaleiros deixaram a sala do conselho, restando apenas o imperador e sir Boors. O cavaleiro esperou alguns momentos, cônscio de que Arturious sabia da sua presença.

— Tive a oportunidade de conhecê-lo — disse Arturious, ainda encarando as chamas.

— Perdão, meu senhor?

— Merlin. Ele já era idoso e meu avô já havia renunciado em favor do meu pai, mas, mesmo assim, ele estava vivo, esticado como uma linha de pesca. Eu o vi uma vez antes dele morrer.

— Merlin foi um sujeito extraordinário — disse sir Boors.

— Ele não me disse uma única palavra — resmungou Arturious, aparentemente sem se importar com o que dissera o cavaleiro. — Apenas ficou ali, sentado em seus mantos, me encarando com aqueles olhos – falou, voltando-se para Boors.

– Em toda a minha vida, nunca vi olhos como aqueles, meu amigo. Eram olhos de quem já vira mais do que gostaria. Aquele olhar me tirou o sono noites sem fim.

– Perfeitamente compreensível, senhor.

– Tolices de crianças, não é mesmo, sir Boors? – gracejou Arturious com um semblante triste, antes de agarrar o ombro do seu mais antigo cavaleiro. – Mas não foi para ouvir as reminiscências de um velho que você ficou aqui hoje. Conte-me, o que amargura seu coração?

Sir Boors contorceu as mãos. Ele era um homem de ação, um cavaleiro por excelência, e o papel que o destino lhe dera a desempenhar não lhe caía no gosto. Por fim, depois de pigarrear duas vezes, ele começou.

– Tem havido boatos, meu soberano... Boatos terríveis...

– Sempre há boatos – resmungou Arturious, dando de ombros. – Eles acompanham a coroa como moscas ao mel.

– É verdade, com certeza. Mas, este, em particular, me parece tão vil... tão perverso que... – e Boors se retraiu, não conseguindo encontrar as palavras certas.

Arturious se aproximou dele e apertou mais uma vez o seu ombro até que o cavaleiro voltasse a olhá-lo.

– É... sobre... a imperatriz... e sir... Lancelote... – gaguejou o homem. – Sobre suas constantes visitas e... sua afeição ... desrespeitosa para com a senhoria.

O rei o encarou e seus dedos adquiriram um tom esbranquiçado ao apertar-lhe a espaldeira prateada.

– Não – disse, por fim.

– Perdão? – perguntou sir Boors, sem entender.

– Não, já lhe disse – vociferou Arturious.

– Mas, senhor... eu não estaria aqui se não tivesse...

– Você os viu? – perguntou o imperador. Mesmo sem querer, a sua voz saiu entrecortada, e o monarca se viu segurando a respiração enquanto esperava.

— Não... – admitiu Boors. – Mas os boatos...

– Não darei ouvidos a intrigas da corte! – berrou Arturious, afastando-se do amigo. Sem se virar, ele o dispensou com um gesto.

Sir Boors, mesmo sem ser visto, fez uma profunda reverência ao imperador e se afastou, as passadas duras refletindo todo o seu desconforto e encontrando eco na batida descompassada do coração de Arturious.

Lunden, aposentos imperiais, castelo de Caerlon, 15 de agosto de 127 D.M.

Arturious respirou fundo ao entrar no quarto. A tarde fora longa e pontilhada pelos preparativos ao seu cinquentenário. Àquela altura, com as notícias nefastas da guerra alcançando seus jardins, a celebração lhe parecia inadequada, mas Guinevere insistira e, a bem da verdade, o imperador pouco podia fazer para impedir algo que a sua consorte queria. Depois de afrouxar o cinturão, de onde retirou a espada, deixou-se cair na cadeira. Só então notou que não estava sozinho.

Sua perplexidade deu lugar a uma irritação amarga.

— Só você teria a coragem de invadir meus aposentos, mulher — resmungou o imperador, encarando Morgana, que saiu das sombras, envolta em seus xales negros.

— Não invadi seus aposentos, meu caro irmão e senhor — respondeu ela, com uma profunda reverência. — O Cavaleiro de Ferro permitiu minha entrada, pois trago notícias.

— Rogo que sejam melhores que as de Tristão...

Morgana franziu o cenho.

— Os autômatos de sir Tristão são instrumentos impressionantes, mas nada mais do que brinquedos perto de um espião da Deusa.

— Disso, não tenho dúvidas — e, com um gesto de quem eliminava as retrospectivas verbais, acrescentou: — Que dizem seus acólitos?

— O gás verde é chamado solário — disse ela. — Ele permite que uma carga maior seja transportada nos tais engenhos.

— Servo-motores, então — resmungou Arturious. — Hélices gigantescas. Tudo isso é sabido. O segredo está no gás.

— Correto — resmungou Morgana, torcendo os lábios. Ela sempre achara particularmente irritante esta mania do seu irmão de concluir por ela. — Redobrei meus esforços, como ordenado, mas ainda não há pistas da composição do gás.

Arturious apenas concordou.

— Há outro assunto, também — disse ela, fazendo uma pequena pausa antes de continuar. — Chegou ao meu conhecimento a conversa que você teve com sir Boors.

O imperador chegou a pensar em se levantar em protesto, mas acabou ficando onde estava. Afinal, desde o ressurgimento da Igreja céltica com o grande Merlin, as druidas lideravam a espionagem em terras britoniannas e no resto da Europa. Não seria crível imaginar que o castelo não estivesse sob restrita vigilância. Com o menor grau de ansiedade que conseguiu expressar, perguntou, aparentando displicência:

— E o que tem você com isso?

— Os boatos são infundados, como você já sabe, Arturious — anunciou ela, desdenhosa. — Somente um tolo acreditaria em tal coisa. O Cavaleiro das Rosas? Humpf! Francamente, irmão!

Arturious não conseguiu segurar um suspiro aliviado.

— Porém... — continuou ela, ao que o imperador soergueu as sobrancelhas. — O planejamento de nossas ações seria facilitado se estivesse perdendo tempo com tais tolices.

— Aonde quer chegar, Morgana? — perguntou Arturious, sem entender.

— Você dobrou o número de espiões e fortaleceu as defesas nas fronteiras. Está dando claros indícios de que pretende ir atrás da fórmula do gás. Seria interessante que o imperador verde achasse que o herdeiro do dragão está envolvido em um problema familiar qualquer.

Arturious se levantou e trincou os dentes até sentir os molares doerem.

— Quer fazer política com a honra da minha esposa? — sibilou.

— Guinevere já é adulta, Arturious — cortou Morgana, repreendendo-o como fazia quando eles ainda eram crianças. — Converse com ela. Diga-lhe que é para o bem do reino.

— Os mexericos não morrem tão cedo... — ponderou ele.

— Não vão morrer tão cedo, ainda mais com o seu cãozinho arfando de um lado para o outro.

— Não graceje de sir Boors — repreendeu o imperador.

— Por favor, Arturious! — reclamou Morgana, em tom enojado. — Seu cavaleiro urinaria em um poste se você lhe pedisse. Mas

— acrescentou rapidamente, frente ao cenho franzido do imperador —, talvez ele seja útil, afinal. Encarregue-o de espionar Guinevere. Não tardará que tais ordens cheguem aos ouvidos do imperador verde e, talvez, eles relaxem a guarda em seus laboratórios.

— Este plano não me agrada...

— Tampouco pensa em outras soluções — resmungou ela, amarga. — Já que não quer resolver a situação em definitivo, e se permite esconder Excalibur em suas catacumbas, facilite o nosso trabalho, ou as consequências serão nefastas. Eu preciso de tempo, irmão, se quiser mudar as estrelas do seu futuro.

Arturious deixou tombar o pesado corpo contra a cadeira, sentindo-se exausto. Ultimamente estava tão cansado, tão cansado, que era difícil raciocinar com clareza. Ele esfregou o olho avermelhado e sentiu o onióculo automatizado lhe espetar a caixa craniana. Com um estremecimento, ele fez um aceno de concordância.

Com os passos leves como uma pluma, Morgana arrastou seus trajes acetinados para fora do aposento. O imperador, então, puxou uma folha de papel. Sentindo uma amargura corroer seu sangue, rabiscou uma nota apressada e a depositou em um cilindro de vidro e cobre. Com um sopro encanado, o tubo pneumático desceu para o meirinho, convocando sir Boors aos seus aposentos. Tinha ordens para ele, ordens que escapariam da sua garganta como fel em brasa.

Lunden, palanque imperial, Whitehall, 12 de setembro de 127 D.M.

O cinquentenário do herdeiro do dragão se iniciou com uma celebração no Círculo de Hengestein, onde a grã-sacerdotisa abençoou o imperador Arturious, Guinevere e todos os cavaleiros. Após a cerimônia, a corte seguiu para o centro de Lunden.

A grande parada percorreu toda a extensão da recém-pavimentada rua WhiteHall. Marchando sobre as pedras cuidadosamente encaixadas, batalhões de soldados, piquetes, lanceiros e a infantaria meta--animada desfraldavam seus pavilhões em honra ao imperador, que acenava para todos com um sorriso cansado. A multidão gritava e aplaudia os soldados, maravilhados com as roupas coloridas e os artefatos estranhos; muitos nunca haviam visto um soldado com sua armadura mecânica antes e espichavam os pescoços, maravilhados.

Logo após, seguiram as máquinas de guerra: os autocarros canhonados de duas lagartas; os tratores de rodas gigantescas, que levavam a reboque canhões tão grandes quanto uma parelha de cavalos; barcos a vapor prateados, desfilando em plataformas puxadas por corcéis negros; e couraçados tripoides, que faziam a alegria da criançada com o seu caminhar esquisito. No ar, os famosos balões de vigilância de Merlin voavam a baixa altura, exibindo as cores vermelha e negra do dragão de Uther.

Nas últimas fileiras, desfilando em carruagens confortáveis, iam os veteranos de guerra (poucos, como sugerira o magistrado Kane, para evitar a consternação dos presentes com os membros amputados dos soldados). O povo acenava com as suas bandeiras, desfraldadas em azul, vermelho e branco, o dragão estampado nos cones de papel que traziam castanhas enegrecidas pelo carvão dos vendedores.

No palanque real, Arturious exibia sua beca cerimonial, a longa capa vermelha cobrindo as ombreiras de ouro, adornadas por medalhões que lhe davam a aparência de escamas. No dorso, o emblema do dragão, bordado em fios dourados sobre uma camada de penas brancas como a neve. A cintura negra cobria as botas reluzentes e a sobrecapa esmeralda, de onde também pendia a espada prateada. A tiara de ouro lhe cobria a fronte séria e os olhos cansados, que não combinavam com o sorriso forçado que lhe escapava dos lábios escondidos na densa barba, saudando os seus súditos que gritavam para ele durante toda a parada.

Ao seu lado estava Guinevere, altiva em um vestido salmão, com tiaras prateadas a lhe cobrir a cabeça e pulseiras douradas adornando os braços longos e finos. Ela parecia estranhamente encolhida e apequenada diante das roupas espalhafatosas do imperador, seu marido, e da presença de sir Lancelote, que lhe fazia a guarda, também trajando vestes completas bordadas especialmente para a ocasião. O Cavaleiro das Rosas vestia uma malha justa, negra, coberta por uma casaca azul e uma sobrecasaca vermelha, o que lhe dava a aparência de estar trajando uma bandeira do Império Britonianno.

Logo atrás, vigiando a tudo e a todos, a presença imponente e silenciosa do Cavaleiro de Ferro, usando suas vestes habituais, a fronte eternamente oculta pelo elmo de ferro de onde saía uma respiração densa e ritmada.

Quando o desfile já ia pela metade, os trajes rubros da Senhora do Lago invadiram o palanque, deslizando levemente por entre os presentes até se postar atrás de sir Lancelote. Ela lhe sussurrou ao ouvido, ao que o cavaleiro abriu um sorriso largo e meneou a cabeça, em sinal de concordância. Depois, Morgana se postou ao lado de Arturious, acenando para a multidão, que berrou frente a sua presença. O imperador, amargurado, não pôde deixar de notar que o povo parecia mais satisfeito em vê-la do que aos seus cavaleiros.

Depois do desfile, um almoço campal foi servido nos campos de Eleanor e a população foi brindada com carne de cervo banhada no mel, pão negro de amêndoas e cerveja. Mais tarde, toda a comitiva seguiu para o parque Middlesex, onde ocorreria o torneio de justas. Todos os cavaleiros de Arturious participaram da competição. Lanças de madeira se partiram, armaduras foram arranhadas e escudos foram destroçados. Ao final, sobraram apenas o Cavaleiro de Ferro e sir Lancelote, que competiriam pelo grande prêmio.

Os dois se aproximaram do tablado imperial para a bênção do imperador.

– Combatam em paz e justiça – disse-lhes, acenando para os dois.

– Vou tentar não fazer má figura frente ao povo, pelo menos – gracejou sir Lancelote, seguido por gargalhadas que se espalharam entre os cavaleiros. Afinal, o Cavaleiro de Ferro era quase meio metro maior que sir Lancelote e, até então, havia vencido todas as lutas com absurda facilidade. Mesmo antes de iniciadas as justas, o final já era previsto por todos os combatentes.

Como de hábito, o Cavaleiro de Ferro apenas acenou brevemente e levou o seu corcel até a linha de batalha. Com grande cuidado, ele entregou a sua espada Serradora para o pajem, pegando, no seu lugar, uma espada de treino. Pouco depois, ambos estavam prontos e o imperador Arturious acenou para o arauto.

– Contemplem, meus senhores e senhoras, os dois desafiantes! – gritou o homem em seu traje amarelado. – De um lado, sir Lancelot, o Cavaleiro das Rosas, o Capitão das Mil Batalhas! Ele veio a esta terra como um vento soprando de Lothian! O cavaleiro das tranças de trigo e do braço de aço! Eis, povo de Britonnia, o desafiante do impossível! – berrou, apontando para a armadura prateada de sir Lancelote, que baixou o visor por um breve momento para saudar a multidão.

Quando os berros diminuíram seu ímpeto, o arauto continuou:
– Vejam o Cavaleiro de Ferro! – gritou, apontando para o combatente. – O herói de Arturious! O protetor do Império! O brado silencioso que é como a rocha que nos cerca! Eis, povo da Britonnia, o Mão de Serra! – exclamou, apontando o Cavaleiro de Ferro, que permaneceu impassível sobre o seu corcel. Houve gritos da multidão, pois, apesar de irascível e rude no trato, o cavaleiro era conhecido como um homem corajoso e inflexível na proteção ao Império. Pouco a pouco, nestes últimos anos, ele conquistara, se não o afeto, pelo menos o respeito da população.

Então, o arauto saiu da linha e um toque agudo pairou sobre a multidão. Logo, os cavaleiros se aproximaram; primeiro, em um andar suave, depois, em um trote mais acelerado. Logo os cavalos já corriam, seguindo a linha determinada pelos postes de madeira a meia altura. Um silêncio profundo ecoou das passadas dos animais, enquanto a população segurava a respiração. Com um baque rígido, as duas lanças acertaram os escudos oponentes. No entanto, a ponta do Cavaleiro de Ferro estava alta demais e a lança escorregou para cima, perdendo-se no vazio, enquanto a de sir Lancelote destroçou completamente o escudo do oponente. Na primeira volta, contra todas as possibilidades, o Cavaleiro das Rosas estava com a vantagem.

Uma explosão de urros invadiu o parque; chapéus foram lançados ao ar e aplausos irromperam nas filas da corte. Mesmo à distância, era fácil perceber que até mesmo sir Lancelote parecia surpreso. Mas não havia tempo para se perder em conjecturas; assim que terminaram de contornar o campo, os dois combatentes se prepararam para o segundo turno. O Cavaleiro de Ferro largou a lança e pegou duas maças de pontas arredondadas. Atiçando os cavalos com suas esporas, eles partiram novamente.

O choque foi mais violento que o anterior, bem como o resultado. O Cavaleiro de Ferro conseguiu arrancar o escudo de sir Lancelote enquanto sua lança se perdia no vazio, empurrada pelo golpe preciso de Mão de Serra. Ao final do segundo turno, ambos estavam empatados.

Uma nova salva de palmas irrompeu e a população aplaudiu o grandalhão mudo pela sua incrível habilidade. Agora, ambos se despiam das lanças e o combate seguiria pelo trabalho das espadas. Após uma curta corrida até o centro, os cavaleiros desembainharam suas armas e a luta começou.

O Cavaleiro de Ferro era mais alto, e sua estatura se mostrou uma grande vantagem no início do combate. Sir Lancelote apenas se defendia, girando a espada de um lado para o outro, enquanto a lâmina cega do seu oponente desferia golpes poderosos, de cima para baixo. A população segurou novamente a respiração, em expectativa. Ninguém suportaria muito tempo um massacre daquela natureza; sir Lancelote haveria de se cansar e o combate terminaria.

Então, um golpe mudou o destino da luta. O Cavaleiro de Ferro desferiu uma pancada tão violenta que a lâmina de sir Lancelote foi trincada, mas, incrivelmente, não se quebrou. Quando o Cavaleiro tentou puxar a espada, ela se prendeu à lâmina retorcida de sir Lancelote. Foi então que o Cavaleiro das Rosas percebeu a sua chance. Usando o resto das suas forças, ele sacudiu a espada com um puxão violento; a arma do Cavaleiro de Ferro escorregou pelos seus dedos e voou pelo parque, caindo cravada no chão enlameado. A justa terminara. Sir Lancelote vencera.

Gritos irromperam de todos os lados e até mesmo os cavaleiros reais se uniram à multidão, extasiados com a vitória de sir Lancelote, que permanecia no meio do parque, a respiração pesada roubando-lhe o ar dos pulmões. Foi necessária a ajuda dos pajens para retirá-lo do garanhão branco. Com cuidado, eles despiram o dorso do cavaleiro, que não parava de massagear o ombro e o braço doloridos, massacrados pelos insistentes golpes do Cavaleiro de Ferro. Antes que fosse levado ao imperador, sir Lancelote recebeu os cumprimentos mudos do oponente, que lhe fez uma grande mesura em referência.

Abrindo a boca com um sorriso de dentes claros, o vencedor se aproximou do tablado imperial para receber os cumprimentos de Arturious, que aplaudiu sinceramente o seu cavaleiro. Depois de lhe entregar uma espada de ouro como prêmio, sir Lancelote acalmou a multidão com um aceno.

— Povo de Britonnia! Não tenho palavras para expressar minha surpresa com esta vitória, pois sabem, como ninguém, que o Cavaleiro de Ferro é o maior combatente a serviço de vossa majestade! — gritou, de forma elegante, retribuindo a reverência ao seu oponente, que já se postara atrás do imperador — E justo no cinquentenário de nosso amado Arturious, garanto-lhes que é uma honra que levarei para a alcova e uma história que contarei nos salões do próprio Dagda!

Urros se seguiram a estas palavras; a multidão delirava, celebrando a vitória do Cavaleiro das Rosas.

— No entanto, gostaria de dedicar minha vitória a outra pessoa, que esteve ao nosso lado todo este tempo. Por vocês, cidadãos de Lundune, e de todo o Império, dedico a minha vitória e a minha honra à imperatriz Guinevere!

Os gritos cessaram e um silêncio retumbante ecoou pelo parque. Em uma fileira logo atrás do imperador, sir Boors grunhiu em silêncio, os dentes rangendo como se estivesse mastigando ossos. O Cavaleiro das Rosas olhou espantado para todos e, com os olhos baixos, se aproximou ainda mais do tablado, onde Guinevere, profundamente constrangida, abaixou-se para abençoar a espada de ouro.

O imperador Arturious se virou para dentro, enfurecido, encarando Morgana como se quisesse açoitá-la com os olhos. Então, sem proferir palavras, afastou-se, seguido pelo Cavaleiro de Ferro e o resto da corte, deixando para trás somente os murmúrios da multidão.

Lunden, aposentos imperiais, castelo de Caerlon, madrugada de 13 de setembro de 127 D.M.

O grande relógio da torre já havia batido a quarta badalada da sexta-feira quando Arturious alcançou os seus aposentos, exausto pelas comemorações que avançaram noite adentro. Com um grunhido curto, ele retirou a pesada capa vermelha, desafogando o pescoço duro. O imperador soltou a espada e, quando estava prestes a retirar as botas de couro de cervo, sentiu uma pancada atingir-lhe a nuca. Ele não chegou a expressar surpresa antes do seu corpo cansado desfalecer.

Pouco depois, Arturious recobrou os sentidos. Desorientado, ele tentou se erguer até sentir uma dor excruciante em seus punhos. Então, ele se lembrou. Fora atacado no seu próprio quarto, onde jazia agora, amarrado como um leitão. Enquanto tentava se desvencilhar, viu pés se aproximando; pés pequenos como os de uma raposa, que subiam em pernas bem torneadas, recobertas por um manto acetinado de vermelho berrante. Não foi preciso retorcer o pescoço para Arturious reconhecer o seu algoz.

– Morgana! O que pretende com isso? – falou, com voz entrecortada, sentindo a boca ressequida e a cabeça a latejar.

– Fazer justiça pela morte de uma dama honrada – respondeu-lhe ela, abaixando-se do lado do irmão e passando seus dedos finos e compridos na barba do imperador.

– Que dama? Quem morreu?

– Guinevere, é claro – replicou a grã-sacerdotisa, voltando a se levantar. Com os olhos do irmão cravados em suas costas, ela percorreu os poucos passos até a porta que dava para o corredor íntimo que separava os dois quartos. Ali, no meio de uma poça de sangue, jazia o corpo inerte da imperatriz da Britonnia.

– Não! – urrou Arturious, forçando as amarras com a força de cem ursos. – Maldita! Mulher maligna! Por que fez isso?! Por que matar minha esposa?! Solte-me, ser abominável! Solte-me e verá a força da minha ira!

Morgana gargalhou.

– Conheço muito bem a sua força, caro irmão. Conheço a virilidade das suas ações, se está lembrado – disse ela.

– Não... ouse... – gaguejou ele, espumando de raiva. – Não ouse pronunciar o nome daquela abominação no meu castelo!

– Abominação?! Ele era meu filho, e seu também, cão desprezível! – urrou ela, perdendo a compostura. – E você o mandou para a morte, para viver entre os leprosos!

– Ele era filho das suas artes malignas! Filho de um ato impensado, de um homem drogado! – bradou ele, com lágrimas nos olhos. – E esta é a sua vingança, mulher? Matar minha esposa em troca do seu filho impuro?

Morgana gargalhou novamente.

– Continua a pensar como um reles soldado, como seu pai e seu avô. Cavaleiros, vocês se dizem?! Ha! Não passam de homens pequenos com brinquedos grandes! São incapazes de ver um palmo à frente do nariz!

Arturious soltou um uivo de lamentação.

– Por que fez isso? – voltou a perguntar, em um fiapo de voz – Por que matar Guinevere?

– Por causa do povo – resmungou ela, torcendo o nariz como se o assunto fosse desprezível. – Eles não aceitariam de bom grado uma mulher no comando, mesmo após a sua morte. Eu não precisava apenas eliminá-lo, irmão. Precisava derrubar o mito da gloriosa Casa de Uther.

– Os boatos de Guinevere...

– Eu lhe disse naquele dia, irmão – sorriu ela. – Eram apenas boatos sem fundamento. Seria um tolo por acreditar neles. Mas você acreditou, não foi? Eu senti a dúvida em seu coração. O coração de um velho guerreiro que mal podia se manter em pé. Ah, homens como você, Arturious, são fáceis de ler...

– Então, tudo não passou de um embuste...

– É claro, meu parvo irmão. Os boatos se multiplicaram como coelhos na primavera depois que Boors começou a vigiar Guinevere. No entanto, tais artimanhas teriam pouco sentido se o povo não fosse ludibriado – comentou, erguendo uma sobrancelha. – Eu precisei agir e, sinceramente, irmão, deveria ter sido mais cuidadoso na escolha dos seus cavaleiros! Lancelote poderia ser um asno se não fossem os seus belos olhos! – disse, em tom de reprimenda.

Arturious fechou os olhos, a raiva lhe cegando a mente. Como pudera ser tão estúpido? Contudo, Morgana continuava e a sua voz lhe feria mais do que a corda em seus punhos.

– Foi incrivelmente fácil manipular o tolo Lancelote para que dedicasse sua vitória à imperatriz. Afinal, eu lhe disse, ela andava tristonha por seu marido estar recebendo toda a atenção. Um mimo não seria de todo mau – continuou ela, em um tom de quem custava a acreditar nos seus próprios feitos. – Incrível como alguém que se orgulhava de passar suas noites na cama de mil mulheres conhece tão pouco de nós!

— Por que simplesmente não me matou? Por que incluir Guinevere, Lancelote e até mesmo Boors em suas maquinações?

Morgana abriu um sorriso condescendente.

— Arturious, Arturious... Tão ingênuo quanto os soldados que comanda em suas batalhas infantis... — comentou, balançando a cabeça. — É uma pena, irmão, que não tenha tido Merlin como preceptor; se não fosse tão parvo, teria lhe arranjado uma ocupação na nova ordem.

O imperador rangeu os dentes.

— Eu precisava justificar as suas mortes, ou seria caçada como assassina — explicou em tom baixo. — Agora, com o casal real fora do caminho, só resta uma opção ao conselho: passar a coroa ao membro vivo mais próximo ao imperador. Eu serei a nova imperatriz, Arturious. A imperatriz da Britonnia — falou, com um incrível deleite na voz.

— Não por muito tempo... — resmungou ele, amargo. — O imperador verde avança sobre nossas tropas. Sem o gás solário, nossas embarcações aéreas não têm chance.

Morgana abriu um delicado sorriso.

— Mas ainda não sabe, meu senhor? Já temos o gás e, na verdade, estamos produzindo-o em grande quantidade, agora mesmo...

Arturious conseguiu forças para expressar sua perplexidade.

— Como? — murmurou.

— Eu inventei o gás, irmãozinho! O espião que você procurou todo esse tempo era eu!

Arturious manteve-se em um silêncio embasbacado por vários momentos.

— Você fez um acordo com o rei do Deus Morto? — perguntou, a ignomínia fazendo o seu corpo tremer. — Tenciona entregar Britonnia aos cavaleiros verdes?

— Não seja tolo, Arturious — ralhou ela. — Ele foi apenas um peão no meu jogo. Ah, meu irmão! Planos dentro de planos, está vendo? O poder é muito mais complexo do que imaginavas quando subia no seu cavalo, não é? Assim que assumir o poder, equiparei nossos balões com o gás solário e empurraremos o seu exército desgraçado até sua ilha infecta. Lá, derrubarei Excalibur em suas cabeças!

– Não! – bradou o imperador, fora de si. – Louca! Maldita! O que você quer?

– Pagar vosso mal com uma lição de que eles e o mundo inteiro não se esquecerão. Saberão todos que Morgana de La Fey não é uma mulher a ser subestimada!

Suas palavras ecoaram pelos aposentos, escapando pela porta que acabava de ser aberta. Com passadas fortes, o Cavaleiro de Ferro entrou. Arturious sentiu uma pontada de alívio ao observar as faces de Morgana contraírem-se em fúria. Com os olhos em brasa, o imperador se permitiu um momento de prazer obsceno, antevendo o corpo da irmã a ser partido em dois pela poderosa espada do seu guardião.

– Você está atrasado – ralhou Morgana.

Arturious se voltou para a porta do quarto, mas não havia mais ninguém lá. Sem entender, ele se virou para o Cavaleiro de Ferro que, após retirar as luvas de couro, desabotoou o elmo negro e retirou a armadura, deixando exposta, pela primeira vez, a sua face marcada. Não havia nenhuma cicatriz ali, como muitos afirmavam. Em sua face oculta, o Cavaleiro de Ferro só exibia os estigmas purulentos da lepra.

– Mordred... – murmurou Arturious.

Morgana abriu um último sorriso, falando em uma voz tão baixa quanto um sussurro, quase para si mesma.

– Há muito venho arquitetando isso, Arturious. Desde que o retirei dos campos de condenados, eu preparo a minha tomada do poder. Ao contrário de você, irmãozinho, sempre preocupado com a próxima batalha, com a próxima refeição, eu me planejava para o futuro. Eu sou a solução final, querido. O meu futuro e o da Britonnia, longe da sua estirpe de imbecis!

Arturious quis gritar, mas só havia decepção e amargura em sua voz. Sua expressão de terror ficaria eternizada para sempre, marcada a fogo pela espada serradora de Mordred ao separar sua cabeça do resto do corpo.

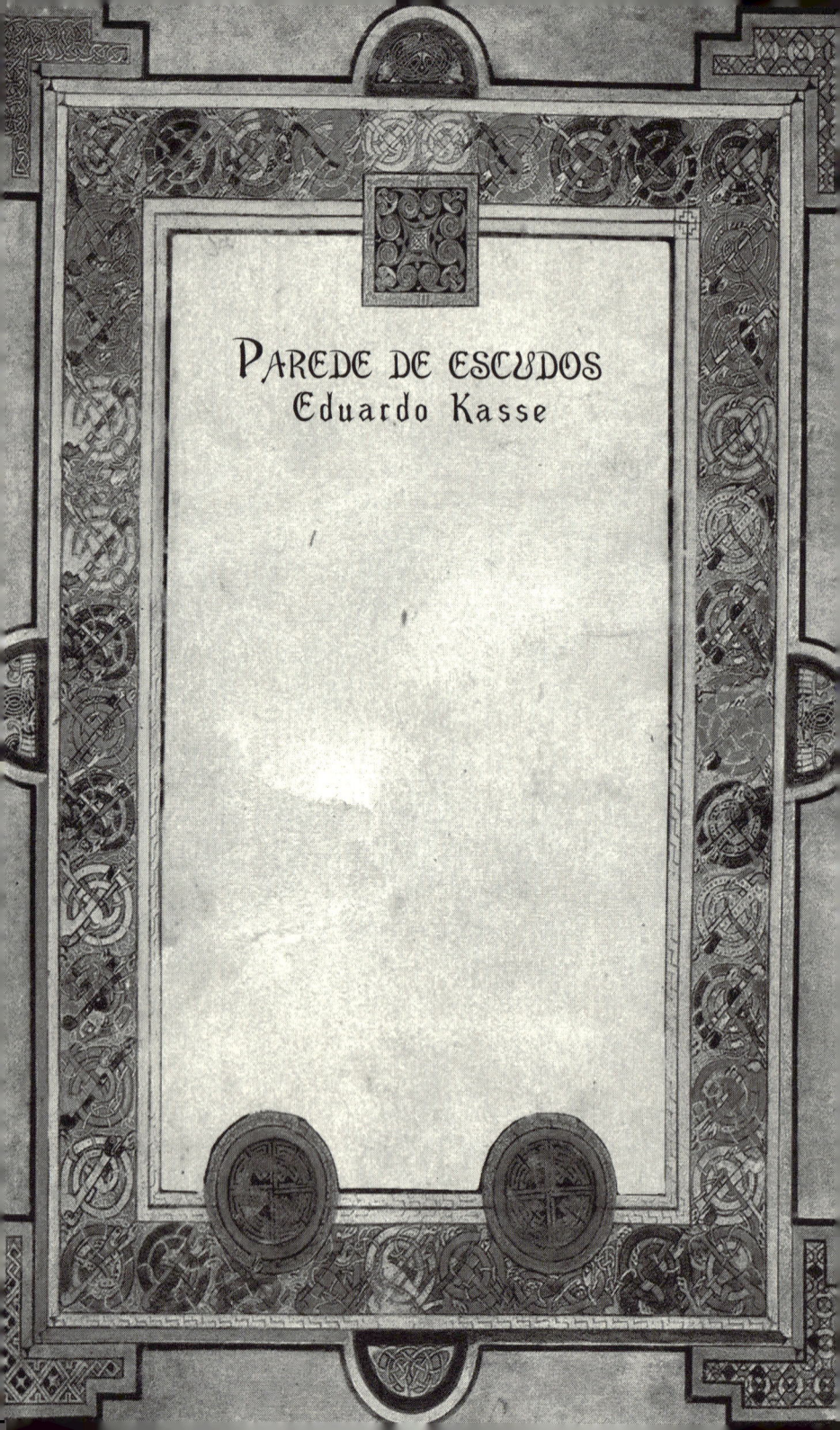

Parede de Escudos
Eduardo Kasse

ODEIO ELMOS.

Mesmo sob o sol tímido o metal esquenta demais. E as placas faciais atrapalham a visão, fazem o suor escorrer pelos olhos. Mas eles já me salvaram a vida um bocado de vezes. Espadas já resvalaram na minha testa, martelos teriam estraçalhado o meu crânio, lanças teriam perfurado a minha nuca.

É... Eu deveria ter morrido há muito tempo.

Mas estou aqui.

Novamente em uma parede de escudos, ao lado de homens fedendo a álcool e suor e garotos soltando as tripas sob os gibões de couro e cotas de malha enferrujadas.

O cheiro de merda e sangue é o perfume da batalha. E essas imundícies se impregnam nas nossas botas, na nossa pele.

É uma lembrança permanente de que a vida e a morte estão ligadas por um fio muito frágil.

A matança da semana passada foi boa. Sempre é boa quando somos vitoriosos. Quando são as nossas lâminas que entram nas carnes macias.

Os saxões estavam em maior número, mas foram afoitos no ataque. Quando o batedor viu o nosso pequeno grupo se aproximando, correu para avisar mais de duas centenas de homens acampados nas ruínas de uma cidade romana.

Nós éramos apenas noventa e dois guerreiros cansados pela longa caminhada e famintos por causa das carroças de mantimentos perdidas. Alguns homens estavam feridos e a maioria com a vontade esfacelada. Não esperávamos lutar, iríamos apenas nos encontrar com Artur em Powys e lamber as feridas. Tínhamos guerreado nos arredores de Lundene e perdido mais da metade do nosso exército, além de muitos cavalos, alguns bois e metade das crianças, esposas e putas que sempre nos acompanhavam.

Porém o batedor saxão nos encontrou. E cavalgou veloz em direção ao seu acampamento.

Dois dos nossos cavaleiros tentaram interceptá-lo, mas ele estava muito à frente e corria como o vento.

Ele nunca deixaria passar essa oportunidade de ouro.

— Osbeorn! — O batedor chamou o chefe saxão. — Uns britânicos desgraçados se aproximam. São poucos e parecem mais um bando de famintos fodidos e machucados.

Osbeorn saiu da sua tenda feita de peles de veado, segurando um crânio que usava para beber. Era um homem corpulento, cheio de anéis de guerreiro presos na sua barba castanha que cobria a barriga rotunda.

Ele deu um longo arroto, pegou seu machado e bradou com um sorriso largo no rosto:

— Então vamos matar esses filhos de uma cadela!

Os homens urraram e pegaram suas armas e escudos. Uns poucos que possuíam cavalos, Osbeorn inclusive, trotaram na nossa direção, ansiosos pelo massacre fácil.

As armas imploravam por sangue.

Foi um grande erro eu não ter um batedor, mas nunca imaginaria que existisse um acampamento deles no meio do nosso caminho. Achei que as forças dos bastardos estavam concentradas mais ao leste.

E, em uma guerra, erros não podem ser cometidos.

O terreno nos favorecia. Formamos nossa defesa na parte mais alta de uma pequena elevação de terra. Para nos alcançar, os saxões precisariam passar por um alagadiço barrento e subir o aclive escorregadio.

Os cavaleiros saxões estacaram antes do alagadiço quando viram a nossa parede de escudos formada, as bordas de ferro unidas sem quaisquer vãos. Nossas fileiras tinham trinta homens lado a lado e a espessura de três homens. Éramos bem treinados, eu fazia questão que meus homens sempre trabalhassem esses exercícios de guerra, muitas vezes à exaustão.

Dois dos nossos companheiros, incapazes de lutar por causa dos ferimentos mais graves, cuidavam dos cavalos que tinham sido amarrados às arvores atrás de nós. As mulheres e crianças fugiam para a segurança de Powys. Como nossa força era menor e tínhamos menos de 20 cavalos, tentar uma investida montada seria suicídio.

Porém não éramos os coelhos indefesos que eles esperavam.

As pontas das espadas e das lanças e os elmos bem polidos reluziam como dentes prateados, mesmo sob os tímidos raios de sol.

– Sou Osbeorn Machado Sangrento, chefe desses cães raivosos! – Os saxões rosnaram e gritaram zombarias. – Entreguem suas armas, ouro e cavalos e vocês podem voltar para casa. Aproveitem a minha generosidade.

– Eu digo o mesmo! – Dei um passo para frente e tirei o elmo. – Deixem suas armas e armaduras no chão e poderão voltar em segurança para a sua terra fedorenta e para as suas putas gordas!

Osbeorn gargalhou até se engasgar e começar a tossir, e eu sorri de volta. Antes de uma batalha nunca podemos mostrar qualquer temor, mesmo que o sangue congele dentro de nós.

– E quem é você? – O chefe saxão escarrou.

– Sou Caradog Freichfras. E sou eu que vou mandar o seu rabo sujo para o outro mundo! – Zombei, e meus homens comemoraram.

– Você tem a boca grande e vai engolir todos os dentes. – Osbeorn tocou o saco e voltou com seus cavaleiros para se juntar ao restante dos guerreiros que chegava ao local.

O chefe saxão desmontou e formou sua própria parede de escudos, mais comprida e mais espessa que a nossa.

– Matem esses bostas! – urrou.

Os homens avançaram batendo machados, lanças e espadas nos escudos de carvalho e tília com bossas e bordas de ferro.

Muitos tinham cotas de malha, o que mostrava que era um bando próspero.

Eles vinham passo a passo, alguns ansiosos pela matança e pelo butim. Outros, mais inexperientes, eram praticamente empurrados pelos homens de trás.

Não os culpo.

Só quem já esteve em uma parede de escudos conhece o medo, a raiva e a euforia do momento, como se os próprios deuses encarnassem nos guerreiros e tomassem parte da matança.

Mas não é algo glorioso como os bardos cantam. A música são os gritos de dor e o som do metal contra metal e dos ossos partidos.

Não há virtude. É somente matar e se manter vivo.

Coloquei novamente o meu elmo e me juntei aos meus companheiros. Desembainhei Mordida de Lobo, a minha espada, e instiguei meus homens:

— Protejam o homem ao seu lado e mantenham a parede de escudos unida. Vamos deixar os vermes dessa terra gordos de tanto comer a carne deles!

Os britânicos gritaram, pediram proteção aos deuses e cantaram canções de guerra, enquanto os saxões estavam atolados até os joelhos no alagadiço. Eles arfavam tentando soltar a lama grudenta das botas e tropeçavam uns nos outros enquanto subiam a elevação de terra.

Um garoto chamado Cynwrig que estava na extremidade da parede de escudos atirou uma pedra que acertou em cheio a testa de um saxão careca. Ele caiu para trás com os olhos revirando nas órbitas e derrubou dois dos seus companheiros que praguejavam por ter que chafurdar na lama.

Era um bom garoto, com uma boa mira. Devia ter uns treze, quatorze anos. A mesma idade na qual eu lutei pela primeira vez.

— Caradog, seu idiota, levante mais o seu escudo! — Luigsech, um homem caolho que trabalhava para o meu pai me deu uma pancada no ombro. — Se eles romperem a nossa parede por sua causa, eu vou até o outro mundo enfiar o cabo da minha lança no seu rabo!

Eu estava muito assustado. Tremia como se o meu espírito quisesse deixar o meu corpo. Nunca tinha estado em uma batalha antes, somente em treinamentos junto com outros garotos, mas os saxões tinham invadido as terras do meu pai e nós lutávamos para recuperá-la.

Ficamos firmes por um longo instante que parecia ter congelado no ar. Nosso druida gritava palavras sem sentido e se cobria de lama e sangue de um boi sacrificado.

Ele invocava os nossos deuses, assim como o druida dos saxões gritava por Woden e Þunor, enquanto chacoalhava freneticamente um cajado com diversos crânios de animais pendurados.

Até que ele se calou, olhou para o céu e soltou um grito gutural.

Os saxões entenderam a mensagem e marcharam rapidamente na nossa direção.

Uma mancha escura no horizonte se aproximava.

Cem passos... Cinquenta passos... Dez passos.

Então veio o estrondo, como o mar batendo nas rochas, escudos contra escudos e o ferro tentando a qualquer custo rasgar a pele e a carne.

Eu fazia força para manter o equilíbrio e empurrar os inimigos, meus ombros doíam e as panturrilhas latejavam pelo esforço. Senti o bafo podre do homem que tentava rachar a minha cabeça com um machado.

O guerreiro atrás de mim aparou o golpe com seu escudo e Luigsech cravou sua espada no pescoço do saxão, que gorgolejou sangue e desabou.

Luigsech estava sorrindo.

— Vai ficar parado, moleque? — Ele estocava a sua espada por baixo do escudo. — Mate esses bostas!

Não tive muito tempo para pensar. Outro saxão me atacou com a espada. Desviei o golpe com o escudo e fiz um corte fundo acima do seu joelho com uma estocada rápida. O gibão de couro não resistiu à lâmina afiada. O homem berrou de dor e golpeou novamente. Consegui aparar com a espada e ele se desequilibrou, então enfiei a lâmina no seu olho esquerdo e a senti atravessar o osso num estalo. Ele soltou um guincho e eu torci a espada, cravando o metal mais profundamente.

O infeliz deu uns passos para trás, mas tombou com o corpo tomado por espasmos.

Então algum deus da guerra dominou meu espírito e eu estava

sorrindo também, gargalhando. Era a minha primeira morte e eu gostei do que vira.

Outro saxão estocou a sua lança e a lâmina furou a malha de ferro que protegia o meu ombro esquerdo. Senti uma dor aguda, mas consegui golpear a sua virilha e rasgar a pele e os músculos de baixo para cima. Ele berrou e sacou uma espada curta com uma careta de dor.

Meu primo Cedda acabou com a vida do desgraçado com um golpe de martelo que amassou seu elmo e afundou o seu crânio.

A pilha de mortos à nossa frente só crescia com os corpos dos nossos inimigos e amigos. O chão estava empapado de sangue, tripas, mijo e merda.

E tudo acabou tão rápido quanto começou, e os corvos teriam muita comida para se fartar.

Foi uma boa luta, e os deuses estavam conosco, apesar do meu pai, dois dos meus irmãos e muitos bons amigos morrerem naquele dia.

Eu havia sobrevivido e me tornado um homem.

Os guerreiros de Osbeorn estavam a dez passos de nós. Um gavião voou no horizonte e, certamente, isso era um bom presságio.

– Venham beijar as nossas espadas! – vociferei.

Os saxões estavam desorganizados e a sua parede de escudos era uma linha torta. Mas ainda assim eles estavam em maior número.

– Acho que há mais de dois bastardos para cada um de nós – falou Iagan, um homem de olhos cinzentos do norte da Britannia, que me jurara fidelidade quando eu poupei a sua vida em uma batalha.

– Melhor assim! – sorri. – Acabei de afiar a minha espada e quero dar um pouco de diversão para ela.

E a terra ficou encharcada de sangue.

Meu elmo me incomodava, atrapalhava a visão, mas não me impediu de cravar Mordida de Lobo com precisão num gigante gordo que escorregou quando tentou me golpear com uma maça pesada. Quebrei seus dentes e a lâmina trespassou facilmente a sua cabeça, despontando pela nuca.

Ele me olhou com os olhos vidrados, e viu as portas do outro mundo. Tombou de lado e se tornou mais um obstáculo para seus companheiros vencerem.

Quebrei o nariz de outro com a bossa do meu escudo e Óengus, um feroz ruivo vindo de Connachta, o espetou no pescoço com sua lança de cabo preto – que ele jurava ser presente dos deuses. Ele a chamava de Dente de Tubarão.

E ele era rápido como um demônio! Mal perfurava um homem, já estava estocando contra outro. Por isso era considerado um dos melhores guerreiros de Artur, apesar de nunca se gabar disso.

Os saxões estavam morrendo aos montes, mas não podiam recuar, pois temiam uma carga. Osbeorn sangrava pela cabeça, com a orelha esquerda pendurada ao lado do rosto, mas ainda lutava bravamente junto com meia dúzia dos seus guerreiros mais próximos.

Ele tentava a todo custo vir ao meu encontro. Sabia que morreria, então queria me levar junto com ele.

Facilitei as coisas para o chefe guerreiro e fui ao seu encontro. Ele acabara de decepar o braço de um dos meus homens quando se virou e rosnou para mim.

Aparei o golpe do seu machado com o escudo e lascas voaram dele. Meu braço ficou latejando tamanha a violência da pancada. Estoquei contra a sua cintura, mas a malha boa conteve o golpe. Ele tentou acertar o meu rosto com a parte de cima do machado, mas desviei ao me abaixar.

Então, golpeei rapidamente, de baixo para cima, e enfiei a Mordida de Lobo pelo meio da sua barba, destroçando sua mandíbula até parar no cérebro macio.

Os músculos do meu braço estavam totalmente retesados.

Osbeorn bufou e morreu.

E a batalha havia terminado.

Alguns saxões conseguiram recuar e fugir com os cavalos que ficaram antes do alagadiço.

Oito dos meus homens morreram e outros três estavam feridos.

Recolhemos armas, armaduras e tudo de valor que encontramos com os saxões mortos e no acampamento. Queimamos os nossos cadáveres em uma grande fogueira e deixamos Osbeorn e seu bando para ser comido pelas feras e apodrecer.

O sol estava se pondo. Lutamos bem e alegramos os deuses.

Mas, na Britannia, a guerra nunca tinha fim.

— Eles estão avançando cada vez mais... — falou Artur, como se um pensamento tivesse sido expressado em voz alta. — Lundene, Anglia, Mercia, Kent, Gewissae... Estamos perdendo essa guerra! — Socou a mesa com força. — Eles estão nos esmagando!

Merlin brincava com uns ossinhos de galinha.

Boors observava o mapa inscrito em velino que estava sobre a grande mesa redonda de carvalho. Gauvain roía um pedaço de pão, imerso em seus próprios pensamentos. E eu apenas os observava enquanto polia a minha cota de malha com areia e vinagre, retirando a ferrugem cuidadosamente.

O ar estava tenso no grande salão. Uma fogueira ardia no centro, a fumaça subia vagarosa para o alto teto e atravessava a palha enegrecida. Criados trouxeram um porco recém-abatido que demoraria a manhã toda para assar.

Serviram-nos cerveja escura e trouxeram enguias defumadas.

Mas eu não estava com fome.

Artur também não tocou na comida. Andava de um lado para o outro chutando a palha úmida que forrava o chão.

— Caradog, tem certeza de que eles estavam acampados em Glouvia? — Artur já sabia a resposta.

— Sim, foi lá que os desgraçados tentaram nos matar.

— Os filhos de uma cabra manca estavam debaixo do nosso nariz! — rosnou Artur. — Ou a força do exército deles cresceu demais ou são uns loucos insolentes.

— Só vencemos porque Osbeorn foi um tolo — funguei. — Cometeu um grande erro ao nos enfrentar naquelas condições.

— Mas era um exército pequeno... — O semblante de Artur estava tenso. — Fui informado que milhares de saxões se reuniram em Lundene e marcham em nossa direção.

— Pelo menos três mil homens — Boors mastigava um pedaço de carne de porco crua. — E ainda temos os irlandeses cheirando a nossa bunda, loucos para nos atacar enquanto estamos indo combater os saxões.

Antes que eu pudesse responder, as portas do salão se abriram e Kay, o irmão adotivo de Artur, entrou carregado por Percival e

Drustanus. Ele estava coberto de sangue e seu braço direito era apenas um cotoco envolto em um pano manchado de vermelho.

Todos nós corremos na direção dos homens, com exceção de Merlin, que continuava ali placidamente.

– Artur... – Percival falava com dificuldade. Estava com um corte profundo na barriga. – Eles nos emboscaram enquanto voltávamos da Dumnonia – parou para retomar o fôlego. – Um conroi nos atacou e mal tivemos tempo para desembainhar as espadas.

– E os outros? – Artur segurava a mão do irmão.

– Galahad, Lancelot e lady Guinevere estão mortos... – Os olhos de Percival se avermelharam.

– Mortos? – Artur deu dois passos para trás, mortificado. Ele tocou o punho da Excalibur e abaixou a cabeça, recostando-se nas grossas traves de carvalho do salão.

Alguns criados de Artur levaram Kay para tratar melhor dos seus ferimentos.

Somente os estalos da madeira sendo consumida pela grande fogueira quebravam o silêncio.

Os homens se entreolharam e Percival continuou seu relato.

– Bedwyr, Pelinore e mais alguns soldados foram atrás dos cavaleiros que nos atacaram jurando vingança.

– Vingança! – Artur levantou os olhos vermelhos e cerrou os dentes. – Esses cães sarnentos já ficaram por tempo demais nas nossas terras, mataram muitos amigos e amores, incendiaram nossas colheitas e roubaram nosso gado. É chegado o momento da vingança, do golpe final.

– Muitas palavras, pouca ação!

Todos se viraram para trás quando ouviram a voz esganiçada de Merlin, que até pouco tempo antes estivera alheio a tudo.

Ele estalava cada dedo nodoso de suas mãos enquanto nos observava com os olhos argutos sob as densas sobrancelhas brancas.

– Se vocês não falassem tanto, os saxões já teriam voltado para dentro dos cus de suas mães! – Abriu um sorriso quase sem dentes. – Eu os admiro por isso, eles falam pouco e matam bastante. E fodem as mulheres daqui deixando um monte de bastardozinhos sardentos e de olhos claros.

– Merlin, nós temos lutado duramente nos últimos anos! – retrucou Artur.

— Lutado como um bando de moças. — O velho se levantou com dificuldade, ajudado por seu cajado. — Os chefes da Britannia só se preocupam com seus umbigos sujos e com suas terras pedregosas!

— Mas Artur os uniu! — Drustanus se levantou. — Os chefes o seguem e o respeitam.

— Artur é um bastardo! Mas é um bastardo que sabe como usar uma espada e sabe cavalgar como o demônio.

Ninguém protestou, pois, vindas de Merlin, essas palavras eram uma grande honraria.

— A nossa ilha é desunida. Irlandeses nos atacam vindos do oeste, saxões do leste, pictos do norte. — Apontou o dedo ossudo para o mapa em cima da mesa. — Ainda vai demorar muito para termos um rei, um rei verdadeiro.

— Mas Artur... — Drustanus foi interrompido.

— Cale a boca! — ralhou Merlin. — Artur não é e nunca será rei. Mas é o que temos neste momento.

Merlin caminhou lentamente para a grande fogueira, arrancou um belo naco do porco ainda cru e saiu mancando do salão. Um grande cão o seguiu e ninguém ousou interferir na sua partida.

E por cinco dias ninguém mais soube dele.

Naquele dia Kay morreu. Artur chorou durante toda a noite. E, quando os primeiros raios de sol tocaram a terra, ele queimou o corpo do irmão em uma pira alta, para o seu espírito chegar mais rápido até seus antepassados.

Um banquete foi servido no grande salão. Os homens se embebedaram, brigaram e reafirmaram seus juramentos de lealdade. Homens foderam com as suas mulheres e com as prostitutas que vieram até o salão de Artur.

Chefes guerreiros dos quatro cantos da Britannia se juntaram a nós. E os bardos fizeram músicas sobre as glórias do passado e sobre um futuro indefinido.

E assim, partimos para a guerra. Mil homens contra milhares.

Talvez caminhássemos para a perdição, mas morrer em batalha sempre é uma boa morte.

E os nossos inimigos nos esperavam para nos dar esse presente.

Artur reuniu os chefes guerreiros e seus homens mais próximos.

– Caradog, quero que você fique no centro das nossas forças, junto à minha bandeira. Virei pelo flanco direito, margeando o Thames com a cavalaria – ele fazia desenhos no chão com um graveto. – Mas antes preciso ir ter com Merlin.

Assenti com a cabeça e fui me juntar aos meus homens.

Comemos uma parca refeição de pão escuro, peixe e um queijo duro. Bebemos vinho de bétula e esvaziamos os barris de cerveja. E esperamos.

Os saxões, pelo menos três mil, faziam o mesmo do outro lado da planície, a uns setecentos passos de distância. Poderiam nos massacrar, mas não se mexiam.

O tempo de filhos ficarem órfãos e mulheres viúvas estava muito próximo.

– Merlin, seria muito melhor eu estar junto aos meus homens no campo de batalha! – Artur cerrou os punhos.

– Você esteve com eles por todos esses anos e continuamos na mesma merda. – Merlin puxou um piolho da barba.

Artur conteve a raiva e engoliu em seco.

– Não seja um menino mimado. – Merlin deu um sorriso de canto de boca. – Nem tudo está perdido.

– O que devo fazer?

– Foder!

– Pare com suas brincadeiras, velho! – ralhou Artur.

– Como pode ser tão tapado! – Merlin fez um muxoxo. – Você precisa agradar o espírito da deusa.

Então Morgaine apareceu, nua, com uma coroa de flores na cabeça. Seu corpo sinuoso vinha lentamente, os seios intumescidos e os cabelos soltos, negros como carvão, chegando até a sua cintura fina.

Ela deveria ter uns vinte e poucos anos e, apesar de ter sido criada junto com Artur desde criança, quase como uma irmã mais nova, ele sentiu uma forte rigidez no meio das pernas. Ele vestia uma túnica simples, pois Merlin o obrigara a deixar a armadura e as armas fora da caverna onde estavam, iluminada parcamente por tochas e velas de sebo.

Uma pequena queda d'água fazia um poço de águas límpidas e geladas mais à frente, formando uma suave neblina com as gotículas aspergidas.

– Dispa-se – ordenou Morgaine.

Artur rapidamente se livrou das roupas, evidenciando completamente a sua excitação.

– Entre no poço – Morgaine passou as mãos pelo peito dele.

Ele obedeceu prontamente e entrou na água gelada, soltando suspiros entrecortados. Mas nem o frio foi capaz de diminuir o seu fogo.

Morgaine então pegou algumas folhas e ervas e esfregou na pele arrepiada de Artur, limpando a sujeira e deixando uma leve sensação de ardor.

Esfregou vigorosamente as costas, o pescoço e os braços dele, que soltava sorrisos involuntários de prazer.

Salvar a Britannia era uma delícia.

– Feche os olhos – Morgaine pediu docemente.

O chefe guerreiro cerrou as pálpebras com força e assim permaneceu, mesmo morrendo de ansiedade e curiosidade. Seu pau latejava como nunca.

Então, passados instantes que pareceram infindáveis, ele ouviu o som de alguém entrando na água do poço. Sentiu as ondulações tocarem o seu peito e uma mão carinhosa acariciar a sua barba recém-aparada.

Sentiu um beijo quente na sua boca. As línguas se tocaram ágeis.

Ele estava prestes a explodir, quando ouviu a suave voz de Morgaine:

– Pode abrir os olhos...

Artur abriu os olhos, pronto para tomá-la em seus braços, quando se espantou e se afastou instintivamente.

Uma velha de pele enrugada e amarelenta e com grossos pelos saindo do nariz estava nua à sua frente, com os olhos leitosos observando-o e a boca desdentada soltando um fio de baba por causa do beijo fervoroso.

– Está pronto para salvar sua amada terra? – Merlin continha o riso.

— Que brincadeira é essa? — Artur tentou sair do poço. Morgaine o impediu.

— Não é brincadeira, meu querido Artur. — A jovem tinha a mesma voz doce de antes. — Agrona, a deusa da batalha, escolheu essa mulher para vir até nós.

A velha observava tudo com um meio sorriso no rosto.

— Todos nós precisamos fazer sacrifícios... — Merlin afastou-se e ocultou-se nas sombras.

Então, com um esforço sobre-humano, Artur possuiu a velha. Entre gemidos roucos e tetas flácidas, conseguiu dar prazer à deusa.

Vomitou logo em seguida.

As fogueiras já estavam acesas quando Artur retornou mal-humorado. Ele entrou na sua tenda e não falou com ninguém naquela noite. Se a deusa Agrona realmente tinha sido satisfeita, não importaria se ele tivesse — ou pelo menos tentasse ter — uma boa noite de sono.

A manhã seguinte começou com uma chuva fina de gelar os ossos. Os homens se espremiam ao lado das fogueiras e bebiam para espantar o frio.

Artur saiu da sua tenda totalmente vestido para a guerra. Convocou os cavaleiros e cavalgou em direção aos saxões.

Boors, Percival, Drustanus e eu o acompanhamos.

Paramos no meio do caminho, no centro da planície e esperamos. Demorou um pouco, mas logo eles vieram. Três saxões cavalgavam em nossa direção.

— Bom dia, veadinhos! — um homem com o cabelo amarelo oleado e amarrado em uma longa trança se curvou. — Acordaram prontos para ir ao outro mundo?

— Viemos pedir que voltem. — Artur estava sério. — Retornem para a sua terra.

Eu não concordava com o jeito político com o qual ele tentava resolver as coisas, mas, por respeito, preferi não intervir.

— Pedir que voltemos? — O saxão olhou para os outros dois cavaleiros que riam. — E perder a chance de chutar as suas bundas brancas?

– Esse é o último aviso – Artur permaneceu impassível.

– "Esse é o último aviso" – retrucou o chefe saxão. – Achei que os britânicos tinham colhões, mas vejo que vocês são realmente uns veadinhos. Ah! E antes que eu me esqueça, isso pertence a vocês.

Pegou um saco manchado de sangue amarrado nas ancas do cavalo e o atirou para Artur. As cabeças de Bedwyr e Pelinore jaziam brancas, com os olhos esbugalhados e as línguas pendentes ao lado da boca.

– Devia ter mandado meus homens me trazerem aquela sua puta ruiva, Guinevere, ao invés de matá-la – o saxão sorria. – Ela me serviria por um bom tempo.

Artur segurava o saco com força, os maxilares cerrados.

– Saia agora das nossas terras! – rosnou.

– São mesmo uns veados! – O saxão balançou a cabeça.

O sangue esquentou as minhas bochechas, mas Artur já tinha dado meia-volta e os homens o seguiram. Então, parti também, mas não antes de provocar:

– Serão os meus colhões que você irá chupar essa noite, seu merda de bode!

Galopei antes de ouvir qualquer resposta.

Alcancei Artur, que parecia muito confiante, apesar de não ter se imposto para o inimigo. Seus olhos faiscavam. Ele não contou para ninguém o que aconteceu na noite anterior, quando estivera com Merlin, apenas mandou nos prepararmos para lutar.

Reuni meus homens e afiei a Mordida de Lobo pela última vez, um ritual que eu sempre realizava antes das batalhas.

A chuva havia parado e o vento trazia os gritos e risadas dos saxões. Certamente, Aelle, o bretwalda, contara a conversa que tivera com Artur, que pareceu sair com o rabo entre as pernas. Isso prejudicava a moral dos homens. Entretanto, antes de qualquer reclamação, as trompas foram tocadas, e isso significava que iríamos marchar.

O sol despontou por entre as nuvens. Era um bom presságio, mas não sabíamos para quem.

Formamos a nossa parede de escudos e os cavaleiros tomaram posição nos flancos. Assim, avançamos e o inimigo, solícito, também veio em nossa direção.

E o futuro da Britannia seria decidido novamente em uma parede de escudos.

A FADA
Marcelo Abreu

O CÉU SOBRE *o porto*. Ela repetiu as palavras de um livro enquanto via realmente o céu sobre um porto, lá na frente, perto das Pontes e do grande acampamento que o Império montara entre as construções da Antiga Terra. O livro, quando Julia o encontrou, estava sem capa e apenas uma cola seca e amarelada mantinha suas folhas juntas. Era assim com muitos outros. Durante os anos as pessoas pareceram tomar gosto por arrancar capas de livro, deixando só o conteúdo ali, abandonado e sem ninguém para ler. Capas valiam dinheiro naquele mundo, mas livros, não. Que porra de mundo aquilo tinha se tornado, era uma pergunta que ela se fazia todo dia.

Não recordava o nome daquele livro, mas se lembrava dele toda vez que via o amanhecer ou anoitecer no porto. Parou de vê-lo quando o Império o tomou para si, almejando o controle das rotas de trocas e deixando Paris, Avana e Santa Valquíria tomando prejuízos homéricos. Voltara a vê-lo há poucos dias, quando montaram o cerco atrás daqueles montes e do cadeião de prédios.

Queria ter o livro ali consigo, agora, para ler e tentar se tranquilizar um pouco com toda a confusão que os últimos dias trouxeram. Encontrou esse e muitos outros livros com o pai, anos atrás, quando ele era só um andarilho tentando sobreviver nas terras devastadas com a sua filhinha. Isso foi antes do velho ter a ideia que mudaria vidas, primeiro a de Julia, depois muitas outras. O pai resolveu tornar a si mesmo uma entidade mítica. A filha também, e tantos outros que vieram a seguir. A construção foi demorada, metódica, e contou com muita procura e muita sorte. Parecia que a sorte sorrira diversas vezes para eles. Principalmente quando encontraram Arthur, que não tinha esse nome antes, mas isso não importava agora.

O mito foi a salvação deles, e, por mais que enganassem pessoas com mentiras seculares e esquecidas, aquela falsa esperança que lhes deram acabou se tornando algo concreto. Agora, mesmo fundada na mentira, a missão dela de trazer paz a algum punhado digno de gente era uma das únicas coisas que a mantinham viva naquele mundo horrível.

Isso e o marido.

Ela era o conhecimento, ele, o poder personificado - o poder da influência, que estava aprendendo a controlar. Ele ainda não sabia direito o que fazer com aquilo, por isso precisava da ajuda da esposa, que era ela, pois Gui morrera anos atrás. Foi a primeira a conquistar o coração do *irmão*, já que Arthur não era irmão de sangue na verdade. Foram apenas criados juntos, ele, Julia, Gui e várias outras crianças. Não que sangue importasse muito nos dias de hoje, mas antigamente era um grande problema.

Mas, desde que ela adquirira o Conhecimento, achava que não poderia ter feito tudo aquilo com Arthur, caso fossem realmente irmãos de sangue. *Seria nojento*, concluiu, lembrando-se de todas as coisas deles.

Nem fora o seu pai um de verdade, de sangue, embora tenha cumprido muito bem a função de proteger a prole. Era um velho andarilho que juntara uma cambada de crianças quinze anos atrás e delegava diversas funções - roubar comida, roubar água, roubar munição e armas - e que depois percebeu que havia outros meios de conseguir se dar bem naquela vida pós-inverno nuclear. Foi quando começou toda a história do mito, logo depois de invadirem um local cheio de livros, que o pai chamou de Librarian.

– Quem mais veio? – perguntou Arthur, tirando-a de pensamentos e lembranças de roubos juvenis.

Olhou longamente para ele. Estavam no topo de uma elevação com arquitetura da Antiga Terra sobre ela. Chão de concreto. Calçadas. Era uma rua, e ela descia até muitas outras lá embaixo, que levavam ao porto e às pontes.

A barba de Arthur estava comprida demais, e ela odiava isso. Ele prometera que a faria quando derrubassem a barreira do Imperador e atravessassem até Avalon. Mas era óbvio que ele não cumpriria a promessa, porque falara uma vez, anos atrás, que pessoas respeitam barbas. Lógica de homem, pensou. Os livros diziam que eles eram assim, burros demais, mas só os livros escritos por mulheres.

Ele moveu os lábios para falar mais uma vez, incomodado com a demora, mas Julia finalmente respondeu:

— Cinquenta rifles da República Democrática do João. Mais dez granadeiros e especialistas. Ele prometeu o dobro disso, no entanto — disse com desdém.

Odiava o Senhor Presidente, como João se denominava. Até o admirava antes de conhecê-lo pessoalmente, porque tomar e comandar tanto poder e adoração não era para qualquer um, principalmente numa pequena comunidade como era a dele, um condomínio de edifícios que se tornara uma das maiores forças bélicas daquela região. Pessoas faziam filas nas apostas da Loteria para quem sabe um dia serem sorteadas e entrarem. Mas não depois da proposta indecente na reunião que fizeram para combinar a Batalha da Ponte. João sugeriu a Arthur que cedesse ela própria, a mulher, em troca dos seus soldados. Disse que teria todos os seus trezentos e cinquenta por isso. Ela só precisava ser a terceira esposa de João.

Julia temeu que Arthur considerasse, mas quando viu o olhar dele, naquela sala iluminada só por algumas lâmpadas, soube que ele queria pular no pescoço de João e arrancar a cabeça com um só golpe da espada, nomeada Excalibur por conveniência. A espada do mito, porque ele precisava de uma se quisesse fazer um Retorno convincente. Sempre usara uma espada, porque confiava mais nela em um combate do que qualquer outra coisa. Era também uma relíquia da Antiga Terra, assim como todos os livros que Julia leu. Espada de alta frequência. As lâminas vibravam numa velocidade muito alta e de uma maneira quase imperceptível, permitindo o corte com certa facilidade de qualquer coisa de metal ou coisa que anda. Não eram mais produzidas nesse mundo, embora houvesse rumores de que comunidades subterrâneas as fizessem no extremo leste, já que elas começaram a aparecer com mais frequência nos últimos anos.

Mas João ainda tinha sua cabeça, e, por mais que merecesse ficar sem ela, era melhor tê-lo como aliado do que perdê-lo para o Império.

Atacamos ao amanhecer, dissera Arthur no dia anterior. Teria algum significado simbólico, talvez. *Nas primeiras horas da aurora.* Era quase poético, digno de lenda. Ele estava começando a entender. Era muito importante construir o mito, o pai deles havia ensinado isso desde cedo. Escolheu Arthur e o nomeou assim porque era um líder nato: as outras crianças o procuravam quando havia algum problema entre elas, e Arthur o resolvia antes que ficasse grande e problemático demais para aborrecer o Pai de Todos.

Sabia controlar crises, resolvê-las ou mesmo criá-las para evitar outras ainda maiores. Tinha um senso de certo e errado que outros não seriam capazes de desenvolver, talvez nem ela, por mais que tivesse se voltado para os grandes sábios dos livros diversas vezes. Maquiavel, Hobbes, Rousseau, outros. Gostava deles, mas eles tinham respostas para um mundo que não era o dela e de Arthur. E eles não deviam ter sido muito ouvidos, ou a Antiga Terra não teria se acabado em bombardeios.

Mas Arthur parecia ter desenvolvido todas aquelas baboseiras de liberdade, igualdade, fraternidade, e demais putarias revolucionárias francesas no berço, de maneira inata. Nunca lera sequer metade de tudo que a esposa já tocara, porque preferia aqueles livros que diziam nada e só falavam de grandes aventuras. É onde aprendemos os grandes valores, dizia ele. Magia, machados, espadas de luz, pistolas laser. Esse era o mundo heroico do marido.

Como podiam eles dar tão certo? Completar tanto um ao outro, mesmo sendo tão diferentes? O que ele viu na garota que mudava a cor do cabelo como se fizesse mágica? Ela se perguntava isso quase todo dia, tanto quanto se venceriam ou não aquela batalha contra o Império de César.

Olhou para trás, para a mesma direção à qual o marido voltava a atenção. Tinha a sua própria Legião agora, assim como César. Só que Arthur precisaria de muito mais que aqueles trezentos e tantos homens se quisesse governar o seu próprio país e tecer suas influências naquela região. Diziam que era um lugar sombrio, de morte e maldição, aquele em que estavam. Havia magia no ar, uma feitiçaria mortal e venenosa, que fazia com que os mais fracos padecessem com facilidade. *Terras amaldiçoadas* era um dos nomes que davam àquele lugar. Diziam também que em Avalon não haveria maldição, e que se ali houvesse magia, seria magia boa.

A verdade, sabia ela - e também Arthur, embora jamais fosse revelar isso a seus seguidores - era que aquela magia má nada mais era do que uma coisa que os Antigos Estúpidos chamavam de radiação, e não se tratava de feitiçaria nenhuma, mas da própria idiotice humana. Grandes bombas caídas do céu que foderam o mundo inteiro porque algum idiota do Médio do Oriente gritou *Por Alá!* e condenou alguém. Aí esse alguém retaliou, possivelmente Os Capitalistas. Depois alguém tomou as dores, retaliou também, ou talvez os Médios tenham mandado uma bomba para outro lugar e assim foi. Não devia ter sobrado nada do Médio em poucos dias, mas mesmo assim as pessoas continuaram se atacando, porque era isso que elas faziam. Não existiam livros sobre, apenas folhas soltas que você podia encontrar por aí, mas era o tipo de coisa que acontecia numa briga de bar, então era bem provável que esse comportamento se estendesse para uma escala maior.

O que importava era que Avalon, que nem tinha esse nome na verdade, era uma das poucas zonas sem radioatividade em todo aquele país. Seria o local perfeito para começar uma nova sociedade, justa, igualitária e com só um pouquinho de corrupção, porque isso era inevitável. Arthur lideraria, ela também governaria e o resto dos cavaleiros manteria a ordem. Era simples, fácil, infalível. Daria tudo certo. Por mais realista que ela fosse, a possibilidade de comandar e ter uma vida digna a fazia sonhar o bastante para acreditar que isso seria possível. Criar seus próprios animais, ter leite de vacas não radioativo, cultivar verduras que não te dariam câncer, colher frutos sem moscas gigantes do tamanho de uma melancia por perto. Seria tudo lindo, perfeito demais.

Mas antes exigiria uma matança. E ela se perguntava se existia diferença entre a matança originada de uma invasão de propriedade, uma pequena guerra frente a duas pontes que levavam a Avalon, e um conflito em larga escala de bombas atravessando continentes e caindo em todos os lugares.

— As amazonas também vieram — disse Arthur, olhando para o grupo de mulheres com rifles de precisão. — Trinta delas.

— E Kurda veio comandá-las — disse a moça, olhando para a mulher de longos cabelos louros lá embaixo.

Kurda era a líder das Amazonas, como elas se denominavam. Outras pessoas gostavam de chamá-las de As Putas de Helena, porque era isso que faziam antes de aprender a se defender e criar aquela comunidade autossustentável com a ajuda de mercenários e andarilhos armados. Helena, uma prostituta que se cansou de assistir à violência à qual os Imperiais e soldados da República de Santa Valquíria submetiam as mulheres da comunidade de Paris, resolveu fazer um acordo com um bando de mercenários armados que um dia passavam por lá. Disse que, se ficassem, teriam o serviço de algumas mulheres, mas que em troca deveriam proteger a região e *principalmente* elas. Uma situação deplorável, embora não mais que a anterior. Monetizar a violência, de todas as maneiras e de todos os lados possíveis. Troca justa de degradação. Deu certo, e logo aquela comunidade foi mudando e crescendo em influência. Agora você não podia passar pelas estradas do Norte sem pisar em terras controladas pela Mademoiselle Helena.

Kurda era filha da governante cafetina e de um mercenário sem nome. Helena fez de tudo para que a filha não tivesse que sequer chegar perto da antiga profissão da mãe, mas não conseguiu evitar os genes do pai de agir e influenciá-la. Era uma aliada digna, talvez mais que a mãe, que entrou apenas com dinheiro e a expectativa de criar uma Nova Paris em um lugar onde menos crianças morressem logo depois de nascer. Ou ela podia só querer expandir o puteiro.

Mas Kurda? Não, ela não herdara o gosto pelo dinheiro da mãe, só a pura vontade de apertar o gatilho para resolver problemas, e podia esperar dias, até semanas para isso. Foi assim que matou dois Pretores de César. Uma emboscada de uma mulher só e um rifle de precisão, que acabou por desestabilizar completamente a hierarquia militar do Imperador.

Julia queria uma pessoa assim em Avalon, junto com os Cavaleiros. Não queria ser a única mulher lá. Quando sugeriu isso para Arthur, teve a infelicidade de complementar o pedido com um *"e ela pode se chamar Guinevere"*. Arthur não gostou da proposta nem um pouco, e aquele não foi um bom dia para ela, nem uma boa semana. Decidiu se isolar, meio que aplicando um autocastigo, porque sabia que tinha feito besteira ao citar o nome da primeira amada do seu marido.

Seria uma ironia se isso acontecesse e se eventualmente o marido a traísse com a loira atiradora, porque Kurda já estava se engraçando para Lance. Pegou os dois trocando olhares umas três vezes em ocasiões diferentes. O mito estaria quase completo, daí. Faltaria apenas Julia tentar matar Arthur e usurpar o poder, mas isso ela jamais faria.

A não ser que ele a traísse. Aí poderia pensar no caso.

Julia riu consigo mesma e viu Bóris subir até a elevação em que estava com o marido. Arthur o chamara de Bóris, o Gaulês – e era bom que ninguém ali naquela região soubesse o que era um gaulês, porque talvez ele não parecesse um. Nunca viu imagens deles, mas sempre os imaginou ruivos, e o gigante não era assim. Não tinha nada na cabeça, que era totalmente raspada. Uma barba gigantesca e negra, músculos de gordo e um grande machado preso à armadura de metal. Não usava capacete, porque o Gaulês não precisava de capacetes. A careca límpida e branca não era um alvo como deveria ser, mas um escudo invisível que desviava tiros enquanto ele corria na direção dos atacantes e os cortava.

Bóris, o Gaulês Louco era como ela o chamava. Era, no entanto, um aliado inestimável para Arthur. Havia pessoas que não seguiam Arthur, mas que seguiam o Gaulês, por isso era importante que o tivessem naquela batalha, e, mais tarde, na Távola.

Uma pequena legião de mercenários e dissidentes da República de Santa Valquíria estariam sob seu comando assim que o ataque começasse. Eles adentrariam o campo de batalha após as primeiras rajadas e explosões, passando machados e navalhas em quem quer que ainda mostrasse vontade de lutar. Haveria atiradores também, uns caras que Helena enviou. Vinham de longe e a maioria tinha olhos puxados. Julia sempre pensou que esses seriam mais proficientes com as espadas, e o próprio Arthur se decepcionou um pouco quando descobriu que eram melhor enterrando o dedo no gatilho a esmo do que com lâminas. Mas não importava a Arthur como você era, e sim o que podia fazer para a causa.

Os outros começaram a se reunir. A hora final estava chegando. Junto do Gaulês veio Tristão com sua ave sem penas na cabeça. Às vezes era engraçado, porque ela mesma começava a acreditar que aquilo poderia ser na verdade uma reencarnação do mito e não só uma mentira para alcançar o poder, por mais que os motivos deles fossem nobres. Fugir de uma vida de merda, da radiação, ter um futuro calmo e tranquilo sem saques ou precisar dormir com um olho aberto, que era assim que funcionava naquele mundo pós-bombas.

Tristão era um dos maiores motivos para ela acreditar que estavam virando um mito. Ele tinha, realmente, uma ave que o acompanhava a qualquer lugar, e parecia se comunicar com ela. O homem, mais velho que ela e Arthur, nunca confirmara se havia alguma coisa de especial entre ele e a ave, mas falava com ela como uma pessoa fala com um cão ou uma iguana gigante. Também era um excelente canhoneiro, podia fazer canhões e morteiros acertarem qualquer coisa, a qualquer distância. As pessoas, claro, atribuíam isso aos seus olhos de águia, mais a ajuda do pássaro, que tinha a visão dos céus.

Falavam que a visão deles era uma só, que ave e homem viam o que o outro via. Julia, no entanto, sabia que muito provavelmente a mira mortal de Tristão nada mais era que um raciocínio espacial muito elevado, além de um talento bom para matemática. Perguntara a Julia várias vezes sobre livros, onde ela os conseguia e onde poderia encontrar uns para si. Era óbvio que tinha aprendido muita coisa desse jeito.

Julia não podia reclamar dele. Soubera comprar o mito para si e tinha um respeito muito grande por Arthur. Ela confiava a ele e a Lance a proteção do marido. O homem de pele escura veio em seguida, e Julia sorriu quando notou a distância de uns quinze passos entre ele e Kurda, como se quisessem dar a impressão de que não havia nada entre os dois.

Lance, assim como o Gaulês, já parecia pronto para a batalha. Estava com Eleonora, seu rifle russo, em uma mão. Uma espada como a de Arthur pendurada na cintura. Certa vez Julia sugerira que desse um nome a ela, porém Lance respondeu que, de nomes, bastava Eleonora ou seriam mulheres demais em sua vida.

E agora Kurda teria que dividir a atenção com Eleonora. Julia achou graça e desejou por um momento não estar prestes a entrar em uma batalha.

Os seis ficaram em silêncio por algum tempo. Arthur pareceu só notar a presença deles e se voltou para o acampamento inimigo. Não eram só tendas e casebres improvisados, eles estavam alojados em construções também. Havia prédios e outras edificações no caminho para a entrada das Pontes e do Porto, e poderia muito bem existir um exército particular esperando por eles ali dentro. As Amazonas disseram ter avistado pessoas em diversos prédios, além de metralhadoras montadas. Não eram muitos, mas eles também sabiam da presença do exército de Arthur e poderiam estar se escondendo, ou mostrando propositalmente estar em um número menor.

E em situações assim um cara como Tristão se mostraria muito útil. Ele, seus morteiros e canhoneiros, que cuidariam disso. Não precisavam daqueles prédios, não agora. Poderiam muito bem, depois de atravessar, construir barreiras e pontos de checagem nas próprias pontes. Incapacitando boa parte das forças protegidas nas construções, chegaria a vez da infantaria fazer o que sabia de melhor. Correr em direção ao perigo, matar mais e morrer menos. Bóris cuidaria disso. Soldados a pé e motoqueiros iriam primeiro. Os guerreiros nas máquinas cuidariam dos imperiais montados em cavalos e iguanas. O peso das motocicletas às vezes era o bastante para derrubar os animais, e, se não fosse, tinham os atiradores nas garupas.

A aliança com Caveira e os seus Ursos fora essencial para essa vantagem no combate montado. Foi um sacrifício necessário, Julia argumentou com Arthur, que relutara muito em aceitar ajuda dos diabos do asfalto. Eram imprevisíveis, embora Caveira tenha jurado, como nunca devia ter feito para homem nenhum, que respeitariam o governo de Arthur e dos Cavaleiros e que só queriam em troca uma região ao Sul em Avalon, para que pudessem montar a sua própria comunidade. Diziam as lendas que naquela parte havia estradas intocadas e sem fim, que foram o suficiente para atiçar o gordo barbudo a deixar o Norte e o controle excessivo da velha prostituta sobre ele e seus companheiros.

Era assim que ele chamava Helena.

Mas a velha tinha razão em controlar os motoqueiros. Eles eram um dos motivos de ainda existir consumo de drogas naquela região, já que eram os responsáveis por fazer as rotas para as cidades e comunidades próximas. A Paris da prostituta estava livre de drogas, assim diziam, mas todo o entorno da cidade ainda consumia muito. As substâncias vinham do interior do país e tinham passe livre pela região de Santa Valquíria. Pão, circo e ópio, pensou Julia.

As amazonas atiradoras tratariam da cobertura durante o ataque. Ficariam posicionadas tanto nos prédios do lado de cá quanto desceriam até o campo de batalha, mantendo, é claro, a distância necessária para alguém com um rifle de precisão. Fora Julia a responsável por essa aliança. Ela convencera Helena a emprestar algumas de suas meninas e a não mandar ninguém para cortar a cabeça dela, de Arthur e de Lance por botarem sua filha em perigo.

Kurda, obviamente, foi convencida por Lance.

Tristão, depois de coordenar o grosso do ataque de morteiros e canhões, iria se juntar a Lance e Arthur e cada um comandaria um destacamento que invadiria após as primeiras linhas de Bóris. Usariam cavalos e os oito veículos que conseguiram, caminhões com capacidade para cerca de trinta homens cada. O restante dos mercenários, fossem portadores de armas de alcance ou brancas, iria a pé, correndo loucamente em direção à glória e a uma terra prometida.

Quando Julia olhou para Tristão, a ave não estava mais ali. Procurou-a rapidamente pelo céu sobre o porto e a encontrou lá longe, perto dos prédios que antecediam à barreira das pontes. Ela voava muito alto e só um atirador muito bom conseguiria acertá-la. Julia achava que os melhores estavam ali no exército do marido. Ouviu alguns tiros e depois a ave deu meia volta. O dono dela era esperto quando se tratava de se aproveitar da mística. Os soldados imperiais sabiam que Arthur e seus cavaleiros estavam do outro lado, preparando um ataque, e isso incluía o homem que tudo via, Tristão.

A ave batendo o terreno devia ter causado um medo maior nos Imperiais, que já estavam preocupados com a batalha. Ela pousou no braço do homem, e foi quando Arthur resolveu falar:

– Lance, estão todos prontos?

O homem de cavanhaque foi até o lado do melhor amigo para responder. Ele parou um pouco antes, como se esperasse a permissão de Julia, que não deixara o lado do marido em momento algum nos últimos dias. Ela assentiu, e então o Cavaleiro se permitiu responder.

— Estamos. Falta só a sua ordem.

O céu deixava de ser aquele azul escuro e uma pequena linha alaranjada crescia sobre o horizonte, subindo cada vez mais. Alaranjado, branco e azul tomavam conta do céu sobre o porto. A aurora já chegara e era hora de iniciar o ataque.

— Tristão — disse Arthur com a voz diferente. — Escureça o céu deles.

Poético. E clichê. Frases de guerra. Que orgulho ela tinha de Arthur. Era um verdadeiro comandante. A voz dele parecia mudar nesses momentos, tinha um tom mais grave, só que ainda tinha serenidade, era difícil de explicar. Você parava e ouvia, simples assim. Se ele falasse dessa maneira durante uma briga, essa briga pararia e as pessoas olhariam para ele.

— Quero a minha casa no norte, como combinamos. Nas montanhas. — Fez o sinal que o pai de Julia ensinara a eles, o sinal cristão.
— Que eles olhem por nós, meu amigo — disse e apontou para o céu.

Antes de dar as costas e descer até seus canhoneiros, virou-se para Julia:

— Minha senhora — e fez novamente o sinal cristão.

Todos eles a respeitavam, e muito. Mais ainda depois de Gui ser morta pelo Pretor Cícero, anos atrás.

Ele estaria lá embaixo, em meio a centenas de soldados. Metade das rugas que Arthur adquirira nos últimos tempos foi por causa dele. Não sabia o que pensar daquilo. Guinevere era sua amiga, e chorou por dias a morte dela. Só que, sem Cícero, ela não estaria com o marido. Ela se sentia mal por pensar essas coisas, mas não completamente. Não perdia o sono com isso, embora demorasse um pouco mais para dormir à noite quando esse tipo de pensamento ocupava sua mente.

E às vezes se perguntava também se, por causa disso, merecia mesmo estar ao lado de Arthur.

Dane-se. Não vou pensar nisso agora. Havia coisas mais importantes com o que se preocupar. Sobreviver, por exemplo.

— Eu só espero, Fada — disse Kurda — que cumpra o que prometeu à minha mãe e às minhas irmãs.

— Será cumprido, amazona.

Irmãs, no caso, eram as amazonas e demais prostitutas. Fada era o nome que Julia tinha ganhado através de boatos, meticulosamente espalhados pelo pai e as outras crianças, de que ela tinha habilidades mágicas. Para quem não sabia de nada e que vivia numa sociedade em que a cultura fora vaporizada quando as bombas da Antiga Terra tocaram o solo, *para essas pessoas*, o que ela fazia era mágica. Fruto de poderes divinos, daqueles poucos deuses que ainda zelavam pelos seres humanos naquela terra devastada e cheia de iguanas gigantes. A magia dela, no entanto, não era fruto dos deuses, mas dos livros. Leu muitos deles sobre coisas que tinham muita importância antigamente, como química e física.

Aquela magia de cura nada mais era do que plantas, sementes e outros produtos que ela própria criava, suas famosas poções. Conseguiu reproduzir diversas coisas do mundo antigo apenas lendo os livros e encontrando os ingredientes certos. E aquilo que prometera às garotas de Helena e amazonas era nada mais que isso, poções. Na verdade, era um negócio ainda mais engraçado. Prometera maquiagem para as meninas de Helena e tatuagens para as amazonas. Maquiagem, ela descobriu, era um negócio que valia tanto para aquelas prostitutas quanto o dinheiro que ganhavam. Muitas das amazonas queriam também o cabelo de Kurda, e Julia disse que poderia fazer isso.

O seu próprio cabelo, aliás, não era da cor original. Ela o mudara tempos atrás para uma cor única, que ninguém poderia obter por meios naturais. Os fios eram cor de rosa, e isso mais do que qualquer coisa parecia lhe atribuir o título de Fada.

Os imperiais, obviamente, não a chamavam assim. Em meio às trincheiras sussurravam que ela era "a bruxa de Arthur", ou "a diaba" e variações ainda piores. *Demônia*. Não se importava. Isso só ajudava a solidificar ainda mais a mística de seu grupo.

Bastava ela ser uma pessoa boa e justa, e não se deixar – muito – absorver pelo poder que conquistariam comandando uma nação inteira. Assim, as pessoas lembrariam dela como uma fada. Se fizesse merda e fosse odiada pelo seu povo, seria uma bruxa.

Kurda olhou para ela, fez uma reverência para Arthur – não a cristã – e enfim saiu, indo para sua posição. Seria uma das que ficariam nos prédios, porque a mira dela era preciosa demais para ser arriscada entre as que desceriam às ruas.

— Chefe — disse Bóris — você sabe que pode contar comigo. Prometi ao pai de vocês que protegeria os dois, mas não posso fazer isso indo na frente. Então, se houver algum problema, é só vocês gritarem bem alto que eu volto para ajudar vocês. Eu paro o que estiver fazendo e vou, vocês sabem.

— Obrigada — foi Julia que respondeu primeiro.

Arthur botou a mão no ombro do Gaulês, como se aquilo fosse uma espécie de benção, mas não. Era só um amigo que por via das dúvidas estava se despedindo do outro, porque eles poderiam não voltar a se ver em vida.

— Boa sorte, Gaulês. E boas machadadas.

Sorriso de gordo careca, depois uma risada muito alta dele.

— Serão, meu amigo. Te vejo lá embaixo.

Ele partiria para a batalha após a sétima onda de bombardeio de Tristão. Depois seriam o próprio Tristão, Lance e Arthur. E ela ficaria ali, cuidando dos que sobraram no acampamento, esperando a notícia de que seu marido poderia ter sido morto em batalha, e aí ela não saberia o que fazer. Queria ir com ele, mas aquele não era o seu lugar.

Ela era a Fada, afinal. Tinha que cuidar e curar as pessoas.

Ficaram ela, Arthur e Lance ali por mais um tempo. Os três originais. As primeiras crianças de um velho andarilho que a partir de um momento de sua vida, passou a se chamar Merlim.

Deu tudo errado. Ou quase tudo. A artilharia de Tristão foi muito bem sucedida, derrubou metade dos prédios que cercavam o acampamento Imperial, além de destruir muitas das barracas inimigas. Só que havia mais soldados de César escondidos do que eles imaginavam. Era quase que uma pequena vila lá embaixo, antes das Pontes e do Porto, e boa parte delas abrigava soldados que estavam há semanas em puro silêncio, sem produzir o menor movimento ou chegar perto das janelas, por isso não tinham sido avistados por nenhum dos batedores.

As montarias deles continuaram não sendo páreo para Bóris e os seus, mas os soldados escondidos atacaram logo que os últimos montados imperiais caíram. Foi inesperado e foi uma chuva de tiros e de porradaria mano a mano. Não dava para avistar o Gaulês, nem saber se estava vivo e lutando ou jazendo no chão. Arthur, Lance e Tristão não poderiam deixar o Cavaleiro lá sozinho, nem o que ainda sobrara da linha de frente. A batalha logo se seccionou, soldados dos dois lados batalhando entre casas e pequenos prédios. Atiradores imperiais, os poucos que ainda havia, eram abatidos pelas amazonas. Arthur ordenou que mais nenhuma descesse para o campo aberto e que mantivessem distância, dando suporte o quanto pudessem.

Kurda tratou de fazer com que nenhuma delas batesse em retirada. Atirou na perna da primeira que protestou e decidiu abandonar a batalha. A mulher então mudou de opinião, empoleirou-se numa janela e ficou atirando dali. Nesse momento Julia teve certeza de que a líder amazona era digna dos Cavaleiros, se eles ainda existissem no final daquele dia.

Arthur! Já não o via mais. Desceu com Lance e Tristão para dar apoio a Bóris. Foi quando os primeiros feridos começaram a chegar. Julia cuidou deles da melhor maneira que podia, dos que estavam para morrer aos que ainda tinham esperança. Delegou o seu estoque aos curandeiros mais competentes e partiu dali. Não podia deixar Arthur sozinho.

Você vai ficar aqui. Se algo der errado, é você que vai comandar esse povo.

Esse povo vai debandar sem você. Sem Arthur não há Avalon. Eles vão fugir, vão voltar para o lugar de onde vieram, talvez se virem uns contra os outros. Eu não quero ver isso, eu não quero ficar aqui. Se você morrer, eu morro junto.

O quão estúpida ela soou ao dizer aquilo, pouco tempo atrás antes do ataque começar de fato e o marido exigir que de lá ela não saísse. O quão protecionista e amoroso foi Arthur quando deu o que talvez fossem as suas últimas ordens à mulher.

Mas ela não era de receber nem acatar ordens. Ficou junto a ele esse tempo todo não porque aceitasse o que ele dizia, ou porque ele exercesse uma espécie de controle sobre ela. Não, era porque eles simplesmente funcionavam melhor juntos e dependiam um do outro. Uma coisa que estava naqueles livros que ela não gostava de ler, mas da qual, secretamente, talvez gostasse um pouco. Não haveria Avalon sem Arthur e ela. Só com os dois juntos aquele povo que os seguia poderia ter alguma esperança de uma vida melhor.

Portanto, não podia deixá-lo sozinho agora, no mais importante momento da vida deles. E se fosse para morrer, morreria com ele.

Te vejo do outro lado.
As últimas palavras de Arthur. Eles se encontrariam após o término da batalha, ao final das pontes, já no outro lado das águas. Pensando agora, elas poderiam também significar outra coisa, tipo *nunca mais vou te ver.*
Correu até o último andar do prédio em que Kurda estava. Encontrou-a junto a mais duas amazonas e um mercenário atirador.
— Onde eles estão? Onde está Arthur?
— Não estamos conseguindo vê-los. Lance também, eu...
Pegou o rifle dela sem qualquer aviso. A loira se assustou com o movimento rápido da Fada e deu um passo para trás. Julia começou a mirar em qualquer lugar. Quando começou a se localizar, diminuiu o desespero dos seus movimentos, meio que aceitando que, se podia fazer alguma coisa, precisaria se concentrar primeiro.
Havia algo diferente no lado direito, próximo a duas grandes casas. *Movimento?* Não podia ser. Eram mais soldados imperiais. A batalha parecia equilibrada, mas isso estava longe do que eles esperavam. Era para ser um massacre por parte do Cavaleiros de Arthur. Eles estavam preparados para uma só rodada de ataque, mais do que isso não suportariam. Tinham os melhores equipamentos e estavam com melhor pessoal, mas em número menor. Era atirar para matar, não havia tempo para reestruturar outra onda de ataque.
Ela tinha que fazer alguma coisa, e rápido. Tirou os olhos claros da lente de precisão e virou-se para Kurda.
— Você não pode fazer mais nada aqui. Preciso que você coordene uma nova onda de morteiros.
— Ficou louca? — ela gritou. — Pode atingir os nossos!
Pode atingir o Lance, você quer dizer.
— Podem atingir Arthur, mas não vão. Mande que eles atirem nos dois flancos, principalmente no direito. Foque o ataque ali, depois passe para a esquerda.
Irônico. Ela lera um livro de Júlio César sobre estratégia de guerra. E agora estava batalhando com uma legião de um cara que se autonomeara Imperador, seguindo os preceitos romanos, todos eles, dos piores aos melhores, muitos deles estabelecidos pelo próprio Júlio César centenas de anos antes.
— Mantenham comunicação por rádio. Deixe alguém de sua

confiança procurando focos de inimigos ou qualquer reforço que eles mandarem. Ordene todas as suas atiradoras para atirar em qualquer um que tente subir aqui e não seja das nossas cores.

A loira ficou em silêncio, absorvendo aquilo. A Fada lhe dando ordens, como uma verdadeira comandante de guerra, ou ao menos alguém que se achava capaz de fazer isso. Julia viu a dúvida no olhar da mulher, até ela finalmente acatar a ordem. Ela se virou para a amazona ao seu lado e ordenou que ficasse observando e comunicando a ela por rádio qualquer movimentação estranha dos imperiais.

As duas desceram as escadas muito rápido e só pararam quando chegaram na grande rua que descia para as pontes.

– Aonde você vai?

– Não vou deixar eles lá embaixo.

– Mas e os feridos?

– Os curandeiros vão cuidar deles. Boa sorte – girou os calcanhares e correu em direção a um dos cavalos remanescentes. Achou ter ouvido a loira responder o mesmo para ela.

Não demorou a chegar até o centro do conflito. Quando adentrou as ruas mais movimentadas, ouviu o barulho dos morteiros sibilando no ar. As explosões que se seguiam pareciam distantes, sinal de que ou Kurda errava os alvos assustadoramente ou estava fazendo a coisa certa.

Alguns imperiais lanceiros tentaram acertá-la, mas conseguiu desviar com facilidade. Virou para a esquerda e forçou o máximo que podia do cavalo. Chegaram a uma pequena ruela sem ninguém, que apontava em direção à barreira e à entrada das pontes. O cavalo diminuiu um pouco enquanto atravessava, mas ainda corria com certa rapidez. Pôs a mão no coldre na sua cintura para se certificar que a arma ainda estava ali. Era uma pistola automática, pesada e prateada, que ela não sabia como mantivera o brilho mesmo depois de tantos anos. A pequena bolsa amarrada na sua cintura ainda tinha algumas coisas que talvez fosse usar. Talvez não, porque podia morrer com uma bala na cabeça.

Esperava sinceramente que isso não acontecesse.

Sentiu o corpo ser arremessado para frente por uma força invisível. Quando aterrissou no chão, com a impressão de ter quebrado tudo que era possível quebrar no corpo humano, viu o cavalo caído, pego por alguma armadilha de corda. Dois soldados imperiais saíram do nada, empunhando cada qual um machete. Eles pareceram identificar quem ela era, por isso recuaram um pouco.

Era o lado bom de ser considerada uma bruxa.

– Vão embora e eu não farei nada com vocês!

Ela gritou sem perceber. A voz saiu forte, não como a de Arthur, até porque ela era uma mulher, mas parecia haver uma coisa diferente na própria voz. Um tom de ordem e ameaça que nunca tinha havido antes.

Eles deram mais um passo para trás, o terror verdadeiramente estampado em seus rostos. Ela ouviu passos, e quando se virou para ver de onde vinham - da direção oposta à dos soldados - um sorriso surgiu em meio a tantos tiros e morte.

Os soldados debandaram, e ela jamais saberia se foi porque ela era A Bruxa, a Diaba de Arthur, ou se porque atrás dela estava Lancelot empunhando sua fiel Eleonora. Ele deu dois disparos e Julia não quis virar para ver o destino deles, mas o imaginou assim que ele abaixou a arma.

– Lance! – ela abraçou o amigo. – Onde está Arthur? Ele ainda está vivo?

– Foi direto para dentro do monstro.

Lance era outro que comprava a roupagem mítica como ninguém. Quis dizer que ele adentrou a última construção, que servia de barreira para a entrada das Pontes.

Arthur só abandonaria o campo de batalha e os homens por um motivo.

– Cícero está aqui?

Lance assentiu.

– Me leve até lá! Agora!

– O mais rápido que puder, minha senhora.

Isso era Lance tentando diminuir a tensão dela. E conseguiu, um pouco.

Correram até o final da ruela, Lance enfiando a espada em um soldado que apareceu logo que saíram, depois atirando em outro que saltara de uma das construções para perto deles. Por sorte errou o golpe que preparara, uma espada descendo um corte vertical sobre Julia. Ela deu um salto para o lado e antes de cair no chão o soldado já tinha sido abatido. Lance a ajudou a levantar e voltaram para campo aberto.

— Fique do meu lado! — disse e segurou-a pela mão. A outra apontava Eleonora para quem oferecesse algum tipo de ameaça para eles.

Ouviu barulhos de espadas e lâminas se chocando, junto a disparos e corpos caindo no chão. Trovões mais altos ainda, dos poucos atiradores de elite que ainda sobravam. Um ou outro caía aqui e ali, certamente obra das amazonas. Conseguiu virar-se rapidamente e viu que ainda eram disparados morteiros.

Achou ter visto menos imperiais do que aliados. Isso era um bom sinal. Ou sua mente pregando uma peça, fazendo com que acreditasse numa vitória impossível. Lance a soltou e empunhou a arma com as duas mãos. Estavam em frente ao último prédio. Podia ver as estruturas gigantescas das pontes acima do prédio. A porta estava escancarada, parecendo ter sido alvo de uma explosão. Uma motocicleta chamuscada próxima a ela, que Julia reconheceu ser a de Arthur, mas sem Arthur nenhum carbonizado.

Ele estava mesmo dentro da Barreira. Dentro do Monstro.

Lance atirou mais algumas vezes, rajadas precisas e metódicas. Puxou a espada para encarar o restante. Julia precisou empunhar a arma uma única vez, mas não disparou. Lance era, de fato, o Primeiro Cavaleiro.

O homem de pele escura se virou para ela quando chegaram a uma espécie de bifurcação. Eram dois corredores que apontavam para lados diferentes. Ele só precisou olhar para Julia e ela entendeu.

— Boa sorte, Lance.

Ele tomou a mão dela sem a arma e beijou.

— Eu apareci do nada. Não sabia para onde ir. Eu simplesmente resolvi, do nada, ir para aquela direção. E te encontrei.

Ele abaixou a cabeça, depois devolveu a ela um olhar austero e confiante, como ela nunca vira antes.

— Eu não sei no que você acredita, Julia, mas eu acho que talvez... talvez não seja tão absurdo assim aquela coisa que conversamos de vez em quando, sabe? De que somos mesmo os Cavaleiros.

Ele realmente acreditava. Agora ela tinha certeza. Lance comprou e acreditou no mito que seu pai criou para eles. Começou com uma maneira de enganar alguns otários, depois viram que podiam fazer algum bem com isso, aí no final Arthur descobriu que isso poderia servir para dar esperança para as pessoas. Só que em algum ponto eles começaram a confundir mito e realidade. Julia não, ela sabia quem eram e o que não eram. Mas Lance? Tristão? Arthur às vezes parecia ter dúvidas.

Mas ela não.

Ao menos, até agora.

Agora começara a acreditar, mas bem pouco.

Apertou a mão de Lance e correu para o seu corredor. Em direção ao monstro.

Na lenda, era um dragão.

Arthur estava vivo e lutava com Cícero. Mano a mano. Como nas grandes histórias. Como ele gostava. Como ele queria vencer o seu próprio fantasma.

O Pretor Cícero tinha uma espada como a de Arthur, de alta frequência. As duas quase avermelhadas pelo calor das nanovibrações. Elas se chocavam a cada novo movimento, um antecipando o ataque do outro. Era como ela imaginava ao ler os livros de que Arthur tanto gostava. Batalhas épicas e irreais, porque na realidade você morre muito rápido numa briga de lâminas. Na vida real as coisas são feias, cruéis e sem momentos heroicos.

Mas talvez, se você odiar demais a pessoa com que estiver batalhando, você seja coberto por alguma sensação diferente e seus reflexos aumentem assustadoramente, seus movimentos sejam mais ágeis e sua força infinita. E se o seu nome for Arthur e você for realmente um mito, talvez mais forças ocultas possam agir a seu favor.

Infelizmente, a vida real não era como nos livros.

Julia chegou a tempo de ver o embate épico voltar para a crueza da realidade quando Cícero esqueceu a nobreza do combate e chutou Arthur. Ele perdeu o equilíbrio e foi acertado por uma espada que podia cortar concreto facilmente.

Foi uma estocada quase certeira. Julia tinha noção do corpo humano – mais uma vez, os livros – e sabia que nenhum órgão interno tinha sido atingido. Só que, vendo a pessoa que você ama receber uma espadada do cara que matou uma outra pessoa que você também amava – e ela amava Guinevere, como uma amiga e irmã –, você não lembra muito o que aprendeu nos livros.

O grito que ela deu fez a atenção dos soldados que assistiam e a de Cícero voltarem-se para ela.

– A bruxa! – um deles gritou.

– Atirem nela – pegou Arthur pela cabeça e virou-a em direção a Julia. – Outra das suas garotas vai morrer, rei Arthur.

Ela viu o marido ainda respirar, mas ele não tinha muito tempo. Tinha primeiros socorros na bolsa, além de gel médico, que era uma das coisas que atribuíam milagres à Fada. Mais uma vez, ciência e química da Antiga Terra. Era uma substância curativa que só podia ser produzida com ingredientes industrializados, coisa que foi muito difícil conseguir.

Talvez não adiantasse de nada e o marido morresse mesmo assim. Talvez ela fosse realmente a feiticeira da lenda.

Era um bom momento para acreditar.

Tinha outra coisa na sua bolsa, e foi isso que ela pegou. Segurou-a com as duas mãos atrás das costas, escondidas para os soldados e Cícero.

– Largue Arthur, Cícero. E vocês, saiam daqui. É o primeiro e o último aviso.

Os homens hesitaram.

– Ela não é bruxa, seus idiotas. É só uma pirralha que descobriu como fazer algumas poções.

Não apenas isso, Cícero.

Ela nunca saberia de onde tirou forças para fazer aquilo, vendo seu marido agonizar e sangrar sem parar, refém do homem que matara Guinevere e com ela uma parte do homem que a Fada amava.

– Eu sou Morgana, a Fada. Vocês vão me obedecer. Vocês sairão daqui e nunca mais olharão para trás.

Foi a mesma voz de pouco tempo atrás. Aquela que parecia rogar uma maldição.

– Ou então morrerão.

Falou aquilo com tanta calma que até Cícero pareceu se deixar afetar.

Nas suas mãos, um objeto do mundo antigo. Uma granada. Mas não das que explodiam, estilhaçavam e matavam. Essa era diferente. Devia ser utilizada para outras situações, talvez como aquela, onde você precisava distrair de alguma maneira um grande número de pessoas que queriam matar o seu marido.

Ela tirou o pino e o deixou cair no chão. Não sabia quanto tempo tinha, mas aquilo não podia ficar nas suas mãos muito tempo. Por mais que não fosse um explosivo tradicional, ainda assim poderia machucá-la.

– Querido – ela disse, bem calma, ao ver o olhar assustado de Arthur para a própria esposa. – Feche os olhos.

Ela sorriu e uma explosão de luz cobriu todo o salão.

Quando voltou a si, dois ou três segundos depois, pôde finalmente ver o estrago. Os homens estavam arcados, todos eles, cobrindo os olhos e gritando. Uns andavam de um lado para o outro, sem rumo. Cícero largara Arthur e também se ajoelhara no chão, mas não gritava. Estava em silêncio, antecipando o seu fim.

Ela atirou em quatro dos imperiais, esperando calmamente o momento certo para abrir um buraco na cabeça de cada um.

Quando se aproximou de Cícero, mirou no coração dele. Depois foi um pouco para o lado, fugindo do órgão e das artérias e veias principais. Atirou no peito. Ele teria mais algum tempo de vida.

– Isso foi por Guinevere – disse no ouvido dele.

Quando o homem caiu no chão, assim como Arthur, ela encostou a arma na cabeça dele e atirou.

– E isso por ter *tocado* no meu marido.

Frase de livro. Nunca achou que diria uma.

– Julia? – era a voz do marido.

Correu para ele, tirou a injeção da bolsa e aplicou no ferimento. Realmente não tinha atingido nada vital. Cícero queria isso. Queria primeiro ver Arthur derrotado, depois fazê-lo sofrer. Era assim que os Imperiais faziam. Monstros nojentos.

Um gel azulado preencheu o ferimento e Arthur foi tomado por uma série de espasmos. Isso era esperado. Ela só o segurou bem forte e lhe deu uma outra injeção, agora de morfina.

– Você vai se sentir um pouco grogue, querido, mas vai ficar tudo bem.

Se ele fosse mesmo o Arthur da lenda renascido, com certeza ficaria.

– Achei que tinha dito para ficar lá em cima.

Ela sorriu.

– Não, acho que você disse alguma coisa como "te vejo do outro lado".

– Ainda não estamos do outro lado.

– Mas já vamos estar.

Algo dizia a ela que a batalha tinha sido revertida e que eles ganhariam. Ouviu um gemido e olhou assustada para aquela direção. Um dos homens, em quem ela não tinha atirado, estava se levantando.

Ela deixou o marido por um instante e foi até o soldado. Atirou na perna dele, e, quando ele abriu os olhos assustados, ela disse:

– Olhe para os lados. Isso é o que Morgana faz com quem ameaça Avalon e Arthur. Você vai voltar para César e contar tudo o que aconteceu aqui. E vai dizer para ele nunca mais se aproximar da Ilha de Avalon, porque ela é protegida por Arthur, Morgana e os Cavaleiros da Távola Redonda.

O FIO DA ESPADA
Melissa de Sá

O TROTAR DOS cavalos fazia um som opaco na lama. A chuva fina não era suficiente para atrasar a marcha, mas abafara os ânimos. Os gritos de vitória e as canções de heroísmo haviam ficado para trás. Restara o lento arrastar das carroças, o tilintar das espadas sujas, o ruído surdo das armaduras. Dainwin respirou fundo. Seu pai sempre lhe dissera que a alegria de uma vitória de batalha durava pouco mais que o tempo que uma folha de carvalho demorava para se desprender do galho e cair no chão. Agora sabia que era verdade.

Seu corpo inteiro doía da cavalgada. Não que Dainwin não soubesse montar. Sabia se virar num cavalo desde os quatro anos, mas seu pai tinha poucas posses e nunca pudera dispor de uma montaria para dar aos filhos. Até então Dainwin nunca cavalgara numa marcha, por horas inteiras sem descanso, e por isso sentia a parte interna das coxas duras e doloridas.

Mas não iria reclamar. Fora sua primeira batalha, sobrevivera com poucos ferimentos e ganhara o direito à montaria de algum cavaleiro menor que perecera. Duvidava que pudesse ficar com o cavalo quando chegassem a Camelot, mas mesmo assim... Observou os outros garotos pelo canto do olho – *homens, agora somos homens*, forçou-se a pensar – e empertigou-se no cavalo. Não se daria por fraco. A carroça de suprimentos ainda estava lá para que ele viajasse, mas não. Chegando em Camelot, sua cama o esperava para curar as dores da marcha.

Dainwin viajava na retaguarda, ao lado dos jovens sem título como ele, logo à frente dos cozinheiros, armeiros e cavalos sem cavaleiros. Estava melhor do que viera. A carroça era para os que não tinham nada. Agora ele tinha alguma coisa. Aquilo deixava um gosto estranho em sua boca, embora não tão bom quanto pensara.

Tinha chegado a Camelot dois anos atrás, após ter passado um tempo na corte de um nobre menor em Listinoise como pajem. Era um segundo filho, não herdaria terras e não tinha vocação para a religião, fosse a nova ou a velha. A cavalaria era sua opção. Seu pai não pudera comprar armadura e cavalo e mandá-lo para a corte para treinar com o mestre de armas real, mas lhe dera uma espada e um punhado de conselhos. A princípio, julgou ser o suficiente.

Camelot, no entanto, não era nada do que sonhara. No pequeno mundo que era a casa do senhorio em Listinoise, servia os filhos, primos e hóspedes e, após cumprir seus deveres, podia treinar com a espada junto aos outros garotos. Camelot, para um rapazola sem títulos e sem terras, tinha apenas um lugar nas cozinhas.

Dainwin trabalhara ao lado de Clera Gorda e Couraça Jon esfregando o chão e ajudando no tempero dos grandes caldeirões de molhos. Não tivera coragem de contar ao pai seu novo destino de catar cascas de cebolas e não mais retornara a Listinoise. Sentia falta dos ventos frios do norte, entretanto. Pensara uma ou duas vezes em voltar, quando o castelão lhe delegava a limpeza da latrina como punição ou pedia que ele limpasse o forno recém-apagado, mas não podia. Voltar seria cuidar das cabras que um dia pertenceriam a seu irmão.

Ser Dain, o garoto das cozinhas, passava longe de qualquer sonho de Dainwin, o aspirante a cavaleiro. Sua espada ficava guardada embaixo do colchão, enrolada num pedaço de trapo sujo, para que não fosse roubada. Não podia treinar com os garotos no pátio. Durante alguns meses, acordara antes do sol nascer para treinar sozinho longe das vistas de curiosos, mas a rotina extenuante nas cozinhas impedira seu progresso. Estava sempre cumprindo alguma tarefa ou simplesmente cansado demais. Ao final do dia estava exausto, e o trabalho continuava com os jantares e depois com a limpeza da cozinha. Quando caía em sua cama por volta da hora negra, não era capaz de se levantar até que Grande Poço Jon esmurrasse a porta para acordá-lo.

O sonho de ser um cavaleiro parecia ter morrido para Dain — *Dainwin, sou Dainwin*, se forçava a pensar — até o dia em que um grupo de pedintes chegara a Camelot. Esfarrapados e famintos, solicitaram uma audiência com o rei. O castelão e outros cavaleiros zombaram do grupo e Martimyn, chefe dos cavalariços, aproximara-se gritando:

— Que vão para o inferno ou para o reino das bruxas, o que lhes convier melhor, mas deem o fora do meu pátio!

Mas os pedintes não se moveram. Dainwin os espiara enquanto tirava água do poço. Eram ao todo quatorze, entre homens velhos, mulheres e crianças. Todos vestiam túnicas puídas e poucos tinham sapatos. Já era começo de outono, mas o tempo já começava a esfriar. Com todas aquelas bocas famintas, os pés desnudos eram o que tiravam o sono de Dainwin.

A presença dos pedintes alterou a ordem de Camelot em poucos dias. Martimyn os ameaçava com pedaços de pau, cavaleiros menores lhes atiravam ofensas e as jovens damas cobriam o rosto com véus quando passavam por eles.

— Era só o que faltava! — berrara Clera tirando o suor do rosto com as costas das mãos. — Como se não bastasse todo o nosso trabalho temos que ficar cheirando o fedor dessa gente!

Dainwin ia dizer que a própria Clera já fedia bastante, mas guardou aquilo para si. A mulher era conhecida por conseguir quebrar o pescoço de um cabrito apenas com uma mão.

Naquele dia, o grupo de pedintes ficara o dia inteiro no pátio sem comer ou dormir, exigindo uma audiência com o rei. De vez em quando uma criança entoava uma canção, mas na maior parte do tempo faziam sua presença com um profundo silêncio e se agrupavam em torno de um pedaço de pano enrolado. Com o pôr-do-sol, as ofensas começaram a ficar mais sérias e o castelão anunciou que mataria todos se não saíssem dali antes que o sol nascesse.

— Só pedimos uma audiência com o rei — falou o mais velho e esfarrapado de todos. Dainwin notou que só tinha dois dentes na boca.

— E o que o rei poderia dar a pobres coitados como vocês?

— Como disse, senhor, somos pobres coitados. O que o rei não poderia nos dar?

O comentário fez com que o velho levasse uma chicotada do castelão.

Dainwin o viu cair no chão, mas o olhar do velho continuava firme. E ele ainda se impôs, enquanto limpava o sangue da bochecha com a túnica:

— Isso é o que tem a me dar. Agora peço pelos meus. Uma audiência com o rei.

Ninguém mais chegou perto dos pedintes.

O nascer do sol veio e eles ainda estavam lá. Mais uma vez com um balde de água na mão, Dainwin os viu serem ameaçados, dessa vez por um cavaleiro do sul, pelo que se percebia do sotaque.

— O rei não pode conferir audiências a todo pobre coitado que vier. É para isso que existem as audiências públicas de festividades. Saiam daqui imediatamente, ou mandarei soltar os cachorros.

As mulheres tremeram e os velhos soltaram longos silvos. Somente as crianças mostraram alguma alegria. Um sorriso leve, talvez a esperança de que pudessem brincar com algum animalzinho. O velho da bochecha cortada, no entanto, parecia impassível.

Foi antes do meio dia e antes dos cachorros que Dainwin o viu. Andando a passos leves pelo pátio, a espada longa presa na bainha, vestido com um gibão verde simples, mas ainda assim emanando uma aura de pura autoridade e respeito. Era Arthur, o rei.

Dainwin já o tinha visto antes, mas era sempre pego de surpresa pelo olhar tranquilo e lúcido do rei Arthur. Às vezes ele parecia ser um camponês comum. Em outras, o próprio Gamo-Rei encarnado. Talvez fosse as duas coisas.

— Martimyn! — ele não gritou. Sua voz era límpida, quase suave. — Traga-me um banco. Já que esses súditos não foram levados à minha presença, terei que encontrar algum lugar por aqui.

Martimyn abriu e fechou a boca como um peixe recém-capturado, mas obedeceu. Imediatamente todos os serviçais e cavaleiros do castelo se aproximaram para ver o que acontecia. Até mesmo as jovens damas em seus véus.

O rei era conhecido por suas audiências públicas, onde ouvia seus súditos e lidava com eles com justiça e benevolência. Mas Dainwin achava que essa reputação não fazia jus ao que realmente acontecia. Arthur *ouvia* seus súditos, numa expressão concentrada e suave. Cada palavra.

— É meu filho, majestade — começou o velho numa voz embargada — Tirou sua própria vida com uma adaga afiada depois que viu sua mulher e filhinha serem mortas na estrada. Os monges não nos deixam enterrá-lo em solo sagrado. Por favor, senhor, dê a bênção final a meu pobre filho.

A face do homem estava lavrada de lágrimas.

Arthur deliberou por um momento, encarando a lâmina da espada e fincando-a no chão de terra. Algumas das mulheres pedintes se ajoelharam e Dainwin pode divisar que o trapo enrolado na verdade se tratava de um cadáver embalsamado. Podia jurar que vira os olhos inexpressivos do jovem morto.

— Enterrem-no no cemitério de Camelot. Ele tem a minha bênção.

O velho caiu de joelhos e começou a chorar. As lágrimas se misturaram com o sangue e a sujeira de sua face. Dainwin não pode deixar de achar sua figura grosseira e patética. Arthur, entretanto, tocou sua cabeça e lhe deu um sorriso com o canto da boca.

Quando o rei deixou o pátio, os serviçais começaram uma imensa balbúrdia. Em meio a gritos de desaprovação e resmungos, Dainwin se afastou para um canto perto dos estábulos. Uma ideia havia lhe ocorrido e ele se sentiu estúpido por não ter pensado em tal coisa anteriormente.

Precisava de uma audiência com o rei.

O início do outono marcava o início das feiras itinerantes em Camelot. Era a última chance de os comerciantes venderem seus produtos para aqueles que se preparavam para o inverno por vir. Com as feiras, os portões de castelo se abririam e por eles passariam centenas de camponeses, senhores e servos. Naquele dia haveria uma audiência pública com o rei.

Era a chance de Dainwin, que passou as noites em claro polindo a antiga espada e ensaiando o que diria na presença de Arthur. Imaginou centenas de vezes seu sorriso complacente e seu olhar de autoridade. Quando o dia finalmente chegou, lavou as mãos e o rosto e vestiu sua melhor túnica. Enquanto passava óleo nos cabelos, fitou seu rosto na água. Estava mais magro do que quando viera. Tinha quase quatorze anos e a altura de um menino de dez.

Mas sou bastante ágil, pensou, rezando para os deuses antigos e para o novo, por garantia.

Saiu das cozinhas quando terminou de esfregar o chão, tomando o devido cuidado para que Clera Gorda não o visse.

O rei se sentava numa cadeira simples de madeira. Seus cabelos tinham a mesma cor de ouro da coroa que sustentava. Logo atrás dele, o estandarte do dragão exibia o orgulho da casa Pendragon, mas seu gibão era tão simples quanto o de um castelão. Mesmo assim a atmosfera do salão era solene, e, quando Arthur desembainhou Excalibur num movimento rápido para sinalizar o início da sessão, toda a corte prendeu a respiração.

O brilho do aço parecia vir de alguma estrela há muito perdida e de algum modo a espada parecia incrivelmente leve nas mãos do rei. Dainwin imaginou como seria polir aquela peça incrível, manejá-la ou mesmo apenas tocá-la. Apenas *tocá-la*... Excalibur. Parecia grandiosa demais para ter saído de uma pedra.

– Senhores.

O encanto se quebrou com a voz do rei e o salão voltou a se encher de burburinho. O arauto se aproximou para anunciar a sequência das audiências e Dainwin se empertigou, ansioso, pensando no pai e na vida simples em Listinoise.

Um pequeno senhor em ruínas, um cavaleiro exibindo seu último prêmio, uma senhora acusando a outra de roubo de cabras. As audiências pareciam não ter fim. O rei, entretanto, ouvia cada caso com diligência, apesar de seu rosto cansado.

– Dainwin de Listinoise. Ajudante das cozinhas. Aproxime-se do rei.

O coração de Dainwin parecia querer explodir dentro do peito. Suas mãos tremiam levemente. A caminhada até o fim do salão pareceu demorar toda uma vida. Sua reverência foi desajeitada e torta. Ouviu risos ao fundo.

– Majestade – sua voz saiu rouca.

– O que tem a me dizer, Dainwin de Listinoise?

– Quero ser um pajem, majestade.

As risadas ao fundo não se preocuparam em se manter discretas.

Dainwin mordeu a língua. Sabia que aquilo iria acontecer. Pajens normalmente eram crianças ou rapazolas mais novos. Se, por um lado, se tratava de uma posição de mais prestígio, por outro era uma humilhação para um garoto da idade dele.

— Fui pajem para um senhor de Listinoise. Recebi educação, majestade. Sei ler e manejar uma espada.

Os risos aumentaram.

— E por que deseja ser um pajem? — Arthur perguntou, mas não havia deboche em sua voz. Apenas uma inflexão diferente. Dainwin não conseguiu muito bem identificar o que era. Talvez mera curiosidade.

— Sou filho de um nobre empobrecido, majestade. As terras vão passar a ser de meu irmão. Como segundo filho, gostaria de me tornar um cavaleiro.

O salão explodiu em risadas. Até mesmo os camponeses desdentados desataram a rir.

— Você bem deve saber que a cavalaria, para aqueles que não possuem títulos ou terras significantes, está destinada a homens que merecem essa honraria. Heróis. Aqueles que se arriscam e merecem o prêmio.

— Sim, majestade. Se puder treinar e aprender, pretendo me pôr à prova no mundo e merecer meu título de cavaleiro.

Os olhos de Arthur faiscaram por um momento.

— Possui uma espada, filho?

— Sim, majestade.

— Sabe usá-la?

— Sim, majestade.

— Então pegue-a. Encontre-me no pátio de armas em dez minutos. Se quer ser um cavaleiro por mérito, deve provar que é destemido.

A multidão que se juntou no pátio de Camelot era maior do que Dainwin achou ser possível caber em todo o castelo. Seu estômago estava tão embrulhado que toda sua atenção se concentrava em não vomitar. A placa de couro que lhe deram fazia sua respiração difícil. Sua espada parecia pesar mais que o triplo do peso normal e era difícil mantê-la erguida. O mundo à sua volta se tornou um borrão.

Somente quando Arthur entrou no pátio Dainwin voltou a enxergar. A presença do rei era de alguma forma resplandecente, mesmo que ele agora estivesse vestindo apenas uma cota de malha.

– Majestade! – gritaram alguns cavaleiros.

Mas, com um aceno de mão, eles se calaram.

– Muito bem, Dainwin de Listinoise. Vamos ver se sabe manejar uma espada.

Dainwin prendeu a respiração, sem acreditar. Tinha aprendido a lutar com sacos recheados de palha em Listinoise, chegara a enfrentar alguns garotos com uma espada de madeira, mas aquilo... Seu olhar caiu em Excalibur. Não conseguia respirar.

Tinha que ser uma brincadeira. Alguma espécie de humilhação pública. Mas Dainwin não via nada de zombeteiro na figura de Arthur, apesar de alguns de seus cavaleiros claramente mostrarem ver certa graça na situação. O rei estava agora em posição de combate. Os pés paralelos como o mestre de armas ensinara a Dainwin anos antes, a espada na transversal, acompanhando levemente a linha do nariz.

Era o rei. Não se podia atacar o rei. Seria aquele algum tipo de truque? Se não atacasse não seria pajem e se atacasse seria morto por atentado à vida do rei?

Os olhos de Arthur, no entanto, não mostravam segundas intenções. Apenas concentração.

Com esforço, Dainwin ergueu a espada. O rei fechou os olhos por um breve instante e atacou. O garoto se desviou do golpe por pouco, caindo na lama e arrancando risadas da multidão. Arthur não riu. Devagar, Dainwin se levantou e colocou a espada novamente em posição. Mais uma vez Arthur atacou. Um golpe o fez rolar no chão mais uma vez e outro atingiu a placa de couro que tinha no peito. Um terceiro passou a centímetros de seu olho esquerdo e um quarto atingiu seu braço, de onde um leve filete de sangue fluiu.

Dainwin limpou a boca com a manga da túnica. Tinha um gosto salgado. Lembrou-se do pai em Listinoise. *Cavaleiro*. A palavra soava como uma língua estranha.

Respirou fundo e atacou. Um golpe pelo flanco esquerdo que Arthur facilmente defendeu. Depois tentou forçar seu oponente pela direita e infligir um golpe no ombro, mas novamente o rei bloqueou o ataque, emendando agora numa estocada que Dainwin desviou por pura sorte. Segurou a espada com força e iniciou um ataque de frente, mas foi jogado no chão. Quando tentou se levantar,

Arthur lhe infligiu mais um golpe na placa de couro e ele tornou a cair. Tentou rolar para se erguer, mas foi bloqueado mais uma vez. Quando tentou levantar a espada na tentativa de um último golpe desesperado, sentiu a lâmina fria de Excalibur em sua garganta.

Estava morto.

Lágrimas brotaram dos olhos de Dainwin. Seriam as cozinhas de novo.

Levantou-se de chofre e fincou a espada no chão. Fez um breve aceno com a cabeça, como o mestre de armas lhe ensinara anos atrás. Cumprimentar o oponente.

– Dainwin de Listinoise, – começou o rei – você sabe segurar uma espada, mas ainda tem muito o que aprender quanto a manejá-la

– Sim, majestade – falou Dainwin, a voz esganiçada e inconstante.

– Para ser um cavaleiro é preciso ousadia e disciplina. Você não possui a última – seu olhar foi longo e duro –, mas possui a primeira. Ousou lutar com seu próprio rei. Pela coragem, lhe concedo a posição de pajem. Cuidará dos hóspedes. Amanhã, procure o mestre de armas. Terá um longo treinamento pela frente.

Dizendo isso, saiu do pátio em meio à fúria da multidão e dos olhos marejados de Dainwin.

Sua mão começara a doer de segurar a rédea com tanta firmeza, mas Dainwin não ousava relaxar. O rei lhe dera oportunidades, não as desperdiçaria. Seu pai lhe dizia que não se deviam deixar moedas de ouro ociosas, que dirá então as moedas dispensadas por um monarca. Estivera em batalha, provara seu valor. Não seria um cavalo que o faria se rebaixar.

A tropa parou ao fim do dia, quando a chuva fina cessou. Quando Dainwin desceu do cavalo, fechou os olhos com força. Os músculos de suas pernas estavam rijos e dar o mais simples dos passos era doloroso. Mas mesmo assim puxou o cavalo pelo arreio, alimentou-o e cumpriu suas obrigações no acampamento.

Os cavaleiros dormiam em tendas. O resto se ajeitava como podia. Dainwin e Marmeth, outro pajem que estivera em batalha, improvisaram uma fogueira. Marmeth até mesmo conseguira um caneco de cerveja choca. Nenhum dos dois falava. Dainwin sempre pensara que depois de uma batalha os homens celebravam seus feitos e cantavam suas vitórias em festas no acampamento por dias a fio. Agora, ao olhar Marmeth, percebia que não havia nada a festejar. Nenhum dos dois parecia ter vontade de comentar o que acontecera em Goirre. A cerveja tinha um gosto mais amargo que de costume.

A tropa do rei deixara Camelot com dez dos grandes cavaleiros, aqueles se que sentavam na távola redonda. Dainwin divisou ao longe as figuras de sir Agravaine, sir Gaheris e seu irmão mais velho, sir Gawain. Vieram também outros vinte cavaleiros menores. Com os escudeiros e rapazolas em prova como o próprio Dainwin, somados aos cozinheiros e armeiros, a tropa devia passar fácil de meia centena. No entanto, ao olhar a luz das fogueiras no acampamento, Dainwin julgava que eram muitos mais.

Uma tropa real atraía gente, sabia disso. Seguidoras de acampamento, velhos pedintes, feiticeiros andarilhos e mercadores sempre se aproximavam a fim de obter algum tipo de vantagem ou proteção. Além do mais, Arthur era um rei extremamente amado por seu povo e Dainwin sabia que grande parte daqueles que se aglomeravam por ali esperavam a ínfima chance de verem a face de seu rei, nem que fosse por um breve instante. Mas ainda assim aquele bando de gente parecia demais.

– Qual de vocês é Dainwin de Listinoise?

O rapaz levantou o rosto e observou a face dura de um cavaleiro menor que Dainwin achou se chamar Kaydred.

– Sou eu, senhor.

– Então venha. O rei o chama à sua presença.

O coração de Dainwin disparou e achou difícil esconder sua agitação. Sua cabeça chegou a doer. Era sua chance. A chance. Ele sabia que alguns pajens poderiam receber uma recompensa depois de uma primeira batalha bem sucedida, mas recebê-la do próprio rei...

Ele estava na idade de ser um escudeiro. Na verdade era até mais velho do que a maioria. Arthur lhe dera grandes oportunidades antes, e Dainwin treinava com afinco todos os dias. Mas mesmo assim... Sentiu seu peito ficar quente apesar do tempo úmido e frio. *O próprio rei...*

A tenda do rei não era muito diferente das dos outros cavaleiros e se diferenciava apenas pelo grande estandarte dos Pendragon afixado logo na entrada. Dois cavaleiros faziam vigília na porta. Eles não se moveram quando passou por eles.

Dentro da tenda estava quente. Ou talvez Dainwin estivesse apenas muito ansioso. Não saberia dizer. Desde aquela tarde no pátio tinha uma espécie de admiração exaltada pelo rei. E lá estava ele, no fundo da tenda, sentado num banco de madeira.

Rei Arthur. Ele ainda vestia uma armadura, com exceção do elmo e do gorjal. Excalibur jazia a seu lado, encostada na parede da tenda. Seu aço parecia brilhar à luz das velas. A seu lado direito estavam sir Bedivere e sir Lancelot. Ambos com as espadas fincadas no chão logo à frente deles.

Do lado esquerdo estava a rainha Guinevere. Vestia um vestido verde com bordados dourados que combinavam perfeitamente com seus cachos cor de mel. Mal parecia a mulher atarracada e doentia que sir Lancelot carregara nos braços ao sair da Torre de Água de Goirre no dia anterior. Seus olhos, no entanto, ainda tinham as marcas da violência que sofrera, Dainwin percebeu. E nenhum ouro do mundo poderia apagar aquilo.

Diziam que a rainha Guinevere era a mulher mais bela de toda a Bretanha. Dainwin não entedia muito de mulheres; sua mãe morrera quando era um bebê e sua irmã, Dara, se juntara a ela ainda na infância. Em Listinoise ficava com os outros garotos pajens e em Camelot era a mesma coisa. Seu único contato com o mundo feminino se dava através de Clera Gorda. Não achava que as outras mulheres fossem tão assustadoras. Ou talvez fossem.

A rainha o assustava também. Ela parecia um pedaço frágil de vidro que se fosse quebrado cortaria em pedaços qualquer um que estivesse por perto. Sua expressão não era a da mulher mais bonita de todo reino, mas a de alguém que não sabia se expressar de qualquer forma que fosse. Em Camelot, Dainwin raramente a vira dar um sorriso durante um banquete. Durante os torneios, ela não ria e não se mostrava surpresa com nenhum movimento. Seu rosto era como mármore: claro, frio e distante. Apenas quando chegara da prisão em Goirre nos braços de Lancelot ela demonstrara algo: puro terror.

A impressão que Dainwin tinha agora era que a rainha ficaria para sempre com aquela expressão congelada de medo no rosto. Meses de rapto. Traição na Távola Redonda. Ela seria para sempre uma face de mármore com traços de pânico.

- Aproxime-se, Dainwin – falou o rei.

Ele também estava diferente. Mas Dainwin achava que não era pelo rapto de sua real esposa e sim pela traição de sir Meleagant. Arthur chamava seus cavaleiros de irmãos.

Encarou o rosto do rei por alguns instantes e depois corou. Tinha se esquecido de se ajoelhar. Fez isso às pressas, desajeitadamente, mas dessa vez ninguém riu.

– Você demonstrou muita coragem ao escalar a Torre da Água. Os arqueiros de Meleagant – Dainwin reparou que ele não usara o título – são bem treinados. Sua chegada no alto da torre permitiu que nossos homens a escalassem.

– Obrigado, majestade – o coração de Dainwin pulsava fora de ritmo.

– É de meu desejo que os corajosos e os justos estejam perto de mim e de minha rainha. Por esse motivo, declaro-o escudeiro.

Dainwin estacou. Escudeiro? Escudeiro real?

– Majestade, – apressou-se a dizer – é com muita honra que aceito ser seu escudeiro.

O rosto de Arthur se expandiu num sorriso leve:

– A honra não é minha, Dainwin de Listinoise. E sim daquele que está mais perto de mim e de minha rainha. Você será escudeiro de sir Lancelot, o primeiro cavaleiro.

Dainwin não conseguiu esconder seu desapontamento. E, pelo olhar que sir Lancelot lhe dirigiu, percebeu que aquilo também não era de seu agrado.

Sir Lancelot era mais baixo que o rei e tinha cabelos escuros que se desenrolavam até seus ombros. Era o mais hábil cavaleiro da corte, que dirá de todo o reino. E ele sucedera onde o próprio Arthur havia falhado. Como no cerco de Goirre. As histórias de Lancelot corriam todo o reino. Era filho da Senhora do Lago e na juventude colecionara triunfos de coragem e honra em toda a Bretanha. Ao derrotar o Cavaleiro Negro e entregar seu elmo a Arthur, jurara sua espada ao rei. Mas ele era mais que isso. Era o primeiro cavaleiro, o amigo e confidente do rei.

E era conhecido por não ter mulheres, nem escudeiros.

— Majestade... — começou Lancelot.

— Não, Lancelot. Você é o primeiro cavaleiro. E já provou sua força inúmeras vezes. O reino não conhece homem mais valoroso. — Arthur caminhou lentamente até a rainha e segurou as mãos dela entre as suas. Guinevere apenas fechou os olhos. — Um cavaleiro precisa de um escudeiro. Além do mais, já passou do tempo de você passar o que sabe para outros. Ensinar o verdadeiro significado da cavalaria: honra, coragem e lealdade.

Lancelot não disse nada. Ao fundo, sir Bedivere aquiesceu com a cabeça.

- Este jovem se provou valoroso por duas vezes e será seu escudeiro. Preparará sua armadura, afiará sua espada, carregará sua lança e aprenderá suas lições.

Dainwin se ajoelhou perante o rei e se postou em frente a Lancelot. Este, um tanto apressadamente, desembainhou sua espada e Dainwin a tocou no sinal de lealdade. O aço era frio. A única coisa que conseguia pensar era que não era Excalibur.

O rei o dispensou num sorriso. Seus olhos brilhavam e a tenda inteira parecia se encher de algo que Dainwin não sabia explicar o que era.

Os olhos de Lancelot brilhavam também. Mas era um brilho de outra espécie.

Ao andar pelo acampamento, Dainwin divagou sobre a vida nova que o aguardava. Seria o escudeiro do cavaleiro mais famoso de toda Bretanha. Poderia voltar a Listinoise e contar ao pai que subira a torre de Goirre e abrira caminho para o salvamento da rainha Guinevere. Conseguia imaginar as mãos calejadas do velho e a alegria em seu abraço.

— Seu futuro numa borra de chá! Seu futuro numa borra de chá! Venha, meu jovem, veja seu futuro numa borra de chá.

Demorou um tempo até que Dainwin percebesse que a velha falava com ele. Era uma mulher já muito idosa, envolta numa capa carmesim em farrapos. Suas mãos seguravam firmemente um cálice entalhado em madeira.

— Não, obrigado.

— Não deseja saber seu futuro? A mulher que terá? As glórias que virão?

— Eu já disse que não — replicou, rispidamente.

A mulher deu um passo atrás e se encolheu numa pose ofendida:

— Não há necessidade de falar dessa maneira com uma velha sem importância como eu. Um rapaz como você deveria mostrar mais gentileza.

— Não sou um rapaz. Sou Dainwin, escudeiro de sir Lancelot, o primeiro cavaleiro.

— Ah sim — fez a velha num suspiro de falsa admiração — Perdoe-me então, senhor. Não sabia que estava diante de tal grandeza.

Dainwin crispou as mãos e ia abrir a boca para revidar, mas algo o impediu. A velha lhe lançava um olhar misterioso. Um olhar penetrante. E Dainwin percebeu que apesar de suas mãos envelhecidas, de sua pele enrugada e de seus cabelos ralos e brancos, seus olhos azuis pareciam os de uma criança.

Sem perceber, deu um pequeno passo para trás.

— Não, não precisa se afastar, jovem senhor — ela disse, e sua voz saía como um canto antigo. — É um escudeiro, um dia será um cavaleiro e jurará proteger os fracos como eu. Contudo — e os olhos dela faiscaram — ainda precisa aprender sobre essa lealdade de cavalaria.

— Minha lealdade está com o rei, velha — sua voz não saíra tão ríspida e firme quanto pretendia. Alguma coisa na mulher o deixava inquieto.

— Ah sim, Arthur Pendragon, cuja fama ultrapassa as fronteiras da própria Bretanha. Portador de Excalibur e príncipe da justiça. Sim, sim, Arthur é um homem no qual vale a pena depositar sua lealdade. — Dainwin abriu um sorriso, estranhamente satisfeito. — Mas pensei que era escudeiro jurado de sir Lancelot...

— Foi o que eu disse — por algum motivo, a palavra "velha" não saíra de sua boca.

— Então não pode estar jurado ao rei.

— Sou jurado a sir Lancelot como escudeiro, mas também jurei lealdade ao rei.

— Mas isso é impossível, jovem senhor — falou a velha num tom agudo. — Nenhum homem pode jurar lealdade a dois senhores ou a duas coisas. Nem mesmo aos deuses. A lealdade é uma só e não pode ser dividida. É assim no coração dos homens hoje, o que nasceu no coração dos homens antes e viverá no coração dos homens até o fim dos dias — ela parou um instante e se aproximou de Dainwin, bem devagar. — Então eu pergunto novamente, jovem senhor, com quem está sua lealdade?

— Sir Lancelot está jurado ao rei. Portanto, minha lealdade a ele está ligada à minha lealdade com o rei.

— Oh, mas você não poderá responder pela lealdade de sir Lancelot — Dainwin reparou que ela deixara de lado o "jovem senhor".— E nenhum homem pode responder pela lealdade de outro. Desse modo, onde está sua lealdade? Com Lancelot ou com Arthur?

Dainwin franziu a testa, incomodado. A velha agora estava bem perto. Conseguia sentir seu cheiro. Algo como poeira e carvalho apodrecido.

— Sir Lancelot é o primeiro cavaleiro. Daria sua vida pelo rei.

— Oh — fez a velha num gesto impaciente — mas não há qualquer dúvida disso. Porém não foi essa a pergunta que lhe fiz.

— O que sugere é uma traição, senhora — a palavra saíra sem que percebesse.

— Oh, mas as traições estão em toda parte. Moram no coração dos homens também, muitas vezes perto da lealdade. Não foi uma traição que nos trouxe aqui hoje? Não foi uma traição que lhe deu a chance de ser escudeiro?

A mão direita de Dainwin tremeu levemente.

— Senhora, as coisas que diz são descabidas. Vejo que não conhece os laços de amizade da Távola Redonda.

— Oh sim, perdoe-me, jovem senhor — mas a voz dela não pedia nenhum perdão. — Sou apenas uma velha. Gostaria de saber seu futuro numa borra de chá? — e estendeu o cálice de madeira.

— N-não. Com licença. Tenho deveres a cumprir.

Dainwin fez uma mesura de despedida. A velha ainda tinha os olhos de criança fixos nele. Quando deu as costas a ela, começou a andar mais depressa. Só quando chegou à fogueira e avistou Marmeth percebeu que estivera correndo.

⚔

Ser escudeiro de sir Lancelot não era um trabalho difícil. Dainwin passava a maior parte do tempo treinando no pátio com o mestre de armas. Lancelot afiava sua própria espada, polia sua armadura e até alimentava e escovava seu cavalo. Para Dainwin ficava a responsabilidade de limpar as botas, trazer comida e água e manter os aposentos de Lancelot em ordem. E mesmo assim Dainwin suspeitava que seu senhor só o deixava fazer essas coisas para que ele não ficasse tempo demais ocioso.

Houve um tempo, ou assim Dainwin ouvira dizer, em que sir Lancelot fora um homem dado a contar histórias, frequentar festas e partir em busca de aventuras. Mas esses dias tinham ficado no passado. No geral, seu senhor era um homem calado, um tanto melancólico e quando tentava ensinar a Dainwin alguma coisa sobre cavalaria era em meio a frases truncadas e incompletas sobre histórias completamente insignificantes. Nada de Cavaleiro Negro ou de buscas de tesouros. Apenas lições partidas sobre cavalos perdidos e bolhas nos pés.

Contudo, ainda havia algo em Lancelot que exalava uma aura de fascínio. Talvez fosse sua beleza, seu porte firme ou mesmo o sangue da Dama do Lago que corria em suas veias. Dainwin às vezes se pegava olhando seu senhor escovar o cavalo... Era como se ele transformasse cada simples ato diário num ritual sagrado.

Mas a melancolia estava lá.

Seu pai dizia que três coisas acabavam com a vitalidade de um homem: muitas batalhas vencidas, cerveja e mulheres. Dainwin sabia bem que Lancelot tivera sua quota de batalhas, mas raramente vira o cavaleiro beber. Quanto a mulheres, bem, pelo que sabia houvera apenas uma mulher em sua vida.

Diziam que Lancelot fizera um pacto em Avalon, selado pela senhora sua mãe, a Dama do Lago, de nunca tomar esposa nem se deitar com nenhuma mulher. Era daí que vinha sua graça e disciplina, diziam. Assim como suas vitórias em batalha.

– Um homem santo – diziam com respeito.

Mas Lancelot replicava dizendo:

– A santidade nunca foi minha, senhores. E sim de Galahad.

Era aí que Dainwin não entendia as histórias. Se Lancelot jurara nunca ter mulher alguma, como poderia ter tido um filho, Galahad? Não fazia o menor sentido. Mas era verdade que ele nunca se juntava a seguidoras de acampamento, não frequentava bordéis e Dainwin nunca o vira trocar olhares com uma moça.

Houvera lady Elaine, no entanto, a única mulher de Lancelot. Dainwin a tinha visto quando era mais novo, em Listinoise. A filha do antigo rei Pellinore tinha longos cabelos ruivos e olhos verdes muito vivos. A história dizia que se apaixonara por Lancelot, mas que este recusara seu amor. Desesperada, Elaine tinha se atirado no mar. Outras versões diziam que tinha ido para a misteriosa ilha de Avalon. Nunca mais fora vista. Talvez fosse essa a razão de tanto silêncio.

Lancelot também dispensava Dainwin da maior parte das tarefas noturnas. Ele buscava sua própria água e mantinha o fogo aceso quando frio. Até mesmo dispensava Dainwin das vigílias. Os escudeiros normalmente dormiam na porta do quarto de seus senhores, mas Lancelot dizia que não estavam em guerra e que Dainwin não precisava ficar lá o tempo todo. Às vezes chegava a dizer que ele não precisava dormir na cela adjacente.

– Vá e procure flertar com alguma garota – ele acrescentava.

Dainwin não sabia nada sobre garotas. Mas achava que um dia teria uma esposa. Uma mulher que sorrisse. Pelo menos uma que não se atirasse no mar, esperava.

Os anos passaram depressa em Camelot. Sir Bedivere morrera e outros chegaram para ocupar seu lugar na Távola Redonda. Dentre eles os irmãos mais novos de sir Gawain, Gaheris e Gareth. Ambos sagrados cavaleiros pela espada do próprio Lancelot. Uma estação mais tarde, a corte viu a chegada de sir Mordred junto com as primas da rainha Guinevere, que estavam na idade de casar. Até Merlin mudara sua rotina e agora treinava uma enviada da Dama do Lago, uma moça de cabelo minguado e escorrido chamada Nimue. Sir Galahad parecia querer comprovar a declaração do pai sobre sua santidade e partira em busca do Graal. Logo depois, sir Percival se fora na mesma empreitada. A Távola Redonda estava mudando.

A guerra contra os saxões ia e vinha, quase na dança das estações do ano. Dainwin ganhara cicatrizes de batalha e um cavalo. A antiga espada do pai fora reforjada, mas o escudeiro nunca mais havia retornado a Listinoise. De alguma forma, os passos que dava em sua vida nunca o levavam de volta para sua fria terra natal no norte.

O último ano de Arthur como rei começou como qualquer outro. Após os torneios de início de estação, os saxões avançaram o acampamento no litoral e os ânimos na corte se exaltaram. Cada cavaleiro aparentemente tinha a solução para o impasse, mas Arthur decidira por não agir. "A espera é a chave para a vitória de qualquer batalha", ele disse.

Mas no meio da estação a pressão da espera foi demais. Alguns cavaleiros, liderados pelo belicoso sir Gawain, exigiram ação imediata. Encurralado por seus próprios irmãos, o rei fora forçado a agir. E a ação seria responsabilidade de sir Lancelot, que seguiria para o litoral com uma força de trezentos homens.

Na noite anterior à partida, Dainwin guardava os pertences de seu senhor. Uma longa jornada os esperava. Mas a perspectiva de ver o mar enchia o seu coração de algo que ele não sabia bem explicar. Esperança, talvez.

– Não se esqueça das botas, Dainwin – falou Lancelot. Mas ele sempre falava por falar. Cuidar das botas era uma das poucas coisas que Dainwin fazia.

Seu senhor andava pela cela, inquieto. Em algumas noites ele se comportava assim. Tinha um espírito turbulento. Talvez devido à sua ascendência em Avalon. O pai de Dainwin costumava dizer que o povo das brumas vivia num estado diferente dos homens comuns.

Ou talvez fosse apenas a batalha. Três centenas de homens em direção ao litoral para uma horda de saxões... Segundo sir Mordred não eram muitos, mas mesmo assim... A lua estava alta, entretanto. Daria uma boa caminhada noturna.

Foi até o pátio dar uma olhada nos cavalos para o dia seguinte, mas se perdeu observando Nimue e Merlin no alto do telhado. Os dois frequentemente eram vistos fazendo estranhas acrobacias nas alturas. Observá-los fazia Dainwin se esquecer do mundo duro do couro e da espada e entrar em um outro lugar. Não sabia direito qual lugar era, mas era agradável o bastante.

Além do mais, Nimue tinha olhos grandes e brilhantes.

Quando a garota quase despencou do telhado pela terceira vez, Dainwin tomou uma decisão: falaria com ela quando voltasse. Não importava bem o quê, mas falaria. Poderia voltar um cavaleiro ou ficar esfregando as botas de sir Lancelot o resto da vida, não importava. Falaria.

As botas...

Na ansiedade de sair do quarto de seu senhor atormentado, deixara as botas sem esfregar. Era praticamente a única coisa que fazia e queria fazer bem. Não tinha sono, talvez pudesse voltar ao quarto e pegar o par... Limpá-lo do lado de fora e entregá-lo pela manhã...

Rumou para os aposentos do primeiro cavaleiro. Camelot dormia em profundo silêncio. *Apenas Nimue enche a noite*, pensou, ao ouvir um barulho de madeira caindo no chão.

A cela de sir Lancelot ficava a oeste e era uma das poucas que tinha vista para a frente do castelo, subindo uma longa escada em caracol. Mas, ao abrir a pesada porta de carvalho com a chave de bronze que sempre levava no peito, Dainwin perdeu o fôlego. E não foi por conta da subida.

Na câmara ao fundo, ao lado de um Lancelot cabisbaixo, havia uma mulher despida. Seus longos cabelos loiros e sua pele branca não deixavam dúvidas de quem era. Só havia uma mulher de mármore em Camelot.

Bateu a porta com força demais.

O grupo de Lancelot voltara vencedor do litoral, o que desagradou sir Mordred, que havia insistido no fracasso de uma missão sem a figura de Arthur. Mas a vitória trouxe festa a Camelot e uma onda de otimismo varreu o castelo nos dias que se seguiram.

Dainwin, no entanto, não encontrava paz.

A visão da rainha e de seu senhor o deixara sem sono. Não conseguia encarar Lancelot, tampouco o outro parecia fazer questão de sua presença. Mandara que ele servisse com sir Gareth durante a batalha, sob a desculpa de que como novo cavaleiro, sir Gareth não tinha escudeiro. Será que Lancelot sabia? A porta batera com tanta força... Quem mais poderia ter entrado que não ele, o único portador da chave?

A traição era como uma espada afiada. Dainwin se vira isolado de tudo. De repente era constante a sensação de que tudo e todos olhavam para ele e descobriam o segredo de seu senhor. De uma hora para outra, todo riso contava a história de Lancelot e Guinevere, cantava a vergonha do rei Arthur e a desgraça de Camelot.

Poderia dizer tudo ao rei, jurar com a mão direita em Excalibur, deixar o peso nos ombros daquele que julgava a todos com justiça.

Mas o olhar melancólico de Lancelot e aquele maldito jeito de escovar os cavalos o mantinha quieto.

Lancelot não mais o dispensava da vigília, Dainwin simplesmente não se dava ao trabalho de ser dispensado. Passava a noite no pátio ou nos estábulos. Queria encontrar Nimue e cumprir sua promessa, mas a garota ainda não tinha aparecido.

Somente duas semanas depois de ter voltado da batalha encontrou-a, observando a lua perto das muralhas do castelo.

Dainwin se aproximou devagar, um tanto incerto, e disse:

– Para manter uma boa defesa, é necessário deixar os pés paralelos e o braço alto.

Balançou a cabeça, surpreso consigo mesmo. Nimue não tirava os olhos da lua.

– É uma regra básica de combate.

A garota se voltou para ele devagar e o analisou com seus olhos afiados.

– Vocês cavaleiros são tão cheios de mistério. E mesmo assim não conseguem se concentrar no que é dever de vocês.

– Eu me concentro em meus deveres – não era bem aquilo que Dainwin esperava daquele encontro.

– É mesmo? Pois me parece que o quarto de seu senhor está em chamas.

E era verdade.

Dainwin saiu correndo pelo pátio em direção aos aposentos de sir Lancelot, amaldiçoando a si mesmo por não cumprir seu dever. Era um escudeiro juramentado. Independente do que visse ou ouvisse, tinha que estar ao lado de sir Lancelot e, se preciso, dar sua vida pela dele.

A escadaria da torre oeste, contudo, estava interrompida. Sir Mordred se encontrava ao pé da escada, estranhamente calmo para um homem que presenciava um incêndio. Fumaça descia pelas escadas e já era um tanto difícil respirar.

Tapando o nariz com as mãos, Dainwin forçou a subida e deu de cara com sir Gaheris.

— O fogo foi apagado — disse ele num tom fúnebre.

Dainwin fez menção de continuar a subir quando sir Gawain o segurou pela gola da camisa e o jogou com força contra a parede.

— Não há nada lá em cima para você, fedelho.

— Não precisa tratar o garoto assim. — Era sir Mordred subindo calmamente os degraus. — Deve ter sido tão enganado quanto nós.

— Um escudeiro guarda a honra de seu senhor — replicou sir Gawain cuspindo. Com passos tornados duros pela raiva, voltou a subir as escadas.

Mordred simplesmente o ignorou.

Dainwin estava se preparando para continuar a subida quando uma voz o interrompeu:

— Quem mandou me chamar? O que está acontecendo aqui?

— Majestade... — começou Mordred. Mas Dainwin não ouvia uma palavra do que ele dizia. Seus pés pareciam ter se pregado ao chão. Poucos degraus abaixo dele estava Arthur.

O sorriso de Mordred, a raiva de sir Gawain, a confusão de sir Gaheris, o incêndio na torre oeste... De repente sua mente se iluminou.

O rei tinha os olhos confusos e fez menção de subir as escadas quando sir Gawain voltou, berrando:

— Veja, majestade, a vergonha do reino!

E atirou um pedaço de pano da escada. Sir Gareth fez menção de apanhá-lo.

Mas não era um pedaço de pano. Quando os cabelos loiros saíram da fronha, Dainwin reconheceu a rainha Guinevere, completamente nua.

Assustado, Arthur foi em direção à esposa, Excalibur desembainhada.

O que se seguiu, no entanto, aconteceu rápido demais. E anos depois Dainwin só se lembraria de seus pés firmes no chão e de seus olhos se movendo em direção a seus dois senhores. Como um pêndulo atingido por uma força excessiva.

Sir Lancelot descera as escadas correndo, vestindo apenas um gibão. Ao ver Gawain e mais tarde Guinevere atirada ao chão, saltou sobre sir Gareth num arroubo de fúria. O cavaleiro foi derrubado e Lancelot lhe tirou a espada com facilidade, com uma certa elegância, até. Sir Gaheris descera as escadas correndo, gritando qualquer coisa, e tentou segurar Lancelot pelos ombros.

E foi apenas sangue.

Dainwin fechou os olhos quando os corpos dos irmãos tombaram. Por anos a fio sentiria a garganta queimando pelo grito que nunca chegou a dar.

O sangue escorreu pelos degraus de pedra, manchando o lençol em que a rainha estava enrolada, atingindo a bota de Arthur. As mãos de Lancelot, agora escarlates, se remexiam de fúria.

Quando sir Gawain se moveu, Dainwin se preparou para saltar na frente de seu senhor, mas sir Mordred o encurralou na parede. Contra um cavaleiro em armadura completa, um garoto desarmado como ele podia fazer pouco mais que se debater. E assistir.

Sir Gawain golpeou Lancelot com força no braço e o sangue fluiu com rapidez. Lancelot imprimiu toda sua força contra seu oponente, mas tinha a desvantagem de estar três degraus abaixo e completamente desprovido de armadura.

Mas Dainwin finalmente descobriu as lições que Lancelot jamais lhe dera. Sua destreza com a espada superava qualquer homem na Bretanha, até mesmo Arthur. Ele lutava com alma. A espada e ele eram um só.

Quando sir Gawain tombou, gravemente ferido na perna esquerda, o rei atirou Excalibur no chão. Por um longo instante, seu olhar se encontrou com o de Lancelot e já não eram mais rei e primeiro cavaleiro.

Os olhos de Arthur faiscaram uma última vez. Lancelot baixou a cabeça e levou as mãos ensanguentadas a seus longos cabelos castanhos. A última impressão que Dainwin tivera de seu senhor era de que ele parecia um cadáver. Embalsamado, como o pedinte no pátio.

Os monges da abadia o enterraram, no entanto, quando morreu anos depois. Dainwin levou o filho consigo para visitar o túmulo e chorou como uma criança.

Quando Arthur tocou seu ombro com Excalibur e o sagrou cavaleiro, seus olhos eram opacos e caídos. A lâmina parecia queimar, mesmo sem o contato com sua pele. Quando se levantou, sentiu seu corpo dobrar de peso.

Não ouviu as últimas palavras do rei. Apenas o barulho do aço tilintando. Um vento frio entrou no salão e sua capa de cavaleiro tremulou. Era hora de voltar a Listinoise.

As Mãos Vermelhas de Isolda
Octavio Aragão

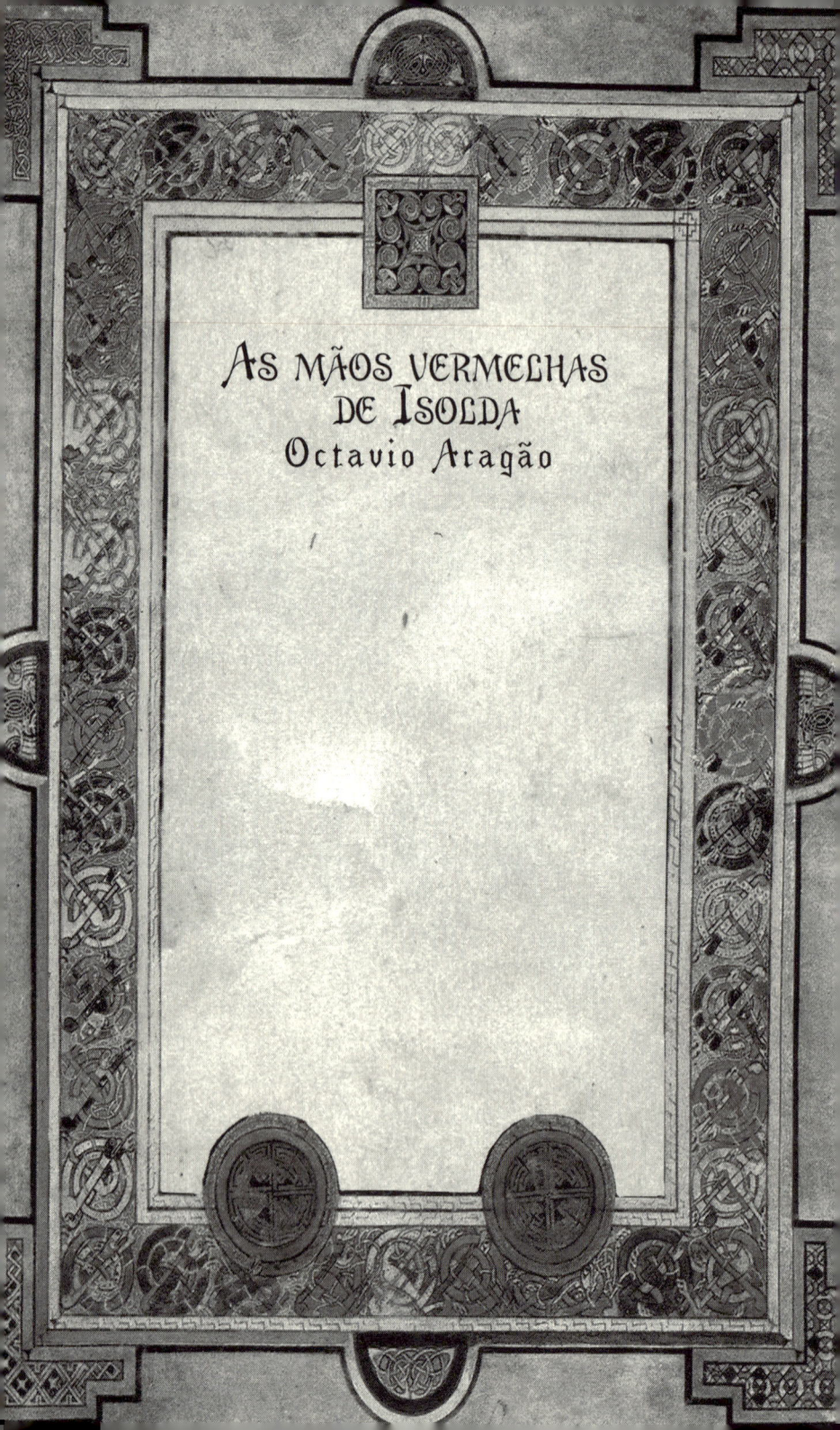

De pé, na proa do navio, era possível ver o castelo. Lancelot du Lac acreditava que um observador na pequena janela da torre também enxergasse as velas da embarcação. Quem estava lá dentro não dava sinais de boas vindas, como seria de praxe ao identificar a insígnia do dragão flamulando. O Cavaleiro Ultramarino estava aliviado por voltar ao serviço de Arthur Pendragon.

Com o Santo Graal finalmente encontrado e Mordred morto, as coisas se normalizaram na corte. Se é que cento e vinte cavaleiros acima dos quarenta anos, gordos e sem exercício físico além de ocasionais justas inofensivas poderiam ser considerados normais. Arthur e Kay estavam, pouco a pouco, resolvendo todos os casos pendentes desde que a demanda pelo Cálice Sagrado afastou os melhores da Távola Redonda de seus cargos internos e políticos em Camelot. Ainda havia disputas pela posse de terra entre os irmãos Gawain e Gaheris e alguns problemas envolvendo representantes do monarca em outras terras, sendo que a principal era a tragédia ocorrida nos domínios do rei Marcus da Cornualha.

Lancelot soube da morte de Tristão de Liones por intermédio de Gawain, quando repousava numa pequena abadia em Logres depois de ter dado um fim no chamado Cavaleiro dos Campos Verdes, que, além de não pagar seus tributos à corte, vinha denegrindo a honra da rainha Guinevere.

Tristão morrera em seu próprio castelo, sem esclarecimentos por parte da viúva, a princesa Isolda. Arthur e Merlin suspeitaram de traição e assassinato por envenenamento, mas outros casos urgentes impediram que uma comitiva fosse enviada à Cornualha para esclarecer a situação. A guerra contra o usurpador se avizinhava e o rei tinha sua própria cota de traidores com os quais se preocupar.

Lancelot quase embarcou por conta própria para saber o que tinha acontecido. Afinal, Tristão era seu único igual entre os cavaleiros que frequentaram a mesa de Arthur. No dia em que se encontraram pela primeira vez, ambos incógnitos, lutaram até a exaustão sem que nenhum vencesse a contenda. A partir daquele momento, juraram lealdade eterna.

Infelizmente, essa foi mais uma das promessas não cumpridas de Lancelot du Lac. Arthur solicitara sua volta imediata à corte, para a reunião do conselho de guerra que visava rechaçar Mordred, ao mesmo tempo em que se organizavam as equipes de busca ao Cálice Sagrado. A investigação a respeito da morte de Tristão de Liones teria de esperar.

Agora, olhando para a torre, Lancelot pensou que, se fosse homicídio, independente da vontade de Arthur em trazê-lo a Camelot para um julgamento, o culpado pagaria com a vida.

As duas Isoldas, lado a lado, como sempre, desde a morte do cavaleiro, teciam a quatro mãos.

Os olhos azuis de uma refletiam os da outra e havia tempo que não se ouvia palavra naquele aposento. Nem mesmo quando a bandeira do dragão tremulou diante de sua janela o silêncio foi quebrado. O emissário do grande rei vinha tomar ciência do ocorrido.

Gweyth, senescal do castelo de Blanchemans, surgiu no vão da porta trazendo cestos abarrotados de flores orientais e iguarias das terras do sul. Curvou-se diante das princesas.

— Senhoras, sir Lancelot du Lac, Primeiro Cavaleiro da Távola Redonda de sua majestade Arthur Utherson Pendragon, rei da Britânia, imperador de Roma e Mão de Nosso Senhor na Terra, enviado especial de Camelot, envia saudações e presentes. Solicita permissão para adentrar os portões com sua comitiva e, com sua anuência, uma entrevista com a princesa regente Isolda des Blanchemans.

Uma das Isoldas levantou a mão direita, ornada por um anel de ouro cravejado. O destino do cavaleiro estava selado. E, em consequência, o de todos os moradores daquele castelo.

O vinho era bom. Não tão doce como o da corte, pois Kay recebia suprimentos do palácio de Parsifal, marido de uma das sacerdotisas do Graal, descendente de José de Arimateia. Qualquer alimento advindo da adega do rei pescador seria o mais doce do mundo.

Sim, o vinho de Blanchemans era bom. Ligeiramente ácido, excitando a língua e as narinas, despertando pensamentos soterrados por anos de penitência.

Lancelot entregou o cálice ao pajem e levantou-se ao ver Gweyth ao pé da escada. A audiência aconteceria como previsto. Estava para nascer o regente que recusasse um pedido do representante de Arthur Pendragon, ainda mais sendo esse arauto o famoso sir Lancelot du Lac, filho da espuma do mar. Mas até lá os recém-chegados mereciam refeição e repouso. Os aposentos eram espaçosos e toda a companhia de Lancelot foi alojada em quatro aposentos, deixando a tripulação do navio junto à criadagem. Apenas um homem, Warth, o capitão, ficou a bordo.

O Ultramarino foi levado a um aposento ornado com flores, incenso e peles. Depois da refeição, Lancelot se deitou. Em sonhos, ele, que havia sido perdoado pelo representante de Deus na Terra, reencontrou seus pecados.

Ao amanhecer, a surpresa. Duas princesas iguais, a não ser pela cor da pele. A primeira tinha dedos muito alvos; a segunda, a tez corada e as mãos róseas, coisa quase impossível na costa da Cornualha.

— Perdão, senhoras — disse ele, com uma pequena mesura que traía sua desconfiança. — Procuro pela regente Isolda de Blanchemans e Liones, em nome de nosso soberano Arthur Pendragon.

A mulher pálida acenou.

— É a mim que procura, senhor, mas receio que será necessário acrescentar mais uma pessoa à entrevista. Permita-me apresentar-lhe Isolda da Cornualha, viúva do rei Marcus.

Lancelot compreendeu o primeiro mistério. Deveria ter-se informado melhor, mas a ânsia em sair de Camelot o levara a partir sem conversar com Kay e Arthur a respeito do histórico documentado do cavaleiro de Liones.

Isolda da Cornualha, esposa do rei Marcus, tio de Tristão, foi seu grande e indisfarçado amor. Os trovadores cantam que, graças a um filtro mágico, os jovens se apaixonaram durante a viagem na qual o então recém-sagrado cavaleiro conduzia a esposa prometida a seu tio e padrasto, a quem jurara devoção eterna.

Apesar de inicialmente fiéis a seus votos, o casal sucumbiu à paixão e deu início à tragédia da qual nenhum dos três saíra incólume.

Lancelot não podia deixar de se lembrar de seu triângulo particular. A diferença é que, no seu caso, os amantes colocaram em risco um plano mestre que visava unificar todo o país sob a égide de um rei. Alguém que deveria ser perfeito, acima dos males da humanidade. Que transcendesse o tempo, que fosse eterno. Porém, para o Primeiro Cavaleiro e a rainha da recém-unida Inglaterra, só havia um sinônimo para eternidade, e seu nome não era Arthur Pendragon.

No caso de Tristão e Isolda, as coisas foram um pouco mais fáceis, já que o rei Marcus acabou se revelando um rematado canalha. O casal de infiéis não via muitos problemas em trair a confiança de um rei que não demonstrava caráter, mas ainda assim suas vidas foram cheias de conflitos e desencontros. O pior foi a briga que resultou no afastamento e posterior noivado de Tristão com a princesa Isolda de Blanchemans, uma mulher que, além do mesmo nome, era parecida com sua paixão adolescente.

Tudo isso estava documentado nos arquivos de Kay, em Camelot, incluindo a morte inglória de Tristão, esperando pela visita de sua Isolda sob os lençóis da esposa oficial. Lancelot, porém, não soube, pois estava envolvido em uma busca infrutífera. O Graal já havia sido localizado e assegurado por Parsifal, enquanto o Primeiro Cavaleiro se embrenhava nas terras sombrias.

Lancelot tornou-se eremita e passou dois anos – o tempo do cerco a Camelot – enfurnado primeiro numa caverna e depois num convento. Quando saiu, fraco devido a inúmeros jejuns purificadores, encontrou Arthur envelhecido e Guinevere dedicada à Igreja. Ainda assim, seus serviços eram desejados por ambos.

A Távola Redonda foi reconstruída, os planos mestres de Merlin retornaram à pauta do dia e, lentamente, Arthur, Kay, Bohors, Bleoboris, Gawain, Gaheris e Parsifal, os últimos cavaleiros remanescentes, começaram o processo de revitalização de Camelot. Se funcionasse a contento, em pouco tempo tudo estaria nos eixos, graças aos aprimoramentos mecânicos idealizados por Merlin.

Infelizmente, Lancelot du Lac não se sentia mais em casa. A dívida com Arthur persistia – e talvez fosse até maior –, mas seu amor pela rainha transformou-se em azedume. Considerava a devoção a Guinevere o fator responsável por sua incompetência em ascender espiritualmente, como o finado Galahad. Com tantas memórias ruins e ainda preso a um sentimento de honra, Lancelot escolheu se tornar o representante do rei, aquele que levaria a justiça do dragão além dos muros de Camelot. Assim, ficaria em paz com sua consciência, mas longe de seus fantasmas, estivessem mortos ou vivos.

– O que sua majestade, o rei, deseja de nós, sir? – indagou Isolda, a branca.

Lancelot se manteve imóvel, desconfortável.

– O rei quer saber detalhes sobre a morte de sir Tristão de Liones, senhora. Com os acontecimentos que abalaram a corte nos últimos três anos, ficou muito difícil estabelecer contato com a Cornualha, mas todos souberam dos acontecimentos funestos que tiveram lugar neste castelo. Assim que foi possível, o rei me enviou para averiguar os fatos e, caso necessário, punir o culpado pelo desaparecimento de um cavaleiro que teria sido de grande ajuda nos momentos difíceis pelos quais passamos.

– O senhor era amigo de sir Tristão? – perguntou Isolda, a vermelha.

– Tristão de Liones foi o único companheiro em armas que jamais derrotei. E isso significa muito mais que mera amizade. Contemplar seu semblante era como mirar um espelho.

As duas mulheres trocaram um rápido olhar. Haveria ironia naquela frase? Não existia nada de semelhante a Tristão naquele homem alquebrado sobre o qual a armadura dançava.

Lancelot estava incomodado, mas a investigação devia seguir.

– Admito, senhoras, que estou surpreso em encontrá-las sob o mesmo teto.

Isolda de Blachemans respondeu à pergunta implícita:

— As mulheres têm caminhos diferentes dos homens, sir. Ao chegar aqui, minha irmã Isolda percebeu que, além de amarmos Tristão, compartilhávamos diversas semelhanças. Depois do período de luto, decidimos que era melhor para ambas somarmos a vida como dividimos a morte.

A vermelha continuou.

— A opção seria voltar aos domínios de meu marido e isso seria intolerável. Antes morar aqui, sob a égide do maior dos cavaleiros, que morrer aos poucos em um lugar onde fui tão infeliz.

— Senhora — disse Lancelot — antes de sua morte, o rei Marcus se arrependeu de seus crimes e permitiu, abdicando de seus direitos, que a senhora velejasse até este castelo, com o que maculou a própria honra. É quase uma heresia que, diante de tamanho ato de desapego à hombridade, expresse tais palavras rudes.

A vermelha manteve-se irredutível.

— Ele pode ter-se arrependido, mas daí a perdoá-lo vai uma longa estrada, talvez uma vida inteira.

— Aos monarcas, senhora, se permite um ou outro erro, pois o peso sobre eles é imensurável. Reis nascem reis, mesmo que nos pareça que não. A nós outros, porém, cabe a humildade.

A branca riu-se.

— E as rainhas, sir, não serão por acaso dignas de seu perdão? — e, posicionando-se ao lado da vermelha, acrescentou. — Pois sobre o dever, a lealdade e as agruras das rainhas, o senhor é bem versado, não é verdade?

Se as rugas permitissem, Lancelot teria corado. Sua vergonha, então, era pública a ponto dessas mulheres, separadas da corte por quilômetros, terem perfeita noção dos pecados que o assombravam. Era hora de recuperar terreno, usar de autoridade.

— Nada sei de tais assuntos, senhora. O que percebo é que há atitudes incomuns em Blanchemans. Um silêncio que permeia as paredes e um segredo que urge ser revelado para que a justiça do rei possa ser efetuada. Rogo que comprovem a natureza do passamento de sir Tristão.

— O cavaleiro desconfia que a morte de Tristão tenha sido artimanha maquinada — disse a branca. — Mas com que intuito? O que ganharíamos com o falecimento de nosso amado?

— O que teriam ganho não consigo atinar, mas sei o que lhe roubaram. Um cavaleiro como ele, morto de outra maneira que não em combate, é uma afronta à Vontade Divina. Assim como eu, o campeão de Liones e Cornualha nasceu para jamais embainhar a espada. Sua própria vida era a lâmina com a qual trespassava os iníquos. Se tivesse de tombar, que fosse numa justa ou em duelo. Deixá-lo morrer na cama foi como matar sua alma junto com o corpo.

As mulheres se entreolharam e Lancelot pôde antever lágrimas. Atrás delas, Gweyth, o senescal, abaixou a cabeça.

— Chegou a hora, então — falou a branca. — Sir Lancelot compreende a essência do mal que atinge a todos neste castelo. Tem razão, cavaleiro. Sou a responsável pelo ocorrido a Tristão. Ele adoeceu por amor, pela falta de Isolda da Cornualha, que, ao saber de suas agruras, não tardou em embarcar. Eu, porém, movida pelo sentimento de posse, pelo ciúme que consome, não lhe disse que o navio se aproximava e ele expirou infeliz, achando que seu amor não era correspondido. Tivesse eu falado a verdade, meu marido ainda viveria.

A vermelha virou-se para a sósia.

— Não, minha irmã, se há de cair a lâmina sobre alguém, que seja eu. Sou mais culpada que qualquer outro, pois dei ouvidos a intrigas, duvidei de sua imaculada honra e recusei encontrá-lo por orgulho até o último instante, quando já não era mais possível a salvação.

Lancelot sentia as entranhas em revolução. O suor escorria pela fronte.

— Se as senhoras acreditam que vão me dobrar com esse teatro grego, estão enganadas. A justiça de Camelot se faz urgente e, se a decisão das duas é que sejam punidas em conjunto, assim será. Por favor, preparem-se para a viagem à corte. Deste momento em diante, Blanchemans está sob intervenção do rei Arthur Pendragon. Isolda de Blanchemans, suspeita do assassinado premeditado de sir Tristão de Liones, cavaleiro da Távola Redonda, está oficialmente detida e à mercê do julgamento real, assim como sua auto-proclamada cúmplice, Isolda, rainha de Cornualha.

Ao final da sentença, o Ultramarino desabou sobre um banco de madeira forrado de peles. Sua tez estava lívida e logo um pajem acudiu.

— Bruxas, o que fizeram? — sussurrou Lancelot. — Sinto gosto de bile!

Isolda, a branca, falou sem levantar a cabeça:

— Mil perdões, sir, mas, apesar de admitir a culpa, jamais disse que me arrependia.

Obedecendo a um comando, Gweyth desembainhou a espada. Chefiando a guarda do castelo, composta por vinte homens, ordenou o massacre da comitiva que acompanhava o Ultramarino.

Isolda, a vermelha, gritou:

— Não era para ser assim! Pensei que tínhamos acertado tudo, que nos entregaríamos...!

A branca focou os olhos azuis, tristes, enxugou as lágrimas e estendeu a mão, cortando o discurso da outra pela metade. A agulha com a qual tricotava a manta mortuária de dez metros fincou-se no pescoço de Isolda da Cornualha e o sangue tingiu a palidez de seus dedos.

No meio do salão, Lancelot, cuspindo rubro, brandia a espada. Dez inimigos caíram na tentativa de detê-lo, mas o velho se recusava a morrer. O décimo-primeiro, não muito certo da própria coragem, mantinha-se a distância, confiando no desequilíbrio do Ultramarino.

Fingindo desmaiar, o Primeiro Cavaleiro se jogou para a frente e desceu a espada num arco que abriu o covarde da cabeça ao peito. O cadáver caiu levando a espada junto, cravada em seu osso esterno, e deixando Lancelot à mercê dos outros nove membros da guarda.

A um gesto de Isolda Blanchemans, imobilizaram o cavaleiro.

— Levem-no ao barco. Que morra no mar e que seu corpo dê um recado ao rei dragão. A morte horrível é tudo que aguarda os visitantes de Blanchemans.

E arrastaram Lancelot du Lac.

Warth intuiu de imediato o curso dos acontecimentos quando viu a cena na praia. Era óbvio que todos estavam mortos e que sir Lancelot ia pelo mesmo caminho. O único curso de ação seria escapar dali, voltar a Camelot e contar tudo ao rei, pois ele não tardaria a se vingar. Mulher audaciosa, aquela.

Lancelot foi depositado como um saco vazio sobre o convés e o senescal intimou Warth a partir sem demora. O Primeiro Cavaleiro vomitava sangue.

Pilotar o navio sem a tripulação foi exercício hercúleo, mas Warth conseguiu estabelecer um curso estável e, se nada de ruim acontecesse no caminho, chegariam a Camelot sem percalços.

O Ultramarino tinha no máximo, algumas horas de vida. Não chegariam a tempo de salvá-lo. Ainda assim, seus olhos brilhavam. Ansiava por uma espada.

— Estou em meu elemento, Warth, sobre a casa de minha mãe. Mas não quero morrer como um cão vadio, como um rato que empesteia a cozinha. Dê-me uma espada, amigo.

Acreditando cumprir a vontade de um moribundo, Warth pegou uma lâmina extra que estava por ali, um aço não muito bom, quase um chuço, e colocou nos dedos esquálidos. O suor porejava na testa do cavaleiro quando proferiu a última frase de sua vida:

— Em guarda, amigo Warth. Mate-me em duelo, pelo amor de Deus.

A nau fantasma aportou na costa de Logres dois dias depois.

Os corpos do encarquilhado Lancelot du Lac e do barqueiro Warth, trespassado por uma lâmina, eram recado mais do que suficiente, e Arthur, depois de um dia de luto, partiu furioso com uma frota de dez navios, decidido a esmagar Blanchemans e quem estivesse no castelo.

A nau capitânia e outros dois barcos levavam um arsenal único: uma adaptação fluvial das catapultas romanas, velho projeto de Merlin, levado a cabo por Kay e uma comissão de monges. No bojo dos navios, um mecanismo banhava com óleo a superfície dos projéteis, pedaços esféricos de granito forrados com couro de cabra, e o fogo era ateado segundos antes do disparo, possibilitando às embarcações arremessarem petardos ígneos que atingiam com precisão alvos em terra firme.

Da janela de seus aposentos, Isolda de Blanchemans divisou a insígnia real tremulando e se maravilhou.

Deixando uma trilha fumegante nos céus, o dragão voava ao seu encontro.

A Dama da Floresta
Ana Lúcia Merege

Há vozes na floresta.

Eu sei. Vivo aqui há mais tempo do que qualquer um possa contar. Na aldeia, homens feitos me chamam de avó, e ajudo a trazer ao mundo os filhos das mulheres que vi nascer há vinte ou trinta invernos. Para eles sou uma anciã, e é assim que me tratam: uma mulher que muito viu e muito sabe, velha como os círculos de pedra erguidos por ancestrais cuja história ninguém mais conhece.

Não quero que aconteça o mesmo com a minha, por isso a repito em voz baixa sempre que vou à floresta atrás de lenha, bagas e cogumelos. Farei isso até o último dia que os deuses me concederem sobre a terra. Então, irei descansar, o que não faço há muitos anos, desde que um bando de saxões atacou a aldeia onde eu vivia com minha família.

Eu era pouco mais que uma criança, mas me lembro de tudo: os berros dos homens, o som de espadas se chocando e de escudos partidos, o cheiro acre do sangue, do metal e da fumaça das choupanas incendiadas. A nossa também começou a arder, obrigando minha mãe e eu a deixar nosso esconderijo e a correr em direção à floresta. Outros fizeram o mesmo, alguns com mais e outros com menos sorte, de forma que, quando tivemos coragem para regressar à aldeia, apenas uma em cada cinco pessoas tinha sobrevivido. Meu pai jazia numa poça de sangue, com a barriga rasgada começando a se cobrir de moscas; meu irmão estava mais adiante, mas o reconheci pelas roupas, já que a cabeça fora cortada e não se encontrava à vista.

Diante disso, comecei a chorar, mas os soluços não duraram muito. Logo alguém, que não era minha mãe, me puxou pelo braço, fazendo com que eu destapasse os olhos e o encarasse. Era um homem ainda moço, de cabelos negros em meio aos quais brilhavam fios de prata. Tinha um rosto sério, mas que me pareceu bondoso, com olhos azuis repletos de compaixão por nossos mortos e pelos que ainda estavam vivos. Hoje eu sei que essa era apenas uma das suas máscaras.

– Enxugue as lágrimas, pequena. É preciso agir – sussurrou, quando minha mãe já se aproximava, empunhando um machado esquecido pelos invasores. O homem ergueu as mãos em sinal de paz. Com palavras breves, em torno das quais se juntaram os sobreviventes, disse que seu nome era Myrddin, conselheiro e braço-direito de Cynyr, um senhor cujos domínios ficavam além das colinas. Voltava de uma missão em terras distantes quando viu as cinzas do massacre – a mesma cena com que se deparara tantas vezes ao longo da jornada.

Um vinco se aprofundou na testa de Myrddin quando nos aconselhou a partir. As invasões vinham sendo mais frequentes, e aldeias como a nossa, prósperas e situadas à margem dos rios, certamente seriam atacadas mais de uma vez. Nossa melhor chance era seguir para as terras altas, onde o homem a quem Myrddin servia tinha uma fortaleza. Nós também poderíamos nos colocar sob a sua proteção.

Ouvindo isso, muitas pessoas abanaram a cabeça, recusando-se a deixar nossas terras para se estabelecer na região além das colinas. Pelo que sabiam, era longe de tudo, um lugar nevoento e desolado, onde nem mesmo a palavra de Deus conseguia chegar. No entanto, o isolamento poderia servir também para manter os invasores distantes, por isso minha mãe decidiu acompanhá-lo, assim como outras mulheres que tinham ficado sem marido e filhos adultos.

Não precisamos de muito tempo para reunir as poucas coisas que tinham sobrado – ferramentas, as raras armas intactas, um pouco de grão – e partir, deixando os corpos para serem sepultados pelos que ficavam. Íamos pela estrada que os romanos tinham construído, larga o bastante para deixar passar uma carroça. Após um dia de caminhada, porém, passamos a uma via mais estreita, e lá adiante já não tínhamos senão uma trilha escondida em meio à névoa e às colinas.

Avançamos assim por mais dois ou três dias. Por fim, chegamos às margens de um lago de águas verdes, sobrevoado por patos e cisnes selvagens. Havia juncos por toda a parte, exceto num trecho que parecia muito pisado. Myrddin nos conduziu por esse caminho, e fiquei surpresa ao ver, quase dentro da floresta, uma choupana com teto de colmo, tendo ao lado um anexo que parecia uma forja de ferreiro.

Myrddin não se deteve para dizer quem vivia ali. Em vez disso, apressou-se para nos tirar da floresta, e logo encontrávamos as primeiras fazendas da aldeia. A fortaleza ficava mais adiante, uma torre de madeira cercada por uma paliçada de troncos. Havia homens de guarda, mas os portões já se abriam, e eu entrei sem saber que aquele era o lugar onde passaria o resto da minha vida.

Os primeiros tempos foram de estranheza. Cynyr não se negou a nos receber, mas o lugar era muito diferente do que tínhamos deixado para trás. A terra não se prestava bem ao arado, por isso as fazendas eram pequenas, e o mesmo acontecia com os rebanhos. Muitas pessoas viviam do que tiravam da floresta, ou do lago, embora o considerassem uma espécie de lugar sagrado. Como todos nesses dias, eles se diziam cristãos, mas nunca tinham estado numa igreja ou na presença de um padre. Costumes muito antigos eram passados de pais para filhos há gerações. Algumas mulheres os rejeitaram, mas outras não demoraram a adotá-los, entre elas minha mãe, que enfeitou seus cabelos com flores e dançou ao redor dos fogos na primavera. Nessa mesma festa, deitou-se com o ferreiro da aldeia, e em pouco tempo nos mudávamos para sua casa, que não era outra senão a choupana às margens do lago.

Por essa época, eu já conhecia Arthur. Era um rapaz de dezesseis anos, filho adotivo de Cynyr, e estava sempre pela aldeia, onde tinha vários companheiros da sua idade. Também era frequente encontrá-lo ao lado de Myrddin, que via como uma espécie de tutor e a quem adorava. E como Myrddin viesse muitas vezes à choupana do lago, passei a conviver de perto com os dois, o mestre e o aprendiz, depois que me tornei a enteada do ferreiro.

O motivo das visitas não era meu padrasto e sim a mãe dele, que todos chamavam de avó, tal como aconteceria comigo muitos anos depois. Velha como as montanhas, ela trouxera ao mundo cada habitante da aldeia, sabia de poções para a maior parte dos males e conhecia os segredos da floresta, que partilhava conosco em sua voz alquebrada. Foi assim que aprendi que os carvalhos eram habitados por espíritos, os quais deviam ser aplacados com oferendas quando se quisesse abater uma árvore, e que as pedras marcadas pelos antigos com linhas e espirais eram portais que levavam ao mundo das fadas. Tudo isso ela ouvira de sua mãe, que aprendera com a avó, e assim por diante até a primeira ancestral, que ainda vivia na floresta sob a forma de uma porca preta.

Myrddin sorria dessas histórias, mas não as desmentia, permitindo que Arthur se maravilhasse com elas. Eu também me deixava levar, fascinada pelo mundo invisível que se desvendava através das palavras da avó. Minhas histórias preferidas eram as que falavam do lago, o qual, ela me assegurou, não era senão a porta de entrada de um reino misterioso, situado numa ilha que se ocultava aos olhos dos mortais. Só os muito valorosos chegavam a visitá-la, e poucos tinham voltado para contar. Tudo que se sabia era que a ilha pertencia a uma dama de grande nobreza, a qual vivia cercada pelas donzelas de sua corte.

— Como todas as jovens, elas apreciam joias, por isso há muitas oferendas de torques e braceletes — disse a avó, e seus olhos brilharam em meio à teia de rugas. — Mas as donzelas também devem defender a dama e seu salão, e é por isso que lhes damos armas. A Senhora do Lago concede sua bênção aos guerreiros que a presenteiam com uma espada ou um punhal.

— Ouviu isso, Arthur? — indagou Myrddin, olhando para seu pupilo, mas este balançou a cabeça e não respondeu. Era uma tarde quente de verão, perfeita para pescar e para ouvir histórias, mas o que deveria ser um bom momento às margens do lago fora azedado pela eterna cantilena de Myrddin: que as invasões continuavam a vir de todos os lados, que não estávamos a salvo, que mesmo se estivéssemos era preciso reagir e que Arthur estava predestinado a comandar um grande exército, composto por homens de todos os reinos.

Eu gostava de Arthur, mas não conseguia imaginá-lo à frente de um tal exército. Mais adequado para isso era Cai, seu irmão adotivo, ou Bedwyr, o companheiro mais constante de Cai, aquele em quem meus olhos se demoravam sempre que eu o via. Ambos eram mais fortes e experientes do que Arthur, embora não tivessem aquele jeito franco que fazia uma pessoa se sentir em casa.

O assunto do exército não voltou a ser mencionado naquela tarde. Myrddin ficou calado por um bom tempo, como se refletisse, e se retirou enquanto Arthur e eu tentávamos pegar mais alguns peixes. Quando, bem depois, regressamos à choupana, o encontramos na forja com meu padrasto, cujas marteladas cada vez mais furiosas num pedaço de ferro encobriam o som das palavras do conselheiro.

– ... Precisa ganhar confiança – foi tudo que ouvi ao passar por eles.

Meu padrasto fechou a cara, mas assentiu. As marteladas prosseguiram até bem depois da hora em que ele costumava interromper o trabalho, mesmo nos dias longos de verão. Achei que estava fazendo uma espada para Arthur, e não me enganava, mas o porquê de sua zanga ele não disse. Também não teve oportunidade de entregar a arma ao rapaz antes de sua primeira batalha: o trabalho da forja mal tinha sido concluído, faltando ainda toda a delicada ornamentação do punho, quando a notícia de um exército inimigo a pouca distância fez com que Cynyr enviasse seus homens para combatê-lo. Cai os acompanhou, assim como Bedwyr, para minha grande inquietude; Arthur seguiu os rapazes mais velhos, entusiasmado e bem-disposto, mas sem a pretensão de liderar o combate.

A aldeia se tornou um lugar desolado. Quem tinha ficado chorava pelos ausentes, e os lamentos aumentavam minha própria aflição, por isso deixei de cruzar a paliçada e de visitar as fazendas vizinhas. Em vez disso, buscava a companhia da avó, de minha mãe ou mesmo a de meu padrasto, um homem bom apesar do seu jeito rude. Ele me vira desenhando nas pedras com um pedaço de carvão – águias, cavalos, bestas com chifres espiralados e longas asas – e usou um dos desenhos como modelo para esculpir o punho da espada de Arthur. Eram dois dragões de corpo comprido que se enlaçavam pelas caudas. Fiquei orgulhosa deles, mas meu padrasto continuava de mau humor, e isso piorou quando Myrddin apareceu para ver a espada pronta.

– Os dragões ficaram como eu queria – disse ele, brandindo a arma. – O rapaz vai adorar.

– A Dama do Lago também. Isso tem mesmo de ser feito assim?

– perguntou o ferreiro. Nesse momento, julguei compreender a razão de sua zanga: Myrddin não pedira uma espada para ser usada em batalha, mas para servir de oferenda, e isso não agradava ao artesão que a forjara e decorara com tanta mestria. Mesmo que fosse para garantir a bênção da Senhora.

Eu queria ter acabado de ouvir a conversa dos dois, mas precisei sair para pegar um pouco de carne no fumeiro. Estava nisso, e bem distraída, quando senti a mão de Myrddin pousar em meu ombro.

– Soube que você desenhou os dragões – disse ele, em sua voz gentil, mas percebi uma nota dissonante. – Ninguém os viu, além de você e do ferreiro, estou certo?

– Sim – respondi, pois era verdade. A avó e minha mãe tinham visto a espada sendo forjada, mas não sabiam para quem era, e os dragões no punho tinham sido mantidos em segredo a pedido do próprio Myrddin. Tudo fazia parte da surpresa.

Ou pelo menos foi o que pensei.

– Você fez um bom trabalho – disse ele. – Mas espero que meu reconhecimento e o de seu padrasto sejam suficientes, pois não deve falar sobre isso a ninguém além de nós dois. Não mencione a existência da espada, nem, no futuro, a sua origem.

– Nem para Arthur, depois que ele a receber? – perguntei, confusa.

– Muito menos para Arthur. Ela deve ser envolta em couro oleado e guardada num lugar onde ninguém a veja, até que chegue o momento. E então vou lhe pedir outro favor, bem grande dessa vez, mas você será recompensada. Por Arthur – disse, mas logo acrescentou em tom mais suave. – Ou, se preferir... por mim.

Dizendo isso, ele me puxou para si, a mão escorregando do ombro ao seio enquanto os lábios roçavam meu ouvido. Não foi ruim, mas me pegou de surpresa, e embora eu não o repelisse – e até sentisse uma pontada de desejo – foi em outro homem que pensei, assim que Myrddin me apertou contra o seu corpo.

E, no instante seguinte, ele me soltou.

– Sim... Agora percebo – disse, lentamente. – Sei quem você quer. E o terá, prometo, se em troca fizer o que lhe pedi. Nem uma palavra sobre a espada. E uma outra tarefa, que lhe será confiada quando Arthur voltar. Agora vá, há muito a se fazer antes que chegue o inverno.

Recuou, olhando-me ainda por alguns momentos antes de se

virar e tomar o rumo da aldeia. Fiquei ali, de pé, com o coração apertado, pois mesmo sem ter entendido tudo sabia que me comprometera com algo terrível. E Myrddin era poderoso demais para que eu ousasse desafiá-lo.

Arthur não regressou naquele outono, mas alguns homens voltaram com a notícia de que o inimigo fora rechaçado. Os filhos de Cynyr estavam no sul tentando reunir guerreiros para engrossar suas tropas, mas ninguém sabia de Bedwyr, e me inquietei ainda mais por sua sorte até que, dias depois, o vi surgir na trilha que conduzia à cabana, apertando junto ao corpo o braço coberto de sangue.

– *Bedwyr*! – exclamei, em choque, ao mesmo tempo que corria ao seu encontro. Ele deu mais alguns passos vacilantes e se apoiou em mim, sorrindo com o rosto pálido de dor. Meu padrasto veio correndo e me ajudou a conduzi-lo para a choupana, onde a avó, que também ouvira meu grito, já começara a se preparar para cuidar do ferido.

Meu coração saltava no peito enquanto ela desatava as ataduras imundas. Aquilo já era difícil de se olhar, mas depois ficou muito pior: desenfaixado, o punho de Bedwyr terminava num toco sangrento, bem onde se encontrara com a espada de um saxão.

– Eu já vinha a caminho de casa – contou ele, com os dentes cerrados, enquanto a avó ia limpando a ferida. – Estava com quatro homens, e fomos atacados por pelo menos dez. Mandei metade deles para o inferno, mas meus companheiros não tiveram tanta sorte. Foi uma vida em troca de outra. No fim, sobramos eu e um saxão, que já estava ferido, mas mesmo assim conseguiu me encurralar contra uma rocha e me atacar feito um animal. A espada arrancou minha mão, mas em seguida bateu na pedra e se quebrou, e ele ficou sem saber o que fazer por um momento. Foi quando o atravessei com a minha lâmina – e eu juro por Deus, nunca fiquei tão feliz ao acabar com um daqueles desgraçados!

Dizendo isso, ele estremeceu, não sei se pela lembrança ou pela dor do unguento sendo aplicado ao toco. Afaguei seu braço para confortá-lo. Bedwyr me olhou com gratidão e ia dizer alguma coisa, mas nesse momento a avó o interpelou, querendo saber o que era a bolsa de pano que ele trazia pendurada ao pescoço. Estava suja e cheirava mal, mas Bedwyr a abriu como se contivesse um tesouro. E até hoje não sei como não desmaiei ao ouvi-lo contar como, após o combate com os saxões, tinha recuperado a mão decepada e cavalgado durante dois dias na esperança de que a avó pudesse costurá-la de volta.

Não podia – isso ela declarou antes mesmo de ver a mão, que já começava a escurecer e exalava um cheiro pútrido – mas era preciso tratar do ferimento e evitar a febre, o que fizemos com poções e cataplasmas de ervas. Os parentes de Bedwyr vieram vê-lo, mas enquanto seu punho cicatrizava ele ficou na choupana, e o desejo que sentíamos um pelo outro cresceu até que passamos a nos deitar juntos. Minha família achou bom, mas o prazer das minhas noites com Bedwyr vinha misturado com pensamentos inquietos, pois eu sabia que de alguma forma aquilo tinha a ver com Myrddin. Logo eu teria de cumprir a tarefa da qual ele me encarregasse.

Dias depois do solstício de inverno, mensageiros avisaram do regresso de Cai e Arthur, e uma festa foi preparada para recebê-los. Nós também metemos os pés na lama fria da trilha para vê-los cruzar a paliçada, liderando uma tropa de duzentos homens ou mais. Não era o grande exército profetizado por Myrddin, mas ali havia pelo menos o dobro dos guerreiros enviados por Cynyr para combater o invasor, e isso significava um triunfo para os irmãos. Cai tinha adquirido algumas cicatrizes e cavalgava orgulhoso, exibindo-se para as moças; Arthur estava sério e parecia mais velho, como se aquelas poucas luas o houvessem transformado de rapaz em homem feito.

Myrddin não cabia em si de contentamento. Quando Arthur desmontou, ele foi o primeiro a abraçá-lo, e nem esperou que o rapaz saudasse os pais adotivos para se pôr a proclamar seus feitos. Arthur não fora apenas corajoso, mas se revelara um estrategista nato e líder de batalha; seu futuro seria de glória, e quem sabe – aqui fez uma pausa, durante a qual todos prenderam o fôlego – quem sabe não estávamos diante daquele que expulsaria de vez o invasor, com a bênção divina e apoiado por todos os reinos da Britânia?

O discurso foi recebido com hurras e com o clangor de espadas contra escudos. Aplaudi também, embora não soubesse a que deus ou deuses aquilo se referia. Pelo que eu vira até agora, Myrddin não acreditava em nada maior do que ele próprio.

A festa começou, com cerveja e carne à vontade e música tocada pelos bardos de Cynyr, e tanto o mestre quanto o pupilo desapareceram durante as primeiras danças. Eu sabia que algo importante estava para acontecer, e não me enganava: pouco antes do amanhecer, quando os guerreiros roncavam bêbados pelos cantos e os fogos se extinguiam, Myrddin surgiu ao meu lado como uma sombra e me puxou para o meio da escuridão.

— Arthur voltou, pequena — disse, os olhos brilhando como os de um gato. — E você tem o homem que desejava, embora falte um pedaço, mas mesmo com uma só mão Bedwyr é melhor que muitos outros. Assim, você me deve um favor, por isso escute até o fim. É uma tarefa muito simples...

Sua voz diminuiu pouco a pouco até chegar a um sussurro. Como ele pedira, ouvi até o fim sem dizer nada, mas à medida que falava fui ficando mais e mais aflita, pois todo o plano me parecia de uma completa loucura. A quem ele esperava enganar?

— Não podemos fazer isso. É um sacrilégio — falei. — E a Dama vai se zangar conosco.

— Pelo contrário. Poucas pessoas, hoje, creem na Senhora do Lago — replicou Myrddin. — Aqui sim, talvez em outras aldeias como esta, mas o mundo mudou desde o tempo de nossos ancestrais. Os deuses perderam poder, assim como as fadas. No entanto, Arthur acredita neles, e quanto mais acreditar mais os tornará fortes, e então o ajudarão de verdade em suas batalhas.

— Quer dizer que... que seu plano é agradar a Senhora, não é? — perguntei, querendo ouvir que sim, pois isso acalmaria minha aflição. — Tudo isso irá servir para fortalecer seu poder, e assim fazer com que Arthur se torne um líder.

— Sim, o líder de que precisamos, e que só ele pode se tornar. Talvez possamos falar mais sobre isso algum dia — disse Myrddin, olhando-me com atenção enquanto afagava a barba. — Você é inteligente. Eu poderia lhe ensinar muitas coisas, se apenas...

Suas palavras foram interrompidas pela chegada de Cai e Bedwyr, rindo perdidamente e abraçados a outro rapaz ainda mais bêbado. Myrddin pôs um dedo sobre os lábios e desapareceu nas sombras enquanto eu tentava resgatar Bedwyr e arrastá-lo para dormir na casa dos pais. Ele começou a roncar assim que se deitou, e eu passei o resto da madrugada e todo o dia seguinte pensando em como desempenhar meu papel na trama de Myrddin.

Não que estivesse inteiramente de acordo. Mas não tinha escolha.

Três noites depois, no momento da lua nova, eu me escondia entre os juncos altos à margem do lago. Estava descalça, meus cabelos claros e finos soltos sobre os ombros, e usava um vestido de seda branca que Myrddin me entregara às escondidas na véspera. Ele também estava à beira do lago, a trinta passos do meu esconderijo, acompanhado por Arthur, que trouxera sua espada para oferecer à Senhora. Não era a que tinha usado nas batalhas, pois essa se quebrara, nem tampouco a que fora decorada com meu desenho de dragões. Esta eu trazia comigo, embrulhada em couro macio e bem oleado, e apertava contra o peito enquanto esperava pelo sinal combinado com Myrddin: seus dois braços erguidos, bem abertos, quando Arthur estivesse a ponto de entregar sua arma às águas do lago.

Ele deu alguns passos à frente, a cabeça baixa, segurando a espada diante de si. Uma fogueira fora acesa a pouca distância, por isso eu conseguia perceber que ele falava, embora não pudesse escutar o que era dito. Talvez as palavras de algum ritual antigo. Myrddin avançou para o rapaz e pôs as mãos em seus ombros, dizendo também alguma coisa, depois se afastou, deixando que Arthur se aproximasse ainda mais da margem do lago.

Meu coração bateu forte contra o metal quando ele ergueu sua espada. Rosto voltado para o céu, bradou uma palavra que foi levada pelo vento, depois girou a arma com força antes de arremessá-la. Ela bateu com estrondo na superfície do lago, e foi como se o ruído me despertasse, fazendo-me desviar os olhos de Arthur e voltá-los para Myrddyn. Que, é claro, acenava como um louco para mim pelas costas do pupilo.

Então, as coisas foram acontecendo, de uma forma que por muito tempo eu não soube explicar. Posso dizer que comecei como havíamos combinado, entrando de mansinho no lago e nadando sob as águas. Sei também que, no final, fiz o que Myrddin me dissera para fazer, mantendo-me abaixo da superfície, embora meus pulmões estivessem quase explodindo, e erguendo bem alto a mão que segurava a espada. Tudo isso se deu conforme estava previsto, assim como o que veio depois: Arthur gritando alguma coisa que não pude ouvir, correndo em direção ao lago, e Myrddin o detendo por alguns instantes a fim de que eu pudesse nadar para a outra margem.

O que não estava previsto, e que cheguei a pensar ser uma espécie de sonho, foi o que aconteceu entre esses dois momentos. Quando lutava para manter a espada fora d'água, seu peso me empurrando cada vez mais para baixo, do fundo silencioso do lago surgiram duas jovens, de vestes e cabelos claros, que rodearam minha cintura com seus braços e me sustentaram até que eu ouvisse o brado alvoroçado de Arthur. Foi só por alguns instantes, mas seus rostos estiveram perto do meu, os olhos cheios de uma luz fosforescente, a pele fria se encostando à minha antes que me largassem, assim como eu largara a espada, e fugissem para as águas mais profundas. Tentei segui-las, mas não podia ir muito longe sem ar, e o barulho feito por Arthur ao se atirar ao lago me manteve presa à realidade.

Eu tinha que respirar. Tinha que me esconder. Enquanto Arthur estivesse admirando a espada e ouvindo o discurso de Myrddin sobre seu futuro, devia mudar de roupa e voltar à choupana, para mais tarde fingir admiração diante da dádiva da Senhora. Foi isso que fiz, e tudo se desenrolou como estava previsto; mas diante do rosto sombrio de meu padrasto, em meio às exclamações da avó e à euforia de Bedwyr, jurei que não me esqueceria do meu encontro nas profundezas do lago.

Se eu tinha visto aquilo e regressado, devia contar a história.

Arthur chamou sua espada de Caledfwlch, Relâmpago Poderoso. Como Myrddin previra, ele gostou dos dragões, e também da lâmina, mais resistente do que qualquer outra já vista nestas partes do mundo. Meu padrasto e eu estávamos obrigados ao silêncio, mas pude ajudar num outro presente, dado por todas as mulheres de nossa casa: uma bainha de couro trabalhado, feita à medida exata de Caledfwlch, que a avó mergulhara num banho de ervas enquanto murmurava encantamentos antigos. No fim, disse a Arthur que a bainha o protegeria da morte por qualquer ferimento a lâmina, pelo que o rapaz agradeceu sem um pingo de descrença. Eu também acreditava mais do que nunca na sabedoria da avó, pois vinha dos antigos, e os antigos caminhavam lado a lado com os deuses. Talvez o que eu vira no lago fosse um sinal de que voltaria a ser assim.

Na primavera, à frente de seus guerreiros, Arthur partiu para um encontro de reis e chefes numa cidade distante. Dessa vez não apenas Cai, mas também Cynyr e Myrddin iam com ele. Tentei persuadir Bedwyr a ficar, mas mesmo com uma única mão ele voltara a se exercitar com as armas, e não tive escolha senão vê-lo partir. Regressou algumas luas depois, a tempo de correr assustado para junto dos outros homens quando eu gritava dando à luz Amhren, nosso primeiro filho.

Com o bebê, a choupana se tornou pequena demais, por isso Bedwyr ficou com seus parentes durante o inverno. Mesmo assim vinha quase todos os dias para ver a criança e contar sobre as vitórias de Arthur. Apesar de ser tão jovem, ele conquistara o apoio de vários chefes em toda a Britânia e liderava um exército cada vez maior. Myrddin o orientava nas alianças e outras questões políticas, mas quando se tratava de batalhas ele brilhava por conta própria. Era disso que gostava, lutas e aventuras, principalmente se pudesse ter a seu lado companheiros como Bedwyr e Cai.

Ao dizer isso, Bedwyr desviou os olhos e engoliu em seco, passando as costas da mão pelo rosto do filho que dormia. Foi quando compreendi que seu destino estava ligado a Arthur e Cai, e que ele os seguiria onde quer que fossem, embora uma parte de seu coração permanecesse conosco. Tentando apaziguá-la, ele quis que eu fosse para a casa dos seus pais, que tinham terras e servos e me receberiam como filha, mas não aceitei. Meu lugar era na choupana, perto do lago e da avó, que algumas luas antes decidira me ensinar o que sabia. Nem mesmo ela poderia viver para sempre.

Minha recusa serviu de pretexto para uma briga, e Bedwyr se sentiu livre para tornar a partir. Dessa vez não foi por duas estações e sim por quatro longos anos. Senti sua falta, mas não tive muito tempo para lamentá-la, ocupada como estava com meu filho e os ensinamentos da avó. Todas as manhãs, à exceção das muito chuvosas que faziam mal aos seus ossos, nós entrávamos na floresta, e ela me falava sobre cada animal, cada planta, cada pedra, até o ponto em que as histórias com que maravilhara a mim e a Arthur deixaram de ser histórias para se tornar a face oculta da verdade. Myrddin podia ter zombado delas, mas, mesmo sem querer, sua farsa acabara por fortalecer os velhos deuses. Agora, cada vez mais pessoas voltariam a acreditar neles, movidas pela confiança que depositavam em Arthur.

As notícias sobre ele não cessavam de chegar. Antes isolada, a aldeia passara a receber mercadores e bardos, refugiados e guerreiros, e muitos tinham ouvido falar das peripécias de Arthur e seus amigos. Em Celliwig, ao sul, para onde eles haviam se retirado após mais uma vitória em batalha, um jovem lhes pedira ajuda para desposar a filha de um gigante, o que os levara a uma jornada cheia de perigos. Tinham roubado um caldeirão mágico e dado cabo de um temível javali encantado. E, como se não bastasse, o próprio Arthur se casara com uma donzela de nome Gwenhwyfar, filha de um certo Gogfran Gawr, que diziam ser também um descendente dos gigantes.

Tais histórias nos arrancavam aplausos de admiração e às vezes algumas risadas; mas as notícias do último inverno causaram inquietude, pois se referiam a novos avanços do saxão que chamavam de Aelle. Arthur estava preparado para combatê-lo, mas ao mesmo tempo devia se preocupar com os anglos e pictos que atacavam ao norte, sem falar nas brigas e disputas entre seus próprios aliados. Felizmente contava com Myrddin para cuidar disso enquanto ele próprio, mais uma vez, provava em batalha seu valor e a invencibilidade de Caledfwlch.

E não foi só uma batalha, mas sim doze. Do rio Glen, onde combateu os anglos, até a vitória sobre os saxões em Caer Baddon, onde nove vezes cem homens teriam tombado sob sua espada, Arthur lutou por vários anos. Durante todo esse tempo só esteve na aldeia uma vez, e o achei muito mudado, um homem alto de barba cerrada e com uma cicatriz sobre o olho direito. Ainda assim, no fundo era o mesmo Arthur generoso e alegre da minha adolescência, que veio à choupana ver minha avó e prestou seus respeitos à Dama do Lago. Lembro-me de ter estado em silêncio a seu lado, dos lábios de Arthur a murmurar suas preces e da minha confusão ao perceber que se tratava de uma oração cristã. Myrddin deveria saber disso, foi o que pensei. No entanto, Myrddin não tinha vindo com os outros, por isso guardei minhas dúvidas para a próxima vez em que nos encontrássemos.

Arthur e seus homens ficaram na aldeia durante quinze dias. Bedwyr passava a maior parte do tempo com eles, mas as noites comigo, e foi quando me fez uma filha, Eneuawg. Amhren era um menino bonito e saudável de cinco anos. As pessoas me reconheciam como a mulher de Bedwyr, mas principalmente como a aprendiz e ajudante da avó, que muitos já viam como sua sucessora. Ela também, tanto que morreu em paz no inverno seguinte, sabendo que alguém levaria adiante as curas e as tradições.

Quinze anos se passaram como se fossem luas. Eu tinha muito trabalho tratando de doentes e feridos e ajudando a pôr bebês no mundo, e dera à luz minha última criança, uma menina a quem chamamos Nimue. Tal como seus irmãos, ela tinha minha pele clara e o cabelo ondulado de Bedwyr, mas seus olhos não eram azuis como os dos outros dois e sim muito verdes, com um brilho que lembrava a luz do sol nas águas do lago.

Eu a amava mais que às outras crianças, talvez por ter sido a única a ficar comigo. Amhren partiu aos doze anos, acompanhando o pai no aprendizado das armas; Eneuawg se tornou uma das damas de Gwenhwyfar e mais tarde se casou com um dos guerreiros que haviam se juntado a Arthur em Celliwig. Era um lugar enorme, diziam todos, um salão amplo e majestoso onde duzentos homens podiam se sentar em círculo e recordar as antigas batalhas. Porque, depois de Caer Baddon, só houvera uma digna desse nome, a de Llongborth, na qual morrera Geraint, o rei da Dumnonia. Bardos em toda a Britânia exaltavam a bravura de Arthur e seus companheiros nesse combate, que no entanto fora o último, embora o líder de guerra fosse ainda bastante jovem. Agora, ele se sentava com os outros em Celliwig, bebendo, comendo e apreciando a música dos bardos enquanto lá fora seus aliados faziam pactos com os invasores. Estava errado, e eu teria lhe dito isso se pudesse, mas, sempre que pensava em visitá-lo, alguma coisa acontecia para estragar meus planos. Num ano foi uma praga nas colheitas; noutro, meu padrasto se feriu com um machado e precisou de mim para tratá-lo; noutro, ainda, perdemos minha mãe, que se foi suavemente deste mundo enquanto dormia.

Quando por fim voltei a me preocupar com Arthur, mais quatro anos tinham se passado. Cynyr retornara à fortaleza atrás da paliçada e trouxera consigo dois padres, que se lançaram à tarefa de doutrinar as almas perdidas. Após sermões persistentes, homens e mulheres que costumavam dançar ao redor das fogueiras e honrar os espíritos das árvores deixaram de fazê-lo, passando a frequentar a nova capela erigida na aldeia. Nem todos os velhos costumes foram abandonados, mas a Senhora do Lago não voltou a receber preces nem oferendas, e eu me perguntava o que seria de Arthur caso viesse a precisar de sua ajuda em uma nova batalha.

Essas questões davam voltas em minha mente quando Myrddin finalmente regressou. Nimue foi a primeira a vê-lo, e estranhamente soube quem era, embora só o conhecesse de ter ouvido falar. Depois de uma ausência tão longa, era de se supor que parecesse muito velho, mas seus cabelos e barba estavam apenas um pouco mais prateados, os vincos mais profundos na testa e ao redor da boca. Ele se sentou conosco na choupana e deu notícias de Bedwyr e de meus filhos, depois perguntou pelas da aldeia, mas não pareceu surpreso quando contei das mortes da avó e de minha mãe.

— Eram boas mulheres, mas não se podia esperar que ainda vivessem muitos anos — disse, embora não fosse nenhum jovem. — Além disso, veja sua filha! É preciso que alguns partam para dar lugar aos que estão chegando.

— Os deuses também, pelo que vejo — comentei, amarga. — Há muito tempo só ouvimos falar do deus cristão.

— Ele não é um mau deus — replicou Myrddin, olhando-me de esguelha.

— Não, de fato — concordei. — Poderia existir junto com todos os outros. Mas não acho certo que o ponham no lugar dos antigos.

— Isso não faz nenhuma diferença — tornou ele, encolhendo os ombros. — Não importa como chamamos os deuses. Há poder no mundo, e há quem saiba usá-lo, e é isso que realmente importa. Pelo menos no início.

— E você sabe? — perguntou Nimue. Seus olhos cintilavam de admiração, e um calafrio me percorreu a espinha ao ver que Myrddin sorria para ela.

— Sim, pequena. Eu sei. Teria ensinado a sua mãe, se ela quisesse. Mas isso ficou no passado — disse ele, e se levantou, sem deixar de olhá-la nos olhos. — Hoje sou apenas um velho amigo que veio visitar sua família, e agora vou levar notícias a Cynyr e aos outros. Mas voltarei, se quiser, para lhe contar histórias.

Fascinada, como um pássaro diante de uma cobra, ela fez que sim. Myrddin partiu a caminho da aldeia, e eu mal pude esperar que se afastasse para advertir Nimue a respeito de quem ele era. Não contei sobre a farsa, nem sobre o acordo que fizéramos e que, eu suspeitava, custara a Bedwyr a perda de sua mão. Disse apenas que tinha usado Arthur e a muitos de nós, e que agira em nome da Senhora do Lago, em quem talvez nem mesmo acreditasse. Ela devia pensar bem antes de fazer qualquer escolha – e dito isso me calei, porque, embora eu a quisesse ter para sempre como a minha pequenina, Nimue já era uma mulher. Eu não podia proibi-la de se encontrar com Myrddin.

E, como se estivesse adivinhando, foi isso o que fizeram. Não em minha casa, nem na aldeia à vista de todos, mas na floresta, onde os dois passavam o dia e boa parte da noite. Ao amanhecer, Nimue estava de volta à cama que partilhávamos na ausência de Bedwyr, e em casa agia como sempre, uma boa filha, prestativa e até mais alegre do que antes. O que fazia com Myrddin, nunca perguntei, embora uma parte fosse fácil de imaginar. Do resto não queria saber, porque se referia a um poder que eu não desejava. Bastavam-me os ensinamentos da avó e a lembrança do que vira sob o lago.

Myrddin partiu ao fim de uma lua. Achei que Nimue ficaria esperando uma criança dele, mas isso não aconteceu. Ela continuava a ir à floresta e às vezes fazia perguntas sobre os antigos, mas minhas respostas a deixavam quase sempre insatisfeita.

Por essa época, meu padrasto se foi, levado pelos males da idade. Em seu leito de morte, contou-me, enfim, sobre seu acordo com Myrddin, a quem prometera um favor em troca de ser amado por minha mãe; não lamentava nada do que veio depois, exceto o episódio da espada, que até agora o fazia sentir-se miserável. Quis ajudá-lo a se livrar do peso, por isso contei o segredo que carregava há tantos anos. Sabia que isso lhe permitiria partir em paz. De fato, ele sorria ao fechar os olhos pela última vez, mas os de Nimue foram se arregalando mais e mais ao longo da narrativa. Tive de fazê-la jurar que não contaria nada daquilo a Myrddin.

A vida prosseguiu sem muitas mudanças, a não ser o fato de agora estarmos sozinhas na choupana do lago. Nimue continuava a passar seus dias na floresta, de onde voltava trazendo ervas e galhos para o fogo. Eu cuidava das lides da casa e recebia os que me procuravam em busca de ajuda. Às vezes tinha de visitar doentes ou mulheres grávidas na aldeia, e ao chegar lá me inteirava das notícias, embora só causassem desalento. Reis e líderes brigavam entre si, invasores tinham fundado seus próprios reinos e Arthur era apenas uma sombra do guerreiro de outrora. Homens que haviam se juntado à sua causa voltavam-lhe agora as costas, e os que o serviam eram incumbidos de missões estranhas, que os levavam a terras distantes e às vezes ao encontro da morte. Por fim, até mesmo Bedwyr partiu numa jornada, e minha angústia ao saber disso foi tão grande que despertou pela primeira vez o fogo da revolta em Nimue.

– Ele vai voltar – disse ela, como se profetizasse. – Vai regressar e lutar como sempre ao lado de Arthur. Myrddin os fará cair em si, ou, se não... Eu mesma farei.

Seus olhos brilhavam como nunca, e a voz com a qual pronunciou as últimas palavras não parecia a sua. Tive medo, mas não havia o que fazer, a não ser esperar pela volta de Myrddin. Talvez Nimue pudesse convencê-lo a usar seu poder em favor de Arthur.

E por tudo que sei, por tudo que vi e ouvi, ela tentou. Tentou durante dois anos, ao longo dos quais Myrdin veio vê-la pelo menos uma vez a cada estação. No entanto, a cada visita ele parecia se importar menos com Arthur e com a Britânia, e cada vez mais com Nimue, como se aquela paixão rompesse todos os laços que o mantinham preso ao mundo. Diante dela, nem mesmo seu poder tinha importância, tanto que não se negou a lhe ensinar o que chamava de suas artes mágicas: ritos, encantamentos e o dom de prever o futuro. E, como ele mesmo ainda possuísse esse dom, só posso acreditar que foi por sua própria vontade que se deixou enfeitiçar por Nimue.

Ela fez tudo à maneira dos antigos, como nas histórias da avó. Uma noite sem lua, uma faca, um encantamento murmurado no exato instante entre a vida e a morte. Sem luta, sem um grito, o corpo de Myrddin tombou na clareira, diante do grande carvalho que a partir dessa noite passou a abrigar seu espírito.

Eu não estava lá quando aconteceu, mas sei que minha filha me contou a verdade, pois a presença de Myrddin continuava a encher a clareira bem depois de o termos enterrado. Ao regressar ali, muitas vezes eu via surgir da floresta uma porca preta, fuçando e cavando entre as raízes da árvore, e após algum tempo compreendi o que Myrddin queria dizer quando afirmou que ao velho sempre sucedia o novo.

Na primavera, montada numa égua e acompanhada por dois servos do avô paterno, Nimue deixou a aldeia rumo a Celliwig. Ia dar a Arthur a notícia da morte de Myrddin e falar em nome da Senhora, aquela que lhe confiara Caledfwlch para que com ela unisse os povos da Britânia. Não sabíamos se suas palavras iam surtir efeito, mas, pouco tempo depois, um viajante trouxe as boas novas pelas quais eu ansiava: que Arthur passara a ter uma mulher como conselheira, que ela o enchera de brios, que ele convocara um encontro de líderes e que os guerreiros começavam a retornar de suas missões em terras longínquas. Alguns, porém, tinham se afastado para sempre e até se aliado aos inimigos de Arthur, entre eles seu parente, Medrawt, que tinha as manhas de um corvo e a natureza de uma cobra.

E foi assim, em meio a revoltas e combatendo seu próprio sangue, que Arthur passou os últimos anos. Bedwyr lutou ao seu lado, tentando unir os restos de uma Britânia saqueada e dividida. Nimue ficava em Celliwig, mas veio me ver muitas vezes, em todas elas se demorando na floresta, junto ao carvalho habitado pelo espírito de Myrddin. Talvez buscasse somar os poderes de ambos para fortalecer Arthur, e pode ser que tenha conseguido durante algum tempo. No entanto, como sempre, o destino acabou por seguir seu curso, e foi quando Nimue teve a visão de nosso líder em sua última batalha.

O lugar era chamado de Camlan. Ficava a poucos dias de viagem, junto à curva de um rio, onde outrora os romanos mantinham uma fortaleza. Sob um céu de nuvens vermelhas, dois exércitos se enfrentaram: o de Arthur, mais numeroso, porém lutando sob as ordens de nobres com diferentes graus de lealdade, e o de Medrawt, liderado por homens jovens e raivosos como ele próprio. Estavam armados até os dentes e foram os primeiros a atacar, berrando como loucos, as faces se tingindo de vermelho nos primeiros momentos.

Em meio à massa de corpos, Nimue pôde ver quando Cai tombou, e perto dele um de seus filhos, com um machado de guerra cravado nas costas. Bedwyr era um demônio que cavalgava em meio às fileiras inimigas e girava a maça de guerra amarrada a seu punho. Outros rostos conhecidos se mostraram, contraídos na agonia da morte ou no furor da batalha, mas ela não se deteve em nenhum. Seus olhos, sua vontade, sua visão estavam em busca de Arthur – e quando finalmente o encontraram ele estava de pé, diante de um inimigo que rugia e espumava como uma fera. Era Medrawt, seu traidor e parente, o primeiro a atacar enquanto Arthur ainda tentava chamá-lo à razão. Estava coberto de sangue, dos cabelos à ponta da lâmina que se chocava contra Caledfwlch, os olhos cheios de uma fúria tão terrível que assustou a própria Nimue. Ela bateu com a mão no espelho do lago, arruinando a visão, mas logo se ergueu, gritando pelos servos que agora a acompanhavam onde quer que fosse.

– Minha montaria, rápido! Precisamos ir a Camlan! – exclamou, mal se detendo para contar o que tinha visto antes de partir. Fiquei ali, murmurando minhas preces à Senhora do Lago, sentindo cada vez mais forte o cheiro do sangue que vinha com o vento. Sangue de Arthur, sangue da Britânia. Onde estaria a bainha que fizemos para Caledfwlch?

Não sei quanto tempo passei às margens do lago, à espera de alguma coisa, embora não soubesse bem o quê. Nem me lembro de quando regressei à choupana. Horas se passaram, depois dias inteiros, e eu mal conseguia comer ou dormir. Tudo que fazia era pensar em Arthur e em Bedwyr no campo de batalha.

Quando já tinha perdido a conta dos dias, um guerreiro jovem e maltrapilho chegou com uma mensagem de Nimue. Medrawt estava morto e seu exército fora dizimado; o de Arthur saíra vitorioso, mas sofrera muitas baixas, e o próprio líder estava ferido. Não havia grande esperança, mas era preciso tentar, por isso ele estava sendo trazido até mim pela trilha das colinas.

Sem perder um instante, reuni em uma bolsa os remédios que julguei indispensáveis e me preparei para ir ao encontro de Arthur. No entanto, mal havia caminhado alguns passos quando o grupo apareceu, tendo à frente Nimue que montava um garanhão exausto. Arthur era transportado numa maca arrastada por outro cavalo, e esse era puxado por Bedwyr. Eu não o via há anos, mas mal o abracei, minha atenção e cuidados se voltando para o ferido.

Arthur parecia ter envelhecido muitas décadas e estava pálido com a dor e a perda de sangue, mas mesmo assim sorriu, suportando bravamente meu toque em suas costelas rachadas. Seu peito subia e descia rápido, um sangue escuro manchando as faixas com que o tinham atado. Desde o início eu sabia que não havia nada a fazer, mas mesmo assim lhe dei uma poção para a dor e limpei a ferida. Ele se submeteu sem um gemido, fitando o bosque de aveleiras que nos separava do lago.

— O sangue não para — murmurei. Arthur ouviu e tocou minha mão.

— Perdi a bainha. E agora... a espada — disse, como se pedisse desculpas. Pensei que acreditasse ter perdido Caledfwlch, mas ele já estendia a mão para Bedwyr, que se apressou a trazer a espada presa a sua sela. Estava em outra bainha, tinha o punho lascado e a lâmina cheia de mossas, mas ainda era Caledfwlch, e Arthur a tocou com os lábios antes de voltar a falar.

— O que me foi concedido deve voltar ao seu lugar de origem. Você, meu amigo...

— Não — disse Bedwyr, angustiado.

— Você, que sempre esteve ao meu lado, sabe que meu tempo acabou. Não posso mais empunhar esta espada, e por isso — tossiu, expelindo uma espuma rosada — por isso eu lhe peço, devolva Caledfwlch à Dama do Lago. Faça isso agora, para que eu possa partir em paz.

Bedwyr balançou a cabeça, inconformado. Era a primeira vez que eu via lágrimas em seus olhos. Ele tentou falar, mas Arthur se limitou a apertar seus dedos em torno do punho de Caledfwlch, e após algum tempo Bedwyr agarrou a espada e se dirigiu ao bosque. Não levou mais que uns instantes para voltar, sem Caledfwlch, mas com uma expressão que traía sua desobediência.

— Você não fez o que pedi — disse Arthur, com voz cansada. — Volte, Bedwyr, e devolva a espada à Senhora.

— É uma espada sagrada — argumentou Bedwyr, nervoso. — É importante para a Britânia. Será que não devíamos...

— Faça o que ele disse, pai — interrompeu Nimue. Os olhos de ambos se encontraram, verdes e castanhos, e se mantiveram assim até que Bedwyr desviasse os seus e tornasse a entrar no bosque. Dessa

vez demorou mais, e pareceu-nos ouvir o som de um objeto pesado bater na água, seguido pelo grito de aves assustadas. Sorri, mas Arthur estava sério, e recebeu de volta o amigo com uma pergunta.
– O que você viu no lago?
– Eu? Acho que... Nada – pego de surpresa, ele hesitou. – Eu não vi nada, Arthur, talvez porque não seja digno. Mas atirei a espada no lago.
– A *sua* espada – acusou Nimue.

Bedwyr corou e escondeu a arma sob o manto, mas não foi rápido o bastante para me impedir de ver os dragões, agora gastos e feridos, que entrelaçavam suas caudas no punho. O sangue me subiu à cabeça, e eu gritei com o pai dos meus filhos e o chamei de mentiroso e impostor. Ele rugiu de raiva e impotência e correu para o bosque, mas dessa vez o segui, pois não podia suportar a ideia de uma nova farsa.

A alguns passos do lago, Bedwyr girou a arma acima da cabeça e a arremessou o mais longe que pôde. Caledfwlch descreveu um longo giro no ar, depois mergulhou e foi tragada pelas águas, e isso foi tudo. Mas só por um momento. Pois logo a seguir, num ponto mais distante da margem, a superfície do lago começou a se abrir em ondas largas, fazendo-nos dar as mãos e prender o fôlego.

Então, diante de nossos olhos, uma pequena barca emergiu das águas. Tinha o formato de uma casca de noz, sem mastro nem velas, e era conduzida por duas jovens, nas quais acreditei reconhecer as que haviam me ajudado tantos anos antes. Elas remaram suavemente em direção à margem, e enquanto se aproximavam pude sentir, antes mesmo de ver, Arthur sendo trazido através do bosque por Nimue e pelo rapaz que servira de mensageiro.

Quando a embarcação aportou, ele já estava ali, erguendo-se sobre as pernas vacilantes e tentando dar alguns passos. Corremos para ampará-lo, mas a única ajuda que aceitou foi a de Nimue. Os dois caminharam devagar em direção à barca, onde as jovens esperavam – e só então me dei conta de que seus olhos, e até seus rostos e cabelos, se pareciam com os de minha filha.

Foi uma revelação, e ao mesmo tempo uma dor, porque eu sabia o que viria em seguida e não podia impedir. Depois de ter ajudado Arthur a entrar na barca, suas longas vestes mergulhando no lodo das margens, Nimue recuou até nós, fitando-nos com olhos úmidos que tremiam como folhas. Tentei falar, mas não pude, por isso apenas a apertei contra meu peito, tão forte que senti seus ossos estalarem. Ela retribuiu, depois se libertou, olhando-me ainda por um momento antes de beijar o pai e apertar as mãos do jovem guerreiro. Então, virou-se e caminhou decidida para a barca, onde as donzelas da Senhora já empunhavam os remos.

Bem devagar, a embarcação foi deslizando sobre as águas. Nimue se acomodara na popa junto com Arthur, e em dado momento as mãos de ambos se ergueram num aceno. Bedwyr chorava, e até mesmo o rapaz tinha lágrimas nos olhos, mas os meus estavam secos, embora eu soubesse que mais tarde choraria e lamentaria a ausência de minha pequenina.

Mas não agora. Agora ela cumpria sua missão, que talvez tivesse trazido ao nascer, mas que, sobretudo, escolhera ao decidir aprender as artes de Myrddin. A barca foi se afastando até que a perdêssemos de vista, e com ela nosso Arthur, a fim de descansar para sempre na terra dos deuses e dos heróis.

Ou talvez não seja para sempre, mas sim até um próximo ciclo, quando a força do seu braço e de Caledfwlch forem necessárias.

Acho que não estarei aqui para ver.

Tudo aconteceu muito rápido desde que Arthur se foi. Os remanescentes do seu exército se dispersaram, e a fortaleza em Celliwig passou às mãos de um parente que logo se renderia aos invasores. Ainda há reinos em guerra, e às vezes surge um líder entre os britânicos. Mas nenhum como Arthur.

Na aldeia os ventos de mudança também chegaram, embora mais devagar. A fortaleza ainda existe e nela vivem os netos de Cai, rodeados de padres. Bedwyr também entrou para um mosteiro, mas após algumas luas se cansou dos jejuns e das orações e voltou para a choupana do lago. Vivemos juntos por onze anos, até que ele morreu de uma doença que eu não sabia tratar. Ela matou centenas de pessoas em toda a Britânia, e ouvi dizer que não atingiu os saxões, mas não acredito. Os deuses deles não são tão bons assim.

A peste amarela também levou minha filha Eneuawg, mas Amhren veio viver nas terras da família de Bedwyr e me visita a cada quarto de lua. Meus netos já têm esposas, e todas são bondosas para com a velha avó, mas nenhuma quer ouvir sobre os círculos de pedra ou a porca preta. Ao contrário, querem que eu vá com elas para a casa da aldeia, para fiar junto ao fogo e fazer pão enquanto um padre qualquer ensina as letras a meus bisnetos. Letras para que, se todas as histórias que importam podem ser vistas ou ouvidas?

No entanto, não há ninguém a quem contar as minhas. É por isso que as repito para mim mesma durante as caminhadas, e à minha voz se juntam as vozes da floresta. Basta fechar os olhos para ouvi-las: a voz irônica de Myrddin, soprada pelo vento com as folhas de carvalho, a de Nimue na brisa que encrespa o lago, a de meu padrasto, de Bedwyr e dos outros homens crepitando nos fogos que alguns de nós ainda acendemos na primavera. Se o silêncio se prolonga, posso ouvir as vozes da avó e de suas ancestrais, de minha mãe e de Eneuawg, sussurrando os segredos que pertencem às mulheres.

E algumas noites, quando a lua toca o lago e a magia é forte sobre a terra, só nessas noites ouço a voz de Arthur.

É ele que me assegura que nada do que fizemos foi em vão.

O REI ÀS MARGENS DO RIO
Cirilo S. Lemos

1946

ENCONTREI EXCALIBUR NO Rio das Velhas. O pai diz que o nome é esse, Rio das Velhas, porque umas senhoras pretas que eram escravas lavavam roupa lá, e elas cantavam e gargalhavam e se divertiam o dia inteiro, enquanto batiam os panos nas pedras. Não tinham sabão, por isso usavam as pedras pra tudo ficar bem limpinho. Nômio disse que sabão é feito com banha de porco e soda cáustica, mas acho que é mentira, a banha é fedida e o sabão é cheiroso e faz bolhas. Banha não faz, nem quando a gente usa pra fritar. E é por isso que chamam o rio, que é um rio bem pequeno com uns torrões de terra que saem dele e brotam uns matos floridos, parecendo ilhas pequenas, de Rio das Velhas. As velhas pretas já morreram, o pai disse que há muito tempo, mas o nome continuou. Nomes duram muito mais tempo que pessoas.

Na minha família, os nomes são de um tipo especial. Ninguém tem nomes iguais aos nossos. O meu é Levítico, que era um cara da Bíblia que destruiu cem gigantes com uma queixada de jumento, uma coisa assim. Foi o Nômio, meu irmão, quem disse. Ele tem mais de vinte anos, já. É homem feito. Não sei o que querem dizer com isso exatamente, como se os homens não nascessem prontos e fossem se formando com o tempo, igual jaca ou manga. Gosto de manga, que é uma fruta que vem da Índia. Nômio não gosta.

O nome verdadeiro dele não é Nômio, é Deuteronômio. Esse é outro cara da Bíblia, mas nem matou muitos gigantes. Eu escrevo fácil Deuteronômio, mas pra falar é difícil, acabo engolindo letra, trocando o *eu* por ô. Prefiro Nômio, é bem mais fácil de falar. O pai não tem nome bíblico. É Jerônimo. Ele lutou na guerra contra os gringos e perdeu um olho quando uma explosão fez um tijolo voar que nem foguete na cabeça dele. Agora é obrigado a usar um tapa--olho igual a um pirata. Ele não fala muito e tem uma barba com uns fiapos cinza.

    E tem meu cachorro, Merlin. Fui eu que bolei esse nome, por causa de um sonho que tive duas vezes. O pai achou estranho, disse que isso não era nome pra botar num cachorro, que cachorro de verdade tem que se chamar Rex ou Duque. Fiquei pensando se ele não tinha razão, se eu devia trocar o nome. Afinal, o pai é bom em batizar coisas. Nômio disse que eu não devia dar ouvidos, ou ia acabar tendo um mascote chamado Jeroboão ou Apocalipse. Dei de ombros e deixei Merlin mesmo. É um cachorro muito esperto, com uma pelagem castanha e um focinho meio pontudo que está sempre farejando. Não é muito grande, nem forte, mas é bem rápido. Ele corre feito raio pelas trilhas da mata, não tem espinho, cipó ou buraco que o pare, menos ainda se estiver no rastro de preá. Merlin gosta muito de preá, mas tem medo de mão-pelada. Eu também. Mas isso não é coisa que a gente fica falando, porque o pai já disse que não é pra ficar contando intimidades da gente pros outros. Tem muita gente perigosa por aí. Nem nosso sobrenome de verdade.

    – Não fala pra ninguém que você é um Trovão – ele dizia, quase sempre empoleirado na borda do poço, chupando cana ou fumando seu cachimbo. Ele me contava histórias de coisas que ele fazia na guerra contra os americanos e às vezes coisas que ele tinha feito bem antes, na Argentina e na capital. Nômio balançava a cabeça, ora rindo, ora emburrado, como se o pai tivesse ferindo ele de algum jeito. Nessas horas, ele e o pai trocavam uns olhares estranhos, depois cada um ia para um lado, resmungando. O pai se enfiava dentro de casa. Nômio descia para a cidade para beber cachaça e jogar baralho até ficar mais bêbado que um gambá. Voltava tropeçando nos calcanhares. Se me encontrasse acordado, fingia que tinha um revólver e atirava balas de coco na minha cama. Quando me pegava dormindo, ele aproveitava para gritar com o pai – que também gritava com ele. Eu escutava tudo. Merlin ficava de orelha em pé, e às vezes uivava. A briga sempre terminava com Nômio gritando:

– Mas a gente é o que é.

Depois ele deitava na rede e ficava a madrugada inteira falando sozinho.

Eu queria saber por que não podia dizer meu sobrenome. O verdadeiro, Trovão, não o Santos, que é falso.

– A gente é o que é – eu repetia baixinho, fascinado com o mistério contido no interior dessas palavras. Os olhinhos vermelhos de Merlin me observavam do pé da cama. Ele também era um Trovão.

Um dia, eu e o pai estávamos indo de carroça buscar lavagem pros porcos. Lavagem é como se fosse uma sopa estragada. Um pessoal da cidade junta pra gente (mas não é a gente que come) todo o resto de comida, casca de fruta, legume e outras coisas. Duas vezes na semana, eu e o pai ou eu e o Nômio recolhemos tudo com a carroça e deixamos azedando num tonel velho de óleo. A gente alimenta os porcos com isso. Eles gostam, porque fazem a maior festa. Fico com vontade de cuspir.

Nômio estava meio bravo ainda, e não quis ir buscar a lavagem. O pai chamou ele de vagabundo e acabou me levando. Foi bom porque pude ver a cidade sendo reconstruída, agora que botamos os gringos pra correr. Tem muito barulho de motor lá e máquina de todo tipo. Os balões de passageiros passam logo acima da cidade, que agora é rota para a Estação Central do Brasil, lá na capital. Era dia de feira, e tinha cheiro de churrasco e gasolina misturados. O pai disse pro Teodoro Puro, que estava parado tomando caldo de cana, que era o progresso chegando em Nova Iguaçu. Os laranjais dos arredores estavam sendo mecanizados outra vez pra começar a produzir suco concentrado, que tem um gosto meio amargo, mas se misturar com água e um pouco de açúcar fica bom. O pai diz que gosta mais de cavalo, porque é bicho vivo, mas já vi ele espichando o olho pra camionete do Teodoro Puro. Ia ajudar bastante no sítio. Mas a gente não tem dinheiro pra comprar uma. O pai lutou na guerra, perdeu um olho, levou tiro, e nem medalha ganhou, imagina dinheiro. Nem dá pra pedir emprestado nos bancos da capital. O

Nômio disse que é porque ninguém gosta da gente lá, o que deixou o pai muito irritado. Acho que eles não gostam mais um do outro.

Enquanto o pai carregava os baldes de lavagem, Teodoro Puro me pagou um guaraná e um pedaço de chouriço. A gente ficou andando pela feira, vendo as mercadorias dos ambulantes. Merlin vinha atrás da gente, todo suspeitoso. Uma mulher tinha esticado um lençol azul no chão e estava vendendo exemplares ensebados do *Gibi*, enciclopédias faltando volumes e livros meio amassados. Um deles tinha a capa azul desbotada, com um cavaleiro erguendo a espada no meio de um clarão de luz. Não liguei muito, estava namorando um boneco de chumbo tombado ao lado do livro. Gosto de livros e de histórias, mas gosto mais de bonecos.

– Você quer esse livro? – perguntou Teodoro Puro, parando perto de mim e apontando com a bengala para o livro azul. Ia dizer que não, mas fiquei com vergonha, ameacei abrir a boca e acabou saindo um *sim* meio rasgado. Ele pegou umas moedas do bolso e deu na mão da mulher. – *A Morte de Artur*. Tem um bruxo aí com o nome do seu cachorro – ele folheou as páginas e parou no desenho de um velho muito barbudo. Quando o rei retornar, o anel espera por ele.

Agora eu tinha um livro. Abri um sorriso amarelo e saí sem agradecer. Enrolei o livro e guardei no bolso. O pai já me esperava na carroça.

– O que é isso aí?

– Um livro de rei – respondi. – Teodoro Puro me deu.

– Livro de rei, né? – ele disse, com aquele jeito de falar que nunca dá pra saber se ele está reclamando ou só pensando alto no que a gente falou. – Teodoro Puro só anda trazendo mau agouro, ultimamente. Cuidado com isso.

A carroça voltou carregada de lavagem, um fedor que parecia queimar o nariz. Merlin ia margeando a estrada, sumindo no mato aqui e aparecendo ali, no encalço de bicho que só ele sabia qual era.

E o pai só olhando de esguelha:

– Esse aí é Filho do Demônio.

Eu não respondia mal ao pai, como o Nômio. Mas não gostava quando ele falava assim. Era implicância com os olhos do Merlin, que à noite brilhavam vermelhos. Confesso que eu tinha um pouco de medo quando isso acontecia, mas era só a luz refletindo. O pai sabia disso também, que ele não é besta, mas ainda assim ele repetia: Filho do Demônio. Merlin Filho do Demônio. Era como um sobrenome. Ou uma alcunha, que é como um nome, mas não de verdade.

Enquanto subíamos a estrada, eu olhava a cidade diminuindo na estrada atrás. Muitas bombas e tiros caíram em Nova Iguaçu durante a guerra. Nômio diz que, quando os americanos bombardearam o Rio de Janeiro, o presidente Vargas escapou para o Rio Grande do Sul, mas muitos resistentes, as pessoas normais que não gostaram da invasão, ficaram espalhados pela Baixada Fluminense. Porque tem muita mata, morro e gente comum, o que facilitava na hora de se disfarçar e atacar. Ele e o pai lutaram na guerra. Eu queria ter lutado, mas ainda era pequeno. Mas lembro muito bem de ver os clarões e os assovios lá pros lados do Morro do Vulcão. Os buracos de granada, casas destruídas e marcas de tiros ainda estão lá. A cidade é feita de cinza, cimento e barulho das máquinas voltando a trabalhar, soltando umas colunas de fumaça preta pro céu. Pequenininha lá longe.

De volta ao sítio, encontramos Nômio consertando o gerador. Havia um vazamento de óleo, e por conta disso havíamos perdido quase toda a cota de diesel da semana. Ele estava com a cara toda suja. Quando ergueu os óculos de aviador, a única coisa que não estava manchada eram os olhos. Ele e o pai ficaram conversando sobre como ligar a máquina de solda sem a eletricidade fornecida pelo gerador. Era o mês de julho e estava muito frio, mas o pai arrancou a camisa e foi ajudar o Nômio.

– Levi, dá comida pros bichos – ele mandou.

Deixei o livro que Teodoro Puro me deu na mesa da cozinha e fui pro terreiro. Joguei milho pras galinhas e pros patos, depois fui pegar a lavagem na carroça. Era a parte que eu menos gostava, porque o troço fedia muito e parecia com a comida que o pai fazia. Enchi os baldes e despejei tudo no chiqueiro. Os dez porcos vieram guinchando e roncando, disputando espaço no comedouro, empurrando, forçando, mergulhando a cara na comida. Era engraçado. Merlin ficava nervoso, latia o tempo inteiro e eu ficava mandando ele calar a boca.

De noite, jantamos à luz de lampião. Era sopa de legumes com pedaços de carne de porco boiando. Só comi o pão. O pai e Nômio beberam cachaça pra limpar os pulmões da fumaça do gerador. Eu bebi suco de laranja concentrado.

— Vamos ver aquele livro — disse Nômio.

Ele leu pra mim até quase meia-noite, contando a história do jovem chamado Artur, destinado a ser o rei das Inglaterras, que tirou uma espada da pedra e formou um grupo de valentes cavaleiros chamados Távola Redonda. O mago Merlin deu pra ele uma espada mágica chamada Excalibur, com a qual ele venceu muitas batalhas. Artur e os cavaleiros da Távola Redonda encontraram um copo que tinha o sangue de Nosso Senhor e era sagrado.

O pai mandou a gente dormir, porque amanhã era dia de trabalho e essa coisa de rei era besteira. O pai não gosta de reis nem de generais.

Eu queria ter uma espada mágica. Sonhei que tinha uma.

Pouco depois do sol nascer, peguei minha espingarda de chumbinho, botei um naco de carne seca no bolso e fui com Merlin caçar preá na mata dos fundos de casa. Havia uma trilha aberta até o Rio das Velhas, aonde o pai às vezes ia. Ele não gostava que eu fosse até lá, porque tinha uma cabana velha que servia de depósito dos caçadores da região. Tinha muita arapuca por ali, que é um tipo de cano cheio de pólvora com uma linha escondida no capim. Quando um bicho pisa ali, toma um tiro e cai morto. O pai tem medo disso e me proíbe. Mas eu vou assim mesmo, porque lá tem uns preás bem gordos. Só não entro na cabana, sei lá o que tem lá dentro.

Entrei no matagal, espingarda embicando para onde Merlin apontava o focinho. Segui pela trilha por mais de hora sem ver nem sinal de bicho. A terra estava molhada da chuva da noite, quase virando um lamaçal. O Rio das Velhas não estava longe, dava pra ouvir ele chiando nas pedras. Merlin estacou de repente, orelhas em pé, farejando o ar.

— É preá?

Mal perguntei, Merlin disparou a correr pra dentro do mato, fazendo uma algazarra nos arbustos. Um socó saltou das folhagens e fugiu aos saltos pela trilha cada vez mais estreita, as penas eriçadas. Antes que Merlin conseguisse alcançá-lo, a ave agitou as asas e, com um salto, foi parar no alto das árvores. Fiz mira e atirei — o chumbo passou longe, longe. O socó não estava mais à vista, mas devia estar por ali, pois Merlin botou as patas dianteiras no tronco da árvore e começou a latir e a rosnar. Depois deu a volta na árvore e então eu escutei um barulho muito alto, e um gemido interrompido. Corri pra ver. Merlin tinha pisado numa arapuca, e um tiro acertou seu peito. Ele estava caído, as folhas respingadas de sangue.

Lembro de ter gritado como se uma faca tivesse entrado na minha barriga. Queria correr, chorar, tudo de uma vez, minha perna dava um passo, voltava, ia pro outro lado, e eu não saía do lugar, aterrorizado. Antes que eu percebesse, estava com Merlin no colo, o sangue empapando minha camisa, correndo desembestado pela trilha. A mata acabou, passei por baixo da cerca de arame. De longe, vi a figura do pai, do Nômio e de mais dois homens de terno conversando no portão. Gritei por ajuda, todo mundo se virou, assustado, viu que era eu e voltaram a conversar algum assunto mais importante que o cachorro morto nos meus braços. O pai vociferava com eles, Nômio estava agitado, parecia bêbado ou com vontade de quebrar a cabeça de alguém. Tombei de joelhos, já não aguentava o peso de Merlin. Deixei-o no chão e fui chorar perto do pai, puxando-o pela camisa, apontando o cadáver. O pai me estapeou, eu caí sentado.

— Tem que bater é nesses filhos da puta aí – gritou Nômio, me puxando pelo braço.

— Você cala a boca – disse o pai.

— Mas esses caras chegam aqui e dizem que são donos da casa dos outros – Nômio gritou ainda mais alto.

Os homens balançavam papéis amarelados na cara do pai, que parecia sussurrar com alguém invisível ao lado dele.

— Temos a escritura que prova que o sr. Abílio Constâncio é o proprietário legítimo dessas terras. Ele a quer de volta, é direito dele, sr. Santos.

Trovão, o sobrenome é Trovão, eu sabia muito bem.

— Isso aí é só um papel de limpar a bunda – disse Nômio. – Vocês são uns grileiros safados, isso é que vocês são.

Mais tarde descobri que grileiro era um sujeito que falsificava documento pra roubar terra. Aqueles caras queriam roubar a nossa. Por isso o pai e o Nômio estavam bravos. Mas eu estava era preocupado com o Merlin.

— Assine a notificação, sr. Santos – disse tranquilamente um dos homens, como se estivesse habituado a roubar a casa dos outros. – Não pode desobedecer a justiça. Cedo ou tarde, o senhor vai ter de sair. Pode acabar preso. O que vai ser dos seus filhos se isso acontecer?

Havia um sorrisinho debochado abaixo do bigodinho dele. Isso foi o suficiente para fazer Nômio explodir. O soco no estômago fez o homem se curvar e tossir feito um tuberculoso.

– Está maluco, moleque? – disse o pai, agarrando Nômio pelos braços.

– Deixa eu agir como homem pelo menos uma vez – ele respondeu. Olhava fundo no olho do pai, disputando território. O pai sustentou a encarada:

– Pega seu irmão e entra na casa.

Nômio respirava forte, parecia que ia engolir alguém. Por fim, cuspiu no chão, agarrou meu braço e saiu pisando forte.

– Podemos esquecer esse incidente desagradável se assinar a notificação de despejo, sr. Santos – um dos homens sugeriu, amparando o colega agredido.

– Essa terra é minha – o pai estava de pé feito um cavaleiro da Távola Redonda, bloqueando a passagem dos invasores saquensões.

Os dois homens balançaram a cabeça.

– Pois bem. Como o senhor quiser. Voltaremos amanhã com o subdelegado. Passar bem.

O pai ficou lá até os homens desaparecerem na estrada. Depois veio na direção da casa.

– Se prepara, Levi. Ele vai entrar aqui cuspindo marimbondo. O pai anda cuzão demais – disse Nômio.

Mas o pai entrou em casa e foi direto tomar um copo de pinga. Ficou um tempão olhando para o crucifixo na parede. Bebeu mais.

– Pai... – choraminguei.

Ele entornou o terceiro copo. Olhou pra mim. Respirou fundo, soltou o ar carregado de álcool.

– Eu sei. Precisamos dar um enterro digno pro Filho do Demônio.

Merlin foi enterrado no terreiro, debaixo da mangueira que tanto gostava. Anoitecia. Não tinha estrela no céu, só o rastro iluminado dos dirigíveis acima das nuvens a caminho da Central do Brasil.

Choveu.

Tomamos sopa outra vez à luz de lampião. O pai não deixou Nômio beber além de duas doses da cachaça cheirosa dele. Pela primeira vez, vi os dois conversando sem muita rispidez. Fiquei um pouco feliz. Mas o que eles falavam não era coisa boa: em toda a Baixada, as pessoas estavam sendo expulsas de suas casas por grileiros que falsificavam documentos e compravam ordens de despejo. – Ontem, na cidade, Teodoro Puro disse que a polícia despejou a família do Apolinário. Semana passada, fizeram o mesmo com o genro do Tibúrcio. O velho me alertou que os próximos seríamos nós e os Antunes. Esperava que Teodoro Puro estivesse exagerando. Não estava.

– Pra que eles fazem isso, pai? Tomar a terra dos outros – eu quis saber.

– A região está crescendo, filho. Aqui só tinha mato, pântano e malária. O povo chegou, limpou a terra, drenou os charcos, tornou o solo bom pra plantar. Agora que a guerra acabou, as cidades estão crescendo, as fábricas estão chegando, o valor das terras subiu. Mas a minha ninguém vai tomar.

Vi um sorriso na cara de Nômio.

O pai mostrou uma arma. Ele disse que o nome era Mauser. Era dele havia muito tempo, desde antes de eu nascer. Às vezes, ele a tirava de dentro de uma caixa e passava horas limpando. Acho que ficava lembrando.

– Quantas pessoas o senhor já matou com isso? – perguntei. Recebi uma cotovelada de Nômio nas costelas.

– Hora de dormir, moleque – respondeu o pai.

Nômio deitou na rede e começou a ler o livro do rei Artur. Os cavaleiros da Távola Redonda (que é um tipo de mesa sem canto, pra que cada cavaleiro tenha a mesma importância) haviam se reunido e planejavam sair numa busca pelo copo onde José de Arimateia, que era muito parecido com Teodoro Puro, havia recolhido o sangue de Jesus. O nome da busca era A Demanda do Santo Graal, que era o nome desse copo. Os cavaleiros enfrentaram muitos perigos atrás dele, mas só um cavaleiro puro de coração poderia encontrá-lo. Eu gostava de um cavaleiro chamado Galvão, mas ele não era livre de pecado, e quem acabou encontrando o Graal foi Galahad, um chato, o único que conseguiu sentar na Cadeira Perigosa sem morrer.

– Pra que servia esse Graal, Nômio?

– Ele podia consolar os que sofriam.
– Mas como um copo podia consolar os que sofriam?
– Enchendo de cachaça, talvez.
Eu ia rir, mas vi o vulto do pai aparecer na soleira da porta.
– Respeita as coisas de Deus, moleque – ele disse. – O Graal tinha a água da vida. Alimentava quem tinha fome e iluminava quem estava nas trevas.
– Eu poderia ressuscitar o Merlin com essa água da vida, se eu encontrasse o Graal?
– É só uma história, filho.
– Eu sei, pai. Eu sei.
– Agora dorme. Eu e seu irmão precisamos conversar na cozinha.

Não foi fácil dormir. Sonhei a noite toda com Merlin latindo, Merlin pulando, Merlin ganindo, Merlin morrendo. Sonhei que era mais que um cavaleiro, era um rei, e meu castelo era aqui no alto do morro, meu reino era a terra lá embaixo, Tinguá, Guandu, Vila de Cava, Miguel Couto, Grama, Queimados, Caxias, a Baixada inteira, e Merlin era meu mago, minha montaria, meu escudeiro.

Acordei de madrugada com o vento uivando na janela, uma friagem me fazendo trincar os dentes. Nômio já roncava na rede, pelo jeito há tempos. A lua iluminava a parede do quarto. Cobri a cabeça com o lençol para espantar o medo, tentei voltar a pegar no sono. Foi quando ouvi um latido baixinho. Parei para prestar atenção. Era mesmo um latido, vindo lá do terreiro. Olhei pela janela e vi, embaixo de um raio de lua, Merlin vivinho da silva. Parecia me chamar.

Eu o queria de volta, fantasma, espírito, coisa ruim ou Filho do Demônio que fosse. Fiz o sinal da cruz, entreguei-me para a santa do pai e saltei a janela, com cuidado para não acordar Nômio.

O terreiro ainda estava molhado pela garoa do comecinho da noite. Uma neblina leve havia coberto as árvores. As únicas coisas que não me deixavam crer que estava sonhando eram os grilos no mato e os roncos dentro de casa. E o frio que subia pela terra úmida e me fazia tremer o espinhaço. O que eu estava fazendo ali não sabia. Ou era de muita valentia ou burro que nem porta. Mas lá estava o Merlin, balançando o rabo e se revolvendo como quem pede pressa. Meu olho foi direto na cruz de pau no lugar onde o enterramos. Fui chegando mais perto. Ele se deitou, todo humilde, o rabo entre as pernas. Não tinha marca de tiro ou mancha de sangue, muito menos parecia com alma penada. Era o Merlin como que vivo, só que mais brilhante.

Majestade, cumprimentou ele. Ao me ver recuar, acrescentou: *não precisa ter medo. Estou aqui para servi-lo.*

– Você fala.

Ele assentiu: *sim, majestade.*

– Você é anjo ou diabo, então?

Nem um nem outro, senhor. Sou apenas um cão.

– Um cão morto.

Mortíssimo, majestade.

– E você acha que está certo assim, um bicho morto teimar em andar por aí?

Desculpe, majestade. É que me pediram um favor.

– Favor?

Uma mariposa atravessou o raio de luz e tornou a desaparecer no breu do mato. Merlin latiu para ela.

Preciso lhe mostrar, disse ele, e saiu correndo na direção da trilha onde caçávamos preás. Eu não devia ir, podia ser o Diabo me atraindo para a morte no matagal. Mas algo me dizia para segui-lo, e eu segui.

Foi assim que acabei no fim da trilha, no meio da madrugada, olhando para a cabana mofada na curva do rio.

É aqui, majestade, latiu Merlin, apontando o focinho para a cabana dos caçadores. Não estava trancada. Quase nunca tinha nada lá dentro pra isso.

Entrei.

A parede de ripas era cheia de buracos e capim crescia no chão de terra. Era um pouco difícil respirar ali dentro, era frio e pesado e escuro.

– O que é isso?

Sua herança, Merlin respondeu. Veio então um clarão. Fechei os olhos, e ainda assim um rodamoinho de cores atravessou minhas pálpebras.

A Herança do Encoberto.

A luz se transformou em barulho, e quando abri os olhos era Nômio que estava em cima de mim, gritando, me sacudindo, no chão do quarto de casa. O pai estava abaixado sob a janela, enchendo de munição a velha N12 enquanto me olhava nervoso.

— Ele tá acordando, pai — gaguejou Nômio. A voz vinha de longe e parecia uma vitrola de baixa rotação.

Acho que ouvi o pai dizer algo do tipo: a Santa disse que a sina do menino não é que nem a nossa. O caminho dele é obscuro.

— Seu Santos, seja razoável. O senhor tem uma criança aí dentro.

Era o subdelegado quem gritava na frente de casa. Já era dia, e os dois homens cumpriram a promessa e retornaram com a polícia. Mas o pai também ia cumprir a sua. Não entregaria a nossa terra. Havia uma caixa de balas aos seus pés. Portas e janelas estavam fechadas, apenas com uma fresta por onde enfiar o cano da espingarda. Estávamos encastelados. Era nossa Camelot.

— Nômio —,sussurrei —, eu sei quem é o rei dessas terras, sabia? Merlin me contou.

— Pai, ele tá delirando — a Mauser na cintura de meu irmão brilhava tanto. Tanto.

Tive que proteger os olhos.

Voltei para Merlin.

A parede da cabana estava coberta de recortes de jornais com fotos do imperador D. Pedro III. O Globo, Jornal do Brasil, Diário de Notícias, todos exaltando o gosto do monarca por negras, a estação Central do Brasil para onde afluíam dirigíveis do mundo inteiro, a inteligência, o refinamento, a esquizofrenia, o filho estranho gerado na velhice, o golpe militar.

O último rei do Brasil, disse Merlin, farejando a cabana e meus pensamentos. *Um bom homem. Mas agora o rei é você. Precisa recuperar o trono.*

Fiquei observando-o mijar no canto. Um fedor forte subiu e suplantou o cheiro de mofo.

— E como eu faço isso?

O Encoberto renascerá na Hora Negra de seu povo.

— Como o rei Artur.

Você é um rei Artur.

— E você é Merlin, o Filho do Demônio.

Ele balançou o focinho.

Tenho algo para o senhor, majestade. Algo que espera há muito tempo para retornar às suas mãos. Venha comigo.

Segui Merlin para fora da cabana e para dentro da noite. A mata havia se calado. Uma poeira silenciosa formava um caminho fantasma pela beira do rio. Tive medo de escorregar e desaparecer nas águas, mas, guiado por Merlin, cada passo era sólido.

Chegamos a uma elevação na margem. Tinha capim-limão e flores vermelhas. Um perfume adocicado no vento, como se a água fosse amaciante de roupa. Eu estava lembrando. O rio corria no escuro, mas o movimento das águas refletia a lua. Estava lembrando.

Merlin e eu estávamos lado a lado, olhando a correnteza.

Sua majestade está encantado no Graal-Pedra. Aguardando-o. Precisa libertá-lo de lá. É sua missão.

Merlin ficou rodando atrás do próprio rabo.

– Tá, mas como eu faço isso?

Ele espichou o focinho para o rio, onde algo começava a acontecer. As águas borbulhavam. Algo emergiu do Rio das Velhas. Uma lâmina reluzente. Uma guarda de aço e ouro moldada na forma de um leão de olhos esmeralda. Bela e brilhante. Um braço de mulher se projetava para fora do rio e nos oferecia a espada. Excalibur. A mão delgada voltou à profundeza, enquanto a lâmina pairava no ar feito truque de mágica. Lenta como música triste, Excalibur flutuou até mim. Uma corrente elétrica correu por meu corpo quando ela tocou-me os dedos.

Eu a empunhei, e os socos levantaram voo e os trovões explodiram no céu.

– Os filhos da puta estão atirando – disse o pai. Havia três buracos de bala na porta por onde o sol entrava. Nômio me arrastava pelo chão da cozinha, agachado para evitar ser alvejado. Escondeu-me atrás do fogão e voltou rápido para junto do pai.

– Levi tá desmaiando e acordando toda hora. A gente precisa conseguir um médico, pai. Se ele ficar se tremendo todo assim vai acabar estourando alguma coisa na cabeça dele.

Mais uma saraivada de tiros acertou a casa, fazendo Nômio soltar um palavrão. Duas ou três balas atravessaram a janela e foram se alojar na parede oposta. O quadro do Sagrado Coração de Jesus se espatifou no chão.

O pai apoiou a N12 na fresta da janela e respondeu ao fogo. Tapei os ouvidos.

– Aguenta aí, moleque – Nômio disse para mim, enquanto rolava pelo chão e se posicionava na outra janela. Ao contrário da N12, os disparos da Mauser eram suaves, gostosos de ouvir.

Lá fora, o subdelegado ameaçava invadir e matar todo mundo se a gente não entregasse as armas e saísse com as mãos na cabeça. O pai parecia muito preocupado. Cápsulas vazias voavam da N12, mas seu único olho estava sempre em mim, feito uma lua brilhante.

O rio estava serpenteando na mata lá embaixo. Merlin e eu estávamos no alto de uma colina. A lua esburacada era como um olho observando a terra. As estrelas espraiadas lá em cima eram desenhadas com cinco pontas.

O Graal-Pedra está lá em cima, disse Merlin, apontando para outra colina, do outro lado do rio. Ele é guardado pelo rei Pescador, mas para chegar até lá é preciso atravessar o Jardim de Von Eschenbach.

Excalibur zumbia na bainha em minhas costas. Era grande demais para a cintura.

– Posso atravessar um jardim.

Não é tão simples. Sem um Coração Puro de Moral Cristã, é impossível viver em Von Eschenbach. É o lugar mais perigoso de todos. Basta um pensamento ruim, e o Inferno tenta te arrastar com ele.

– Mas tenho Excalibur agora.

Sim, você tem. Venha, precisamos seguir andando.

Merlin continuou subindo o morro. Eu ia logo atrás, botando os pulmões para fora. Aos poucos, a colina foi se tornando menos íngreme e as estrelas mais próximas. Dava pra ver as linhas que as seguravam. As flores eram feitas de papel colorido, dobradas com cuidado.

– Parece que tudo é de mentira.

A vida é uma mentira, comentou Merlin. *Olhe. Ali está o que viemos buscar.*

Caído entre as flores de papel, um cavaleiro de armadura verde. Sua espada, cravada na terra, tinha tanta ferrugem que parecia estar ali há séculos.

Olhei para Merlin. Ele fez um sinal para que eu seguisse adiante.

Respirei fundo. Cheguei perto do cavaleiro. Embaixo do peitoral, da malha e das manoplas só havia ossos esbranquiçados. Levantei a viseira do elmo e encarei o crânio sorridente.

Ele ergueu a cabeça e me encarou de volta.

Saltei para trás.

Quem perturba o sono do Cavaleiro Verde?, ele grunhiu, pondo-se de pé. Parecia o som de colares de contas caindo em um balde de ferro.

O Cavaleiro Verde tinha uns três metros de altura. E era um esqueleto. Um esqueleto coberto por uma armadura completa e com uma voz cavernosa.

Merlin deu um passo adiante e respondeu: *o Rei Encoberto, o Futuro Desencantado, Aquele Que Vai Libertar A Terra, Senhor do Quinto Império, Dom Pedro Miguel Rafael Sebastião e assim sucessivamente, e estamos aqui para reivindicar, em nome do juramento que o cavaleiro fez, sua armadura verde e indestrutível.*

Olhei para o cachorro, atônito.

O Cavaleiro Verde aproximou o crânio colossal de mim. A mandíbula se projetava para a frente, os dentes trincados.

Este merdinha é o Encoberto?

Como que respondendo ao insulto, Excalibur saltou assobiando para minhas mãos. Sem eu nem pensar, um golpe atingiu a fronte do Cavaleiro Verde e fez voar o elmo. O esqueleto cambaleou para trás, sem acreditar no que acabava de acontecer.

– Não acredito no que está acontecendo – gritou o pai, lá no meio do terreiro. – A gente não tem paz nunca?

Nômio acabara de sair de casa comigo nas costas. Meu corpo inteiro doía.

– A polícia vai matar a gente por isso – disse ele, parando diante do corpo do subdelegado. Mais quatro cadáveres estavam espalhados pelo terreiro. A terra chupava o sangue feito uma vampira. Não se brincava com o pai.

– A gente não teve escolha. Os putos chegaram atirando. Iam tomar nossa casa.

– Ninguém vai querer saber disso. Matamos o subdelegado, pai – Nômio estava cada vez mais assustado. Antes de sentir o corpo começar a tremer de novo, vi o pai, a cara dura de sempre, chegar perto de Nômio e ralhar com ele.

Estrelas de papel laminado.

A armadura verde se ajustou ao meu corpo misteriosamente. Merlin me ajudou a vesti-la. Era como se eu estivesse usando pedras de gelo sobre as roupas. Depois que Excalibur quase partiu seu crânio, o Cavaleiro se tornou a caveira mais humilde do mundo. Ajoelhou-se, chamou-me de majestade e disse que apenas duas coisas no mundo podiam perfurar a armadura verde: Caledfwitch, que era o nome pelo qual ele conhecia Excalibur, e a Lança de Longinus, porque esta, se furou Cristo, furava qualquer coisa. De bom grado ele cedeu a armadura, mas alertou que, em um ano e um dia, mesmo o futuro Desencantado precisaria pagar o preço:

– Um golpe de morte, sobre você ou sobre quem lhe é caro – ele avisou, antes de seus ossos desabarem outra vez no chão.

Armado como um cavaleiro, desci com Merlin até o Rio das Velhas.

Nômio e o pai atravessaram com a água batendo na cintura. Minha calça estava molhada, mas as costas de meu irmão eram tão quentes.

Lua pintada.

Merlin pediu ajuda para desamarrar a corda que impedia o barco de ir embora pelo rio. Havia a cabeça de um cisne esculpida na proa, branca como marfim. Desfiz o nó, e logo estávamos navegando pela corrente. O sol apareceu, percorreu o céu e deu lugar à lua mais de cem vezes antes da viagem terminar. Merlin cantou canções populares, desfiou histórias sobre os Doze Pares de França, explicou detalhadamente matéria da Bretanha, contou da Batalha dos Três Reis, suas causas, sua preparação, suas estratégias. Eu ouvia e imaginava.

Numa das vezes em que eu cabeceava de sono, um bando de cisnes passou voando sobre o barco, deixando um rastro espiralado e brilhante de plumas. Foi como ver anjos em revoada.

Irmã Célia era como um anjo. Não era bela, mas era gentil e doce. Às vezes, meio brava. Talvez o pai não a amasse, mas era ela a quem recorria nas horas difíceis. Ela nunca se negava a nos ajudar. Dizia que eu era um menino bonito. Não conheci minha mãe. Queria que fosse ela.

Eu estava deitado em sua cama. Minhas roupas estavam secas. Nômio estava do meu lado, segurando *A morte de Artur*. Acho que estava lendo pra mim outra vez.

– Quando o rei retornou, o anel esperava por ele.

Essa parte mexia comigo, não sei bem por quê.

Acima da voz de Nômio, eu escutava Irmã Célia censurando o pai, chamando-o de burro, perguntando onde ele estava com a cabeça para matar um subdelegado e arruinar outra vez a própria vida e a dos filhos. Ele tentava se justificar dizendo que os homens estavam querendo roubar sua propriedade com grilagem e a polícia estava sendo conivente, que eu não sei o que é. *Quando o rei retornou, o anel estava com ele.* Foi a primeira vez que ouvi Irmã Célia xingar daquela forma, dizendo que certo ou errado o subdelegado era um homem da lei e que sua morte não ia passar sem consequência, que na Baixada Fluminense inteira os grileiros estavam despejando pessoas e tomando suas terras para lotear e revender, que aqui nas margens do Rio de Janeiro o pobre estava a deus-dará. Mas nada justificava matar um homem.

– E o que eu posso fazer? – explodiu o pai, quebrando o copo de café na parede.

Irmã Célia se calou.

– Desculpa – disse o pai, olhando para dentro do quarto, direto para mim.

– Você podia fazer uma petição para a Superintendência de Política Agrária.

– Burocracia.

– Ou se encontrar com os homens da FALERJ. São todos homens do campo lutando por suas casas, como você. Podem te dizer o que fazer. Teodoro Puro é um deles.

Nômio fechou o livro de repente. Perguntou se eu estava bem. Parecia assustado. Berrou pelo pai.

Água de plástico azul.

Merlin olhava pra mim da proa, curioso.

Você está tendo pesadelos, disse ele. É culpa desse lugar.

O barco havia chegado a um porto sombrio, que se erguia das margens lamacentas do Rio das Velhas. Atrás dos bancos de areia, entre espectros de árvores e máquinas a diesel, era possível ver o ponto mais alto das velhas indústrias de beneficiamento de laranja. Saltamos para o deque apodrecido. Eu ia amarrar a corda, mas Merlin me disse que não era preciso: não voltaríamos mais. Seria injusto abandonar o barco-cisne para morrer aprisionado naquele lugar horrível. E assim o barco seguiu seu caminho pelas águas.

Mas a parte do "não voltaríamos mais" me pareceu bem desagradável.

Era um parque industrial abandonado da antiga Vila de Cava. Atravessamos o pátio principal entre as construções em ruínas. Os únicos sons eram os passos suaves de Merlin no chão de concreto, o rangido metálico da armadura verde e, de vez em quando, uma janela batendo ao longe. Parecia uma cidade fantasma, e me causava arrepios.

Olho vivo, majestade. Coisas terríveis habitam o que restou dessas fábricas, coisas piores que o Espírito do Capitalismo.

Demoramos noventa e nove horas para chegar ao meio da cidade arruinada. À noite, acendíamos uma fogueira com móveis velhos de escritório e ficávamos ouvindo o Espírito do Capitalismo uivando com o vento. O cheiro de lixo e fuligem era muito forte. Merlin ficava de guarda enquanto eu dormia. Saímos quando o sol aparecia entre a fumaça.

O caminho entre os enormes galpões ia ficando mais estreito. As paredes, o reboco despencando em diversos pontos, as fileiras de chaminés cuspindo fantasmas, tudo isso fazia meus cabelos se arrepiarem. Chegamos a um espaço de pouco mais de cinco metros de largura, onde o chão de lajes dava lugar a um longo trecho de bocas de lobo.

Os intestinos do parque estão aí embaixo, disse Merlin. *Cuidado onde pisa.*

As grades gemiam conforme eu pisava.

Excalibur veio parar em minha mão.

– O que...?

Uma nuvem preta subiu das bocas de lobo e nos encobriu. Vi a silhueta de Merlin rosnar, antes de ser engolida completamente pela fumaça. Senti minha garganta entupindo, os pulmões ficando pesados. Achei que fosse desmaiar. O elmo da armadura verde se fechou e consegui respirar outra vez.

Corra, latiu Merlin.

A fumaça preta se fechou como uma mão gigante ao meu redor e se lançou para o ar feito um míssil, me levando junto. Vi as fábricas se tornarem pequenas feito maquetes, o chão cada vez mais distante. Meu braço escapou por entre os dedos esfumaçados. Excalibur, brilhando e zumbindo, atacou alucinadamente a coluna, mais me controlando do que eu a ela. Abria rasgos no negrume por onde era possível ver o azul por instantes, antes que a fumaça os preenchesse outra vez. O último dos cortes, antes das minhas forças se acabarem, revelou a paisagem mais maravilhosa do mundo logo adiante. Árvores altas, frondosas, pássaros multicoloridos, cascatas, um arco-íris: o Jardim de Von Eschenbach.

Cavaleiro Verde, disse a fumaça. *Deixe-me penetrar os seus orifícios com meus tentáculos de fuligem.* Um rosto perverso sorriu pra mim e acrescentou: *você vai adorar.*

O pânico e a raiva me deram uma última carga de força nos músculos. Excalibur riscou o ar, um corte tão profundo que decepou a fumaça ao meio, e foi além: abriu um brevíssimo talho no sonho. Através dele, vi Irmã Célia me olhando, e atrás dela o pai e Nômio.

— Esse menino precisa ver o médico. Isso não é normal.

A mão de fumaça perdeu a solidez e me vi despencando no vazio, sacudindo braços e pernas como se fosse um besouro. Fui caindo, caindo, o chão cada vez mais perto. Uma bolha brotou da armadura verde e me envolveu. Flutuei pelo ar, apreciando a vista do Jardim de Von Eschenbach, até tocar suavemente o solo, onde Merlin me guardava balançando a cauda.

Eu avisei para tomar cuidado, latiu ele.

Toquei a bolha com a ponta da espada e ela estourou sem ruído.

— Você disse pra ter olho vivo.

É a mesma coisa.

— Não é não.

Acordei com sede. Era madrugada. Pedi água. Nômio, que estava de pé ao meu lado, encheu um copo e me deu.

— Onde a gente está?

— É a casa da Irmã Célia — Nômio respondeu, medindo minha temperatura com as costas da mão. — Como você tá se sentindo?

— Enjoado.

— O pai arrumou um veterinário. Não é a mesma coisa, mas... Ele disse que você ia sentir náusea e dor no corpo por causa das convulsões. Pode ser alguma coisa na sua cabeça, moleque.

— Quero ver o pai.

— Ele não tá aqui. Foi se encontrar com o pessoal da FALERJ, pra ver se consegue tirar a gente desse lugar. A polícia tá querendo nosso couro.

— Quero ver o pai.

Nômio tentou me acalmar. Leu mais um trecho do livro. Fiquei olhando pra ele. Tive um pouco de pena.

– Levi? – ele disse.

O Jardim de Von Eschenbach era cercado por muros brancos. Havia um portão de ferro fundido, cheio de anjos estilizados, encimado por uma inscrição que não entendi.

É latim, disse Merlin. *Quando o rei retornar, o anel estará esperando por ele.*

Com um rangido, o portão se abriu e revelou uma estrada de tijolos amarelos entre ipês azuis e vermelhos.

Entrei, mas Merlin ficou no limiar.

Virei-me para ele, enquanto o portão se fechava entre nós.

– O que foi?

Não posso ir além daqui.

– Por quê?

Sou o Filho do Demônio, majestade. Minha alma não é pura. Nossos caminhos se separam aqui. Fiz o que me pediram.

Pavões andavam pelo jardim, alheios a qualquer ameaça que pudéssemos representar.

– Merlin...

Seus olhos estavam brilhando quando uma nuvem apareceu e o levou embora.

Eu estava vomitando num balde, amparado por Nômio. Meu estômago parecia conter um mar bravo que ondulava, remexia e subia para a garganta em vagas.

Alguém entrou no quarto, vi pela sombra que a lamparina projetava na parede. Um cheiro forte de hortelã e alho, a pisada leve no chão de terra. Irmã Célia era incapaz de surpreender alguém além do pai. Tinha um rosário na mão, dos tempos em que fora noviça. Agitava-o nervosamente entre os dedos. Avisou que vinha gente subindo a estrada a cavalo.

– Quem é? O pai? – o olho de Nômio foi direto para a Mauser sobre a mesa. Ele sabia que não era o nosso pai, e eu sabia que ele pensava que o pai nem estava mais vivo.

Irmã Célia balançou a cabeça.

– Vou lá ver quem é. Vocês fiquem aqui – disse.

– Eu fico na retaguarda, escondido perto da porta. Só por garantia. Levítico se esconde embaixo da cama.

Claro que não obedeci. Embaixo da cama seria o primeiro lugar onde alguém mau ia procurar, todo mundo sabia disso. Cambaleei atrás deles.

Irmã Célia estava no alpendre, enrolada na manta pra se proteger da friagem. Mais além, um homem apeou do cavalo.

— É Teodoro Puro — sussurrou Nômio, mesmo antes de ver com clareza a figura que vinha falar com Irmã Célia. — Mas e o Pai?

— Jerônimo Trovão me mandou buscar o menino.

Irmã Célia olhou para Nômio.

Teodoro Puro chamou o pai de *Trovão*, eu ouvi. Meus joelhos viraram pudim.

De tanto andar pela estrada.

As árvores do Jardim de Von Eschenbach cantavam. Era música suave, murmúrio de folhas e flores pela brisa fresca, que me acompanhava enquanto eu caminhava. Mas nem isso, ou os pássaros de plumagem colorida ou os macacos exóticos, atraía mais a minha atenção após tanto tempo. Já estava exausto. A armadura verde parecia pesar como um boi. Foi com muita alegria que vi a estrada de tijolos amarelos penetrar numa clareira, circular uma enorme rocha e voltar de onde veio.

Não era uma rocha comum. Era uma esmeralda maior que três homens, com veios de ouro e prata. Emanava o perfume dos santos, o brilho do Empíreo e a paz do Cordeiro. O Graal-Pedra, o lugar onde minha Herança estava Encoberta. Senti falta de Merlin. Ele me diria o que fazer agora. Ajoelhei-me e rezei.

Então o Cavaleiro Verde, Rei Sob o Véu, Soberano às Margens do Rio, finalmente está aqui — alguém disse. A primeira coisa que vi surgir de trás da esmeralda foi o par de pernas roliças. Depois, as costas curvilíneas, os cabelos ondulados, a pele escura. O rei Pescador era uma mulher belíssima. Usava um manto de seda e uma coroa de flores metálicas. Dançando em sua mão, uma lança.

É um menino ainda, ela disse, caminhando como um gato em minha direção.

Ela me circundou, um olhar muito agudo a me medir e pesar. Já não conseguia mais lembrar as palavras da prece. Ela era linda e me fazia sentir coisas — vontades — que nunca sentira até então. Comecei a suar sob a armadura verde.

Parece aflito, majestade, ela sibilou ao meu ouvido. A ponta quente e úmida de sua língua tocou meu pescoço. Com a boca próxima da minha, ela disse seu nome: Morgana Klingsor. Quando ela sorriu, o manto se deslocou um pouquinho e exibiu seu ombro. Foi aí que percebi que certas partes minhas não estavam sendo Puras e de Moral Cristã.

O jardim desaparecera, substituído por um lugar desolado, com gritos atormentados ecoando ao longe, colunas de enxofre e focos de incêndio se espalhando pelo que antes eram árvores cantantes. Os troncos dos ipês tinham a forma de pessoas retorcidas, agoniadas. O céu era alaranjado, pendendo pro vermelho. O Graal-Pedra parecia agora só uma imagem, como se não estivesse mais ali de fato. A mulher gargalhou e me empurrou no chão. Ria da facilidade com que me envolvera. Precisou apenas de um minuto.

Levantei-me, a armadura pesando horrores. Morgana Klingsor ergueu os braços e, declamando versos estranhos, conjurou um esquadrão de Mouros Mortos. Eles se ergueram da terra esturricada, primeiro as mãos cadavéricas, depois as cabeças, por fim os corpos. Fizeram um círculo ao meu redor, cimitarras em punho. Usavam elmos, retalhos de túnicas e cotas de malha. Todos com uma vasta barba na cara defunta.

São esses os Sem Descanso do Alcácer, os Frutos da Batalha dos Três Reis, os Amaldiçoados que Esperam o Retorno do Encoberto para devorar-lhe as tripas.

Os Mouros Mortos gemiam e babavam, esperando a autorização da bruxa. Quando ela veio, através de um silvo agudo, Excalibur já estava saltando para minha mão. A espada riscou o ar. Duas cabeças e três braços voaram. Outro golpe, e mais pedaços de corpos voando. Ainda houve um terceiro antes que as cimitarras se chocassem às dúzias contra a armadura verde. Fui soterrado pelos inimigos. Mas tinha um detalhe: a armadura era mágica. Nenhum golpe me feriu. Mas Excalibur se enfureceu. Começou a girar enlouquecida, golpeando mais rápido do que eu jamais conseguiria, decepando e fatiando tudo o que tocava. Mouros Mortos começaram a voar, despedaçados. A espada continuava sua batalha, alheia ao fato de estar presa à minha mão. Até que só restasse pedaços de carne e ossos ao meu redor.

Sujo de sangue e gosma, virei-me para a bruxa e gritei:

– Nada pode me ferir enquanto eu usar a Armadura Verde. Nada, exceto Excalibur e...

...*a arma do centurião Longinus,* a bruxa completou. A lança nas mãos dela se enterrou na minha barriga, perfurando a Armadura Verde como se fosse de papelão. Mas Morgana Klingsor não pôde comemorar: a lâmina quente de Excalibur estava fincada em seu coração. Ela me encarou, surpresa. Escorreu sangue de sua boca. Uma cascata vermelha. A bruxa foi escorregando, escorregando.

Caiu morta ao chão. E eu não ia nada bem. Um buraco no estômago é coisa que dói um bocado. Minha boca também estava cheia de sangue.

A visão estava turva.

Indo e voltando.

– São ordens do seu pai, fedelho. Preciso levar o menino para um lugar seguro antes que a polícia chegue aqui – disse Teodoro Puro.

– Seu mentiroso. Não sei o que fez com o pai, mas não vai levar meu irmão –respondeu Nômio.

– Deixe de ser idiota. Não pode me impedir.

Nômio apontou a Mauser 96 para o rosto do velho.

– Isso pode.

Com a expressão serena, Teodoro Puro arrancou a pistola de Nômio como quem toma o doce de um bebê e o derrubou no chão. Foi sua vez de apontar a Mauser.

– Como eu disse. Não pode me impedir.

Engatilhou a arma.

– Eu posso – disse o pai, quebrando uma cadeira nas costas de Teodoro Puro.

Minhas mãos ensanguentadas deixavam impressões no Graal-Pedra, que estava lá outra vez. Eu não sabia como tirar dele minha Herança. Merlin nunca havia me dito. Chutei a pedra. Soquei a pedra. Gritei para a pedra. Cuspi na pedra. E só então fiz o óbvio: ergui Excalibur sobre a cabeça e desferi o golpe mais forte que pude.

O Graal-Pedra se abriu de cima a baixo com um grande clarão.

Protegi os olhos do pequeno sol. Alguma coisa ligou na minha cabeça feito um motor de Suiza. Eu sabia por que me chamavam de majestade. Lembrei de um monte de coisas, sem conseguir organizar as imagens que me vinham aos borbotões. Os detalhes. Da batalha do Alcácer, da ferida mortal entre as costelas. Da travessia do oceano para escapar das garras de Napoleão. Do Império do Brasil. Do corpo novo que os maiores cérebros da Alemanha e do Brasil projetaram para o retorno do Rei Eterno de Portugal, Algarves e Brasil. Dos generais que me derrubaram. Da mente escondida dentro da mente, esperando o gatilho certo para vir à tona.

Quem saiu da Pedra não foi Artur ou Dom Sebastião, mas eles dois e ainda outros. O Velho Rei era todos os Reis Desejados pelos povos e nações, todos os messias que vieram e que virão. Ele me amparou e, com carinho, tirou a lança de mim. Eu envelhecia e ele se tornava mais jovem. Eu morria e ele vivia. Desaparecia Levítico Trovão e retornava Dom Pedro Augusto de Saxe e Coburgo.

Eu renascia sendo outro, e ainda assim eu, e mais ainda, rei.

A chuva caía forte. O terreiro se transformara num atoleiro e arena para Jerônimo Trovão e Teodoro Puro se engalfinharem. Eu conhecia os dois, assim como conhecia o rapaz caído no alpendre e a mulher encolhida aos prantos, segurando uma pistola. Apanhei a arma de sua mão e mirei. Ainda não estava acostumado a um corpo tão jovem.

Disparei.

Lá longe, Jerônimo Trovão caiu.

Teodoro Puro se virou, surpreso.

Por um tempo, ficou imóvel. Parado sob a chuva, os olhos arregalados. E então finalmente entendeu.

Correu até mim. Beijou-me a mão infantil.

— Quando o rei retornar, o anel espera por ele — disse eu.

— Sou o que resta do Anel de Aviz, majestade. Perdoe-me despertá-lo antes que seu novo corpo estivesse maduro, mas são tempos difíceis e a oportunidade acaba de surgir. A Baixada Fluminense está se sublevando contra os militares, agora que estão enfraquecidos. Seu povo precisa de você. Precisa do imperador.

Um relâmpago, um trovão, um ano e um dia. Em algum lugar da noite, um cão uivava.

Aqueles que sentam à Távola Redonda

Ana Lúcia Merege

descende de fenícios do Líbano e de Al-Gharb. É escritora, bibliotecária, articulista e mediadora de leitura. Escreveu os livros de ficção *O Caçador* (2009) e *O Jogo do Equilíbrio* (2005) e o ensaio *Os Contos de Fadas* (2010), além de contos e artigos. Participa de *Imaginários vol. 1* (2009) com o conto *A Encruzilhada*, passado no mesmo universo de sua série de fantasia, que começou com o romance *O Castelo das Águias* (2011). Blog castelodasaguias.blogspot.com.

Roberto de Sousa Causo

formado em Letras pela USP, é autor dos livros de contos *A Dança das Sombras* (1999) e *A Sombra dos Homens* (2004), dos romances *A Corrida do Rinoceronte* (2006), *Anjo de Dor* (2009), *Selva Brasil* (2010) e *Terra Verde* (2013) e do estudo *Ficção Científica, Fantasia e Horror no Brasil* (2003). Seus contos apareceram em revistas e livros de dez países. Foi um dos classificados do Prêmio Jerônimo Monteiro e no III Festival Universitário de Literatura (com *Terra Verde*, 2001); e ganhador do Projeto Nascente 11 de Melhor Texto, com *O Par: Uma Novela Amazônica* (2008).

André S. Silva

é carioca, funcionário público e estudante de Letras na UFRJ. Começou na literatura escrevendo *fanfictions* inspiradas no seriado Arquivo X, ainda nos anos 90. Foi colaborador da OTP Filmes na roteirização de curtas-metragens, teve contos premiados no Desafio Literário 2011 e no prêmio Henry Evaristo de Literatura Fantástica 2012, ambos pelo site A irmandade, e publicou em *Dragões* (2013) e *Solarpunk* (2013). Twitter @andressilva

Daniel Bezerra

é físico por formação, tradutor por opção e escritor por paixão. Publicou recentemente *Pura Picaretagem* (2013) (com o jornalista Carlos Orsi), obra de divulgação científica.

Luis Felipe Vasquez

é carioca, designer gráfico de formação, e apaixonado por Ficção Científica desde que se dá por gente, em qualquer mídia que apareça. Em 2012 co-organizou a *Super-Heróis*, pela Draco. É ainda fã de quadrinhos e animação, tendo por hobby o RPG (role-playing game).

Liége Báccaro

nasceu em Londrina, PR, em 1987, e desde que se conhece por gente gosta de contar histórias e ouvi-las. É formada em Letras na Universidade Estadual de Londrina (UEL) e é uma sôfrega mestranda da mesma instituição. Trabalha como professora de produção textual no ensino fundamental, mas gosta mesmo é de ler, escrever (não que uma coisa exclua a outra, muito pelo contrário) e de jogar RPG – e por meio dessas coisas é que vive suas aventuras, mesmo nunca saindo de sua própria cidade. Graças a seu marido, acredita em finais felizes e acha que a vida é uma grande história de amor. Twitter @AstreyaBhael

A. Z. Cordenonsi

é gaúcho, formado em Computação pela UFSM, com Mestrado e Doutorado na mesma área. Além de escritor, é professor universitário, pai e marido, não necessariamente nesta ordem. Autor de contos de fantasia e terror espalhados por antologias, lançou o romance infantojuvenil *Duncan Garibaldi e a Ordem dos Bandeirantes* (2012), o primeiro livro de uma série.

Eduardo Kasse

é paulistano, nascido em 10 de abril de 1982. Escritor e aficionado por cães. É autor da série Tempos de Sangue, completa, com cinco romances publicados: *O Andarilho das Sombras* (2012), *Deuses Esquecidos* (2013), *Guerras Eternas* (2014), *O Despertar da Fúria* (2015) e *Ruínas na Alvorada* (2016), além de diversos contos. Co-organizou as coletâneas: *Medieval: contos de uma era fantástica* (2016) e *Samurais x Ninjas* (2015). Twitter @edkasse
Sites eduardokasse.com.br e temposdesangue.com.br

Marcelo Abreu

nasceu em Florianópolis em 1989. Estuda Direito, mas também já se aventurou com Design, Animação e roteiro. *A Fada* é seu primeiro conto publicado, mas não sua única incursão à mundos fantásticos. Atualmente viaja pelo hiperespaço visitando planetas exóticos e estações espaciais rastafaris. Twitter @abreuroad.

Octavio Aragão

doutor e mestre em Artes Visuais pela Escola de Belas Artes - EBA, UFRJ. É professor Adjunto Nível 1 da Escola de Comunicação - ECO, UFRJ. Autor do romance *A Mão que Cria* (2006), criador do universo Intempol, editou a antologia *Intempol* (2000) e publicou o romance no mesmo universo *Reis de Todos os Mundos Possíveis* (2013). É co-autor do livro *Imaginário Brasileiro e Zonas Periféricas* (2005), com a professora doutora Rosza Vel Zoladz.

Pedro Viana

mineiro, nascido em 1996, tomou gosto por histórias desde pequeno. Hoje, escreve muito e lê mais ainda. É apaixonado pela fantasia e pelo terror e é colunista da Revista Fantástica. Sua história *Lágrimas de Criança* foi uma das vencedoras do Prêmio Henry Evaristo de Literatura Fantástica.

Melissa De Sá

é escritora e blogueira. Nascida em Belo Horizonte, escreve fantasia e ficção especulativa desde a infância. Passou a adolescência no fandom de Harry Potter e foi por lá que encontrou seu estilo para escrever. A paixão pela fantasia a levou a fundar o blog livrosdefantasia.com.br, uma referência online no assunto. Atualmente faz mestrado em literatura pela UFMG e é professora de inglês. Blog mundomel.com.br

Cirilo S. Lemos

nasceu em Nova Iguaçu, Baixada Fluminense, em 1982, nove anos antes do antológico Ten, do Pearl Jam. Fritou hambúrgueres, vendeu flores, criou peixes briguentos, estudou História. Desde então dedica-se a escrever, dar aulas e preparar os filhos para a inevitável rebelião das máquinas. Gosta de sonhos horríveis, realidades previsíveis e fotos de família. Publicou diversos contos como em *Imaginários v. 3* (2010), *Dieselpunk* (2011) e *Dragões* (2013), e o romance *O Alienado* (2012). Twitter @CiriloSL.

Este livro foi impresso
em papel pólen bold
na Renovagraf em agosto
de 2017.